C0-ASA-648

내 젊은 날의 숲

내 젊은 날의 숲

김훈 장편소설

문학동네

차례

1

아버지는 작년 9월에 이감되었다. 남쪽 해안도시의 새로 지은 교도소였다. 냉난방시설과 도서관을 갖춘 OECD 수준의 교정시설로, 형기의 반을 넘긴 모범수들만을 수용하는 교도소라고 신문에 났었다. 교도소 인근은 화훼단지인데, 수형자들은 꽃 가꾸기 노역을 통해서 기술을 배우고 정서를 순화하게 된다고 교정 당국은 말했다. 교도소 개소식 때 법무차관이 왔었다.

교도소 운동장에 '날마다 새롭다. 새 삶으로 새 출발!'이라는 현수막을 걸어놓고 법무차관이 모범수들 앞에서 테이프를 끊었다. 법무차관은 단상에 올라가서 모범수들을 향해,

—여러분, 반성 잘 하고 있습니까?

라고 물었고, 모범수들은

—네, 반성 잘 했습니다.

라고 대답했다는 것인데, 아버지는 그즈음에 이감된 모양이었다. 나는 아버지의 이감을 몇 달 후에 알았다. 아버지는 구속된 후 한 번도 집으로 편지를 보내지 않았다. 나는 아버지의 편지를 기다리지 않았다. 어머니도 마찬가지였을 것이다. 아버지와 가족들 간에 구태여 편지로 주고받아야 할 사연이 있을 것 같지는 않았다.

……잘 있니? 직장은 옮겼냐? 내 걱정은 마라. 여기도 지낼 만해…… 아주 못 견딜 만하지는 않다. 추워진다. 따뜻하게 지내라.

……직장은 그냥 다녀요. 운동 열심히 하시고 건강히 지내세요. 우리는 다들 잘 있어요.

……혹시 남자 생기면 내 얘기 하지 마라. 하더라도 나중에 해. 어디 외국에 나가 있다고 해. 미안하다는 게 뭔지 아니? 나는 이제 알 것 같다. 미안하다, 미안해. 정말 미안해. 미안해.

이런 하나 마나 한 말들을 주고받으면서 서로의 존재와 인연을 확인하느니보다는 멀리 떨어져서 서로 잠자코 있는 편이 훨씬 더 쌍방에 편안할 것이었다.

교도소 당국이 수형자의 근황을 알리는 통신문을 이따금씩 보내왔다. 그 통신문에 아버지가 모범수로 선정되어 감형심사 대상에 올랐다는 소식이 적혀 있었으나 이감된다는 얘기는 없었다. 아마 이감은 그후에 결정되었던 모양이다.

—얘, 그 인간이 모범수가 되었대.

라고 어머니는 말했다. 아버지가 구속된 후 어머니는 아버지를 그 인간, 또는 그 사람이라고 지칭했다. '인간' 또는 '사람'이라는 익명성에는 어머니가 살아온 삶의 피로감이 쌓여 있었고, 익명성을 다시 구체적 대상으로 특정하는 '그'라는 말에는 아버지에 대한 어머니의 혐오감이 담겨 있었다. 나는 어머니의 말에 대답하지 않았다. 아버지는 재정자립도가 이십 퍼센트에 못 미치는 군청의 공무원이었다. 어린 내가 보기에도 아버지의 삶은 멸종의 위기에서 허덕거리듯이 위태로웠고, 비굴했다. 아버지는 어린 자식들이 보기에도 민망하게 직장의 상사들에게 굽실거렸고 밤중에도 수시로 불려나갔다. 밤중에 상사의 전화를 받는 아버지의 목소리는 슬펐고, 내 여고 시절은 그 슬픔에서 온전히 헤어나지 못했다. 삶이 치사하고 남루하리라는 예감을 떨쳐낼 수 없었다. 나의 슬픔은 분노에 가까웠다. 밤중에 불려나간 아버지가 다시 돌아오는 새벽까지 나는 잠들지 못했다. 아버지가 교도소에서 모범수가 되었다는 소식이 놀랍지는 않았다. 아버지는 교도소의 모든 규칙을 지

켰을 것이며 교도관들의 지시에 순응하면서 굽실거렸을 것이다. 아버지가 모범수가 되었다는 소식을 들었을 때, 나는 내 여고 시절에 밤중에 전화를 받고 어디론가 불려가던 아버지의 마른 등을 생각했다.

작년 12월 하순께 나는 아버지의 이감을 모른 채 서울 영등포교도소로 면회를 갔었다. 면회는 두 주일에 한 번씩 허락되었지만 나는 두 주일마다 아버지를 면회가지는 않았다. 아버지가 더이상 이 세상의 거리를 나돌아다니지 않고, 더이상 이 세상과 부딪치거나 비비적거리지 않아도 된다는 점에서, 아버지의 수감이 나에게는 편안했다. 여고 시절에, 상사들에게 불려나갔다가 새벽에 돌아온 아버지가 잠이 들면, 나는 아버지가 잠자는 동안 아버지의 의식이 멈추어서 세상과 관련이 없는 격리상태에 빠진다는 사실에 안도했다. 아버지가 잠든 동안만의, 짧은 안도감이었다. 여고 시절에, 나는 그 안도감 속에서 겨우 잠들곤 했다. 아버지의 수감이 아버지의 수면처럼 나에게는 느껴졌다. 교도소가 아버지에게 안온하고 든든한 거처가 되어주기를 나는 바랐고, 감방 안에서 아버지도 나의 편안함을 공유하고 있으리라고 생각했다. 생각했다기보다는 나 자신에게 그렇게 우겼다. 그러다가 불현듯, 말로 드러낼 수 없는 조바심이나, 손으로 긁을 수 없는 몸속 깊은 곳의 가려움증 같은 것이 치솟아오르면 나는 하던 일을 밀쳐놓고 아버지를 면회갔다. 아마 두어 달 또는 서너 달에 한 번쯤이었을 것이다. 아버지가 더이상 세상에 쓸리우지 않는다는 안도감과 교도소 안에서 다시 모범수가 되기까지의 고통을 치러낸 아버지의 존재가 그 담장 안에서 폭삭 꺼져버리고 말 것 같은 조바심이 나를 양쪽에서 잡아당겼다. 마음의 일은 말하기 어렵다. 마음의 나라는 멀고멀어서 자욱하다. 마음의 나라의 노을과 바람과 시간의 질감을 말하기 어렵다는 것을 나는 아버지를 면회가면서 알았다.

작년 12월 하순께도 그런 조바심이 나를 영등포교도소로 몰아간 것인데, 아버지는 영등포에 없었다.

며칠째 날이 추웠다. 바람의 서슬이 빌딩 사이에서 부딪쳤다. 아파트 수도계량기가 동파되어서 칠만원짜리 수리비 청구서가 나왔다. 동해안에서는 태백산맥을 쓸어내리는 산불이 8차선 도로를 건너서 해안선까지 번졌다. 북서풍에 올라탄 산불의 세력이 남동쪽으로 전개되자 민통선 안쪽 지역에서 지뢰가 줄줄이 터졌다. 불길에 쫓기는 소가 소택지로 달아났다가 지뢰를 밟고 죽은 사건을 TV가 보여주었다. 회사에는 연말 안에 마무리지어야 할 디자인 수정안이 쌓여 있었다. 지방대학이 의뢰해온 학교 홍보물과 여행사진작가의 작품집 디자인을 연내에 모두 끝내야 했다. 아파트 건설업자들은 미분양 사태가 속출하자 홍보물 발주를 취소했다.

회사에 자금이 말라서 사장이 연말 임금으로 지급할 돈을 꾸러 다닌다는 소문이 돌았다. 난방 파이프가 얼어서 직원들은 책상 밑에 개인용 전기히터를 켜놓고 업무를 보았다. 이따금씩 사무실에서 탄내가 났다. 직원들이 코를 벌름거리며 책상 밑을 살폈다. 신입 디자이너가 모친상을 당했다는 부고가 사무실 한쪽 벽에 붙어 있었다.

어째서 이처럼 별날 것도 없는 겨울의 일상 속에서 갑자기 교도소의 아버지가 떠올라서 조바심치게 되는 것인지는 나 자신에게도 잘 설명할 수가 없었지만 그 조바심이 한번 도지면 시간이 바스라져서 가루로 흩어지는 느낌이었다. 집안에 일이 있어서 조퇴하겠다고 말하자 부장은 얼굴을 찌푸렸다. 영등포에 아버지는 없었다.

—특가법 42910호, 그 양반 이감되었소.

—이감이요? 언제요?

—벌써 석 달이 넘었소. 우편으로 통지가 갔을 텐데. 당신, 그 사람 딸 맞아?

면회 신청을 접수하자 늙은 창구 직원은 그렇게 말했다. 특가법은 아버지의 죄목이고 42910은 아버지의 수형번호였다.

아버지는 특정범죄가중처벌법상의 뇌물죄와 알선수재로 1심에서 징역 삼 년 육 개월에 추징금 삼억원을 선고받았다. 재판에서 아버지는 검사의 공소 사실을 대부분 시인했고 국선변호인은 오직 정상참작을 호소했다. 아버지는 항소를 포기해서 형량은 1심대로 확정되었고, 이제 일 년여의 형기가 남아 있었다. 42910이라는 수형번호 안에는 아버지의 형량과 죄목이 코드로 분류되어 있다고, 어디서 들었는지, 어머니는 말했다.

교도소 당국은 밤중에만 수형자들을 이송했다. 철망차는 포승에 묶인 아버지를 싣고 밤의 고속도로를 달려갔을 것이다. 서울 영등포교도소에서 남해안의 신축 교도소까지는 여섯 시간 이상 걸렸을 것인데, 철망 너머로 시가지의 불빛을 바라보는 아버지의 모습을 생각하다가 나는 생각을 그만두었다. 생각은 쉽게 그만두어지지 않았다.

교도소측이 아버지의 이감 사실을 우편으로 가족들에게 알렸다는 창구 직원의 말은 사실일 것이었다. 내가 외출한 사이에 어머니가 우편물을 받고서 잊어버렸든지 아니면 나에게 말해줄 필요를 느끼지 않았든지였을 것이다. 나는 어머니를 이해할 수 있었다. 그것이 어머니의 피로였고, 또는 나에 대한 어머니의 배려일 수도 있었다. 영등포에 아버지는 없었다. 아버지가 이감된 남해안의 신축 교도소로 가는 길이 내 마음속의 지도에 떠올랐다. 그 길은 내 스물아홉의 생애를 거꾸로 거슬러올라가서 모체 자궁의 끈끈한 어둠 속으로 기어들어가는 길처럼 우원하게 느껴졌다. 그날 나는 아버지를 면회갔다가 허탕친 일을 어머니에게 말하지 않았다. 더이상 돈을 벌지 않아도 되고 세상에 부대끼지도 않는 자리에 아버지가 격리되어 있다는 사실에 어머니는 안도하고 있을 것이며, 적어도 형기 동안만이라도 식구들로부터 떨어져서 그 육신의 모습이 식구들의 눈앞에 나타나지 않는다는 점을 어머니는 편안하게 여기고 있을 것이라고 나는 짐작했다. 나의 짐작이 크게 틀리지는 않을 것이라고 생각하는 편이 나에게는 편안했다. 그리고 그 안에 갇혀 있는 편이 아버지에게도 덜 불쌍한 일일 것이었다. 내 마음속에 아버지가 더이상 얼씬거리지 말기를 바랐기 때문에 어머니가 아버지의 이감을 나에게 말해주지 않았다면 나는 어머니의 배려를 존중해줄 수밖에 없었다.

나는 면회를 허탕친 뒤에야 아버지의 이감을 알게 되었고, 어머니는 나보다 훨씬 먼저 알고 있었을 것이다. 나는 가끔씩 아버지를 면회갈 때 어머니에게 알리지 않았다. 그것은 어머니에 대한 나의 배려일 수도 있었다. 그래서 어머니가 아버지의 이감을 알고 있었다는 사실을 내가 알게 되었다는 것을 어머니가 알고 있는지는 모르겠다. 또 내가 아버지의 이감을 알게 되었다는 사실을 어머니가 알고 있는지를 모르겠다. 어머니가 그걸 알 것 같지는 않았지만 모르는 것 같지도 않았다. 어쩌면 어머니와 나는 서로가 서로를 환히 알면서도 서로 말 안 하고 있는 것인지도 모르겠다. 아버지는 영등포를 떠났다. 아버지는 포승에 묶여서 밤의 고속도로 위로 실려갔다. 아버지는 남해안의 신축 교도소 감방 안에 있다. 교도소 당국이 그 사실을 확인해주었고 또 집으로 통지해주었지만, 어머니와 나 사이에서 아버지의 이감은 먼 나라의 풍문처럼 모호했다.

아버지가 구속된 후, 어머니는 교회에 나가기 시작했다. 아버지와 함께 뇌물죄로 구속된 아버지의 직장 상사의 부인이 어머니를 교회로 유도했다. 내가 보기에는 신앙이라기보다는 마실 같았다. 내가 모처럼 일찍 퇴근하는 날, 모녀가 마주 앉아 저녁을 먹다가 어머니는 뜬금없이,

—얘, 거기나 여기나 결국 다 마찬가지라더라. 주님 오시기 전에는……

하고 말하곤 했다. 나는 서너 번 거듭 들은 후에야 그 말을 알아들을 수 있었다. 어머니의 말 속에서 '거기'는 아버지가 갇혀 있는 교도소 안이었고, '여기'는 사람들이 일상을 영위하는 교도소 밖의 세상이었다. 그 두 곳이 '다 마찬가지라더라'고 어머니는 말했다. 앞과 뒤를 모두 잘라버리고, 난데없는 벼랑

을 내 앞으로 몰아세우는 그 말은 아버지에 대해서 하고 싶은 말을 버리고 또 버린 끝에 그래도 남은 마지막 한마디였을 것이다. '……라더라' 처럼, 풍문을 전하는 듯한 말투로 보아 어머니는 그런 종말론적인 언사를 교회 언저리에서 듣고 오는 모양이었다. 어머니의 말은 너무나도 비논리적이고 무책임해서, 무엇이 마찬가지라는 것인지를 나는 어머니에게 물을 수가 없었다. '……라더라'는 어투를 향해서는 질문을 제기할 수 없다. 나는 어머니의 말에 대답할 수 없었다. 대답할 필요가 없고, 대답할 도리가 없는 말이었다. 대답을 할 수는 없었지만, 거기나 여기가 다 마찬가지라니, 어머니의 마음속에서 그 양쪽이 모두 다 위로받기를 나는 바랐지만, 거기나 여기가 다 마찬가지이므로 양쪽 모두가 더욱 쓸쓸해지는 것이나 아닌지를 생각하면서 나는 밥을 물에 말아서 넘겼다.

—넌 꼭 입맛이 없으면 물에 말더라. 얘, 잘 씹어먹어.

어머니의 말은 하나 마나 한 말이었다.

면회를 허탕치고 돌아온 날 밤에 감기 기운이 번졌다. 뜨거운 물에 위스키를 섞어 마시고 누웠다. 잠은 오지 않았고 눈꺼풀 안쪽이 쓰라렸다. 몸에서 힘이 빠져서, 허공에 걸린 빨래처럼 무력해진 팔다리가 무거웠다. 지구의 중심이 내 몸을 당겨서 땅속으로 끌려가는 느낌이었다.

내가 자리에서 뒤척일 때, 어머니는 거실에서 교인들을 불러놓고 밤늦도록 모임을 가졌다. 배달된 중국음식으로 교인들은 밤참을 먹었다. 교인들은 순번제로 이 집 저 집을 돌면서 기도회를 열었는데, 그날은 어머니 차례였다. 전도사의 기도소리가 내 방에까지 들렸다.

—주님의 사랑의 빛이 담장 안 깊은 곳까지 고루 비추시고 남은 기간을 인도하시옵소서.

교인들은 아멘으로 화답했다. 전도사는 '담장 안 깊은 곳'을 비추어달라고 기도했다. 어머니와 가까운 교인들은 아버지가 복역중인 사실을 알고 있었다.

전도사가 기도를 마치자 초로의 여자들이 찬송가를 불러서 하나님을 찬양했다. 메마르고 갈라진 목소리였다.

포승줄에 묶여서 고속도로를 여섯 시간 실려가면 남해안의 교도소가 나오듯이, 천국이라는 물리적 공간이 별도로 존재하는 것은 아닐 테지만, 혹시라도 그와 유사한 마을이 있다면 사람이 여자의 자궁 속에 점지되어 탯줄로 연결되거나 사람끼리 몸을 섞어서 사람을 빚고 또 낳는 인연이 소멸된 자리가 아닐까. 옛사람들이 효孝를 그토록 힘주어 말한 까닭은 점지된 자리를 버리고 낳은 줄을 끊어내려는 충동이 사람들의 마음속에 숨어서 불끈거리고 있는 운명을 보아버렸기 때문이 아닐까.

내세라는 낯선 시간의 나라가 있다면 거기서는 포유류로 태어나지 말아야겠다고 생각했다. '찬미 예수'라고 인사하면서 교인들은 자정 무렵에 돌아갔다. 취기에다 드링크제 감기약 기운으로 반쯤만 살아 있었다. 새벽에 눈이 내렸다. 교도소 지붕에 눈이 덮여서 따듯하고 아늑할 것인지를 생각하다가 안쓰러워서 생각을 버렸다. 때 아닌 생리혈이 밀려나오려는 것인지, 몸속 깊은 곳이 화끈거리고 허벅지 안쪽이 불안했다.

2

강은 자유사행으로 남류南流했다. 강이 지평선을 넘어올 때, 먼 상류 쪽에 저녁햇살이 닿으면 강은 수면 위로 붉은 노을을 이끌고 저무는 고원을 건너왔다. 강은 비무장지대를 빠져나오면서 서쪽으로 굽이쳤고, 그 굽이의 언저리에서 일어서는 산맥을 따라서 동부전선은 잇달린 봉우리들을 넘어갔다. 전쟁이 삼 년째로 접어들던 어느 여름날에 사단 사령부에서 소총소대의 각 분대에 이르기까지 사격정지! 명령이 하달되었고 교전은 중지되었다. 전쟁은 오십 년 전에 멈추었는데, 산맥과 강들을 일자로 가로지르는 분계선은 전쟁 전과 별 차이가 없었다. 비무장지대는 세계 최고의 군사력 밀도로 중무장하고 있었는데, 중무장한 전선은 적막했다. 죽음에 죽음을 포개고 포격으로 해발고도가 깎인 격전장의 봉우리들이 봄 산의 비린내를 내뿜었다.

수목원은 동부전선의 남방한계선에 잇닿은 민간인 통제구역 안에 있었다. 자생하는 온대활엽수의 숲이 극성기를 이룬 천연림이었다. 남방한계선 철책은 자등령紫登嶺의 마루턱을 넘어서 첩첩연봉 사이로 기어들어갔다. 산들은 달리는 말떼의 형세로 고원을 건너갔는데, 자등령은 가파른 사면으로 연봉들 사이에서 고립되어 있었고, 산세는 갈길이 바빠 보였다.

수목원은 자등령을 주산으로 삼고 그 남서쪽 산록으로 펼쳐져 있었다. 동해의 수평선 위로 오는 아침햇살이 내륙 깊숙이 들어와 이 고갯마루에 닿으면 아침햇살의 붉은 기운이 숲의 초록에 물들어서 봉우리가 자줏빛으로 빛난다고 해서 고개 이름이 자등령이었다. 전쟁 전에 자등령은 산맥을 넘어가는 우마찻길이었는데, 지금은 통행이 끊기고 그 마루턱에 GOP가 들어서 있다.

자등령은 비무장지대 안쪽으로 해발 이백 미터 정도의 낮은 봉우리 한 개를 자식처럼 품고 있었다. 인접 봉우리들과 지맥이 연결되지 않는 돌출봉이었다. 그 아래쪽으로 탱크와 트럭이 다닐 만한 도로가 지나가고 있어서 이 작은 돌출 봉우리는 중요한 전략고지였다. 봉우리 꼭대기에서 도로가 빤히 내려다보였고, 그 사이에 시각 장애물이 없어서, 꼭대기에서는 경기관총이나 보병의 소총만으로도 도로를 제압할 수 있었다. 전쟁이 이 년째 접어들던 여름에 이 작은 흙더미에서 벌어진 전투는 무한 소모전으로 전개되었다. 한 달 사이에 양쪽이 다섯 번씩 고지를 점령했고 또 빼앗겼다. 양측이 모두 피아의 시체를 쌓아서 엄폐물을 만들고 그 뒤에서 쏘았고, 실탄이 떨어진 자들끼리 대검으로 찔렀고, 쏘고 찌르던 자들이 또 죽어서 바리케이드가 되었다. 7월의 폭양에 시체가 녹아서 시즙이 땅속으로 스몄다. 포격이 멈추자 불타버린 민둥산이 파리떼로 덮였다. 파리들은 말벌만큼씩 살쪄 있었고 수백 마리가 공처럼 뭉쳐서 윙윙거렸다. 파리떼들은 하루가 지나면 두 배로 늘어났다. 그때 초병들은 그 봉우리를 파리산이라고 불렀다. 전투가 멎자 파리산 아래쪽 소택지에 개구리떼가 창궐했다. 개구리들은 서로 갈리고 쓸리듯이 울어댔다. 개구리 울음소리에 청각이 마비된 초병들은 야간에 인기척을 구분할 수 없었고 어지러운 청각이 환각을 불러일으켜서 헛것을 보고 헛총질을 하다가 후송되기도 했다. 파리산 전투에서 죽은 국군과 인민군의 혼백이 국군은 인민군으로, 인민군은 국군으로 바뀌어 개구리로 환생해서 서로 죽고 죽이는 싸움을 벌이며 울어대는 것이라는 괴담이 초병들 사이에 퍼졌다. 죽은 자들은 자신이 죽었다는 사실을 알 수가 없으므로, 개구리들은 개구리로 환생한 것이 대체 어찌된 영문인지조차 모른 채 서로 싸우고 있다는 얘기도 있었다. 봄에 파리산 능선에서 아지랑이가 오르면, 그 너머 고원의 지평선이 흔들려 보였다. 전쟁 때 녹아내린 시즙이 증발되어서 아지랑이에서 송장 냄새가 난다고 수색중대 고참병이 신병들에게 말했다. 그 아지랑이가 갑자기 걷히고 고원을 가로질러 무지개가 걸리는 날도 있었다. 사단 헌병대가 괴담을 퍼뜨린 병사들을 색출해서 영창에 보냈지만 괴담은 잦아들지 않았다. 파리산은 계집아이 젖가슴처럼 생긴 작은 봉우리였다. 붉은 흙무더기였다.

지금, 파리산 봉우리는 다시 숲으로 덮였다. 사체가 흙이 되고 시즙이 마르자 파리떼는 사라졌다. GOP 관측병들이 망원경으로 살피면, 봉우리 꼭대기에 키 큰 거제수나무 세 그루가 박혀 있었다. 전쟁이 멈춘 후에 어디선지 날아온 씨앗이 그 꼭대기에 뿌리를 내린 모양이었다. 거제수나무 세 그루의 하얀 줄기는 달밤에도 뚜렷해서, 거기서부터 다른 봉우리까지의 거리와 방향을 가늠하는 관측의 지표가 되었다. 거기 나무가 세 그루 있다고 해서, 초병들은 그 파리산 봉우리를 삼목봉三木峯이라고 불렀다. 삼목봉 거제수나무 꼭대기에 까치집이 달려 있었다. 태풍이 산맥을 쓸고 가는 밤에 바람맞이 능선에 들어선 중대본부 막사가 무너지고 교통호가 물에 쓸려갔다. 아침에 GOP 관측병들이 망원경으로 까치집을 당겼다. 까치집은 떨어지지 않았다. 비가 멎어서 윤기 흐르는 나무 꼭대기에서 까치집은 바람에 조용히 흔들리고 있었고 까치들이 드나들었다. 관측병들은 까치집의 건재와 까치들이 들고나는 움직임을 관측근무일지에 기록했다.

—07시 30분 임무 교대. 무기 탄약 확인. 까치집은 떨어지지 않음. 11시 방향 인민회관 마을에 연기 오름. 새끼가 둥지에서 대가리를 내밀었음.

—09시 00분 까치 어미가 돌아옴. 둥지 보수공사 하는 중. 쉴새없이 드나들다. 11시 방향 연기 사라지고 인민회관에 인공기 게양함.

까치를 보지 말고 자등령 북서쪽 일 킬로미터 전방 적 GOP의 동태를 살피라고 중대장이 관측병들을 나무랐다.

수목원 청사 앞마당에서 올려다보면 자등령은 미끈한 사면을 남서쪽으로 베풀면서, 출렁이는 연봉들을 따라서 동해로 향하고 있었고, 삼목봉은 자등령의 능선에 가려서 보이지 않았다. 수목원 부지를 이루는 자등령의 사면은 다른 수종樹種들과의 오랜 생존경쟁을 끝낸 서어나무 신갈나무 갈참나무 들이 극상림을 이루고 있었다. 키 크고 잎 큰 나무들의 태평성대였다. 나무들은 드문드문 들어서 있었다. 나무들은 서로 적당한 간격으로 떨어져서 저마다의 존재를 남에게 기대지 않으면서도 숲이라는 군집체를 이루고 있었다. 아침마다 자등령의 젖은 숲은 자줏빛 일광으로 빛났고 바람이 산맥을 훑어올라갈 때 잎 큰 나무의 숲이 서걱거렸다. 무수한 이파리들이 바람의 무수한 갈래에 스치면서 분석되지 않는 소리의 바다가 펼쳐졌다. 바람의 흐름이 끊어지면 숲의 소리는 잦아들었고 바람이 이어지면 숲의 수런거림이 다시 일어서는 것이어서, 숲의 소리에도 들숨과 날숨이 있었다.

내가 나무와 꽃과 잎을 그리는 계약직 세밀화 작가로 취직이 되어서 이 수목원에 처음 온 날, 바람에 쓸리우는 자등령 숲의 소리는 먼 파도소리처럼 들렸다. 수목원 청사 앞마당에서 자등령을 바라보면서 나는 밀물로 다가오는 새로운 시간의 소리가 저러할 것인지를 생각했다.

자등령의 지명 유래나 삼목봉 개구리의 괴담과 까치의 집짓기 그리고 지나간 전쟁의 흔적들은 모두 GOP에 배속된 수색중대 김민수 중위에게서 들은 것이었다. 김민수 중위는 학군단 장교였다. 내가 수목원에 처음 왔을 때 김중위는 제대를 십개월 앞두고 있었다. 김중위는 제대 말년에 사단 정훈참모부로 전출되었다. 수목원에 인접한 연대에서 포사격훈련이나 야간기동훈련을 할 때 김중위는 산불 예방 또는 등화관제 같은 협조사항을 알리는 공문을 들고 수목원에 와서 직원들에게 설명했다. 김중위는 길었다. 김중위는 키가 컸고, 손가락이 가늘었고, 팔다리가 길었다. 수목원에 올 때도 늘 철모에 방탄조끼를 입고 있었고 방탄조끼 앞섶에 대검을 꽂고 있었지만, 왠지 내 눈에는 그가 적을 쏠 수 있는 군인으로는 보이지 않았다. 그가 속한 사단 사령부의 정문에는 '무적의 필승부대'라는 현수막이 걸려 있었는데, 나는 그의 앞에 적이 없기를 바랐다.

3

내가 독립운동가의 손녀라는 사실을 나는 여고 시절에 보훈처에서 보내온 공문을 읽고서 알았다. 학교에서 돌아와보니 마당에 행정우편물이 떨어져 있었다. 내 할아버지인 고故 아무개씨의 만주 시절 독립운동 관련 행적을 조사한 결과 임시정부 조직의 외곽에서 요인들을 안내하고 물자를 운반했으며 조직의 심부름을 했다는 정황이 있기는 하나 증명할 만한 자료가 없고, 생존한 목격자들의 진술이 엇갈리고, 일본 경찰에 검거되었거나 투옥된 사법 기록이 없어서 국가유공자로 인정할 수 없다는 내용이었다. 또 할아버지의 만주 시절 대부분의 행적이 모호하고 추적 불가능하다고 보훈처 공문은 전했다. 증명되지 않아서 포상할 수 없는 독립운동가들이 많이 있는데, 애석하지만 어쩔 수 없는 일이라고 보훈처 공문은 말했다. 누구의 행적이든 오랜 시간이 지나고 나면 다 모호할 테지만, 보훈처 공문이 전하는 할아버지의 추적 불가능한 행적은 그야말로 모호하게 느껴졌다. 아버지는 할아버지의 생애에 관하여 나에게 말해주지 않았다. 내 유년의 기억 속에서 할아버지는 병석에 누워 있지는 않았지만, 지팡이에 의지해서 겨우 동네를 걸어다닐 수 있었다. 할아버지의 거동에서는 소리가 나지 않았다. 할아버지는, 할아버지의 그림자 같았다. 내 어린 날의 느낌에, 아버지는 할아버지를 짐처럼 걸머지고 겨우겨우 견디고 있었다. '겨우겨우 견딘다'는 표현은 아버지의 내면을 내가 일방적으로 전하는 말이 될 테지만, 어린 시절의 느낌에는 잡것이 섞이지 않아 정확한 것이었다.

보훈처의 공문을 받던 날 내가 아버지에게,

—할아버지가 유공자 선정에서 제외됐대요.

라고 말을 건네자 아버지는,

—그래. 나도 좀 들은 게 있는데, 얘기들이 서로 엇갈리고 모호했어. 고생과 공로는 다른 것이겠지. 세월과 공로도 다르고. 그러니 별거 아니야.

라고 모호하게 대답하면서 공문을 서랍 속으로 밀어넣었다. 그 말이 전부였다. 아버지는 만주에서 태어났고, 해방된 이듬

해, 할아버지보다 두 달 먼저 한국으로 돌아왔다니까, 유년의 기억으로 할아버지의 삶을 어렴풋하게나마 기억하고 있을지도 모르지만 아버지가 할아버지나 할머니의 삶을 나에게 이야기해준 적은 없었다.

할아버지가 죽었을 때 나는 초등학교 사학년이었다. 그때 나는 죽음이라는 것이 돌이킬 수 없이 완전무결한 삶의 종말이라는 것을 몰랐고, 다만 아득히 멀고 모호한 곳으로 실려가는 것으로 알았다. 할아버지에 대한 기억은 그것으로 끝난 것이었지만, 여고 시절에 보훈처로부터 받은 공문이 이제 소멸해버린 할아버지를 내 마음속에 되살려놓았다. 만주에서 지낸 할아버지의 삶이 망명인지 이주인지 유랑인지는 알 수 없지만, 그 공문을 읽고 나니까 망명지에서 다시 망명을 했거나 살던 곳을 버리고 유랑길에 나섰듯이 유랑지를 다시 버리고 더 멀고 외진 곳으로 흘러다니는 할아버지와 그 뒤를 따라다니는 어린 아버지의 모습이 내 마음에 떠올랐다. 그 모습은, 할아버지가 죽던 날, 내 유년의 의식에 떠올랐던 죽음의 모습과 닮아 있었다는 것을 나는 훨씬 더 자란 뒤에야 깨달았다. 말하자면, 할아버지라는 존재는 삶과 죽음이 분리되기 이전이며, 삶을 이루는 지속의 대열 속으로 편입되기 이전의 공간과 시간 속을 흘러다니는 발생과정의 유동체였다. 내 여고 시절의 몽환 속에서, 그 유동체는 지평선 너머 먼 곳에서 이곳의 삶을 향해 다가오고 있는 것 같기도 했고, 그 반대방향으로 흘러가는 것 같기도 했다.

집안의 내력을 말하고 싶은 생각은 없다. 할아버지의 실체가 이토록 모호할진대, 가계家系를 들춰서 말한다는 일은 스산하다. 누적된 과거와 거기에 서식하는 인연이 인간의 삶을 채워주고 지탱해주기보다는, 동의 없이 간섭하고 미리 조건지음으로써 삶을 무력화하고 헝클어뜨리는 것이 아닌지를 생각하다가 여고 시절에 나는 때때로 난생卵生하는 새들을 부러워한 적도 있었다. 그러나 아버지가 구속 수감되었을 때 나는 그 사태의 바탕에 누적된 과거와 내력을 이루며 전수된 삶의 집적이 깔려 있음을 알았다. 난생은 새들에게나 가능한 일이었다. 할아버지의 생애의 궤적은 모호했고 할아버지에 대한 내 유년의 기억은 더욱 멀어서 가물거렸지만, 교도소에 수감된 아버지의 모습과 먼 기억 속에서 희뿌연 할아버지의 모습은 내 마음속에서 겹쳐 있었다. 그 환각은 비논리적인 만큼 절실한 것이어서 오히려 실제 같았다.

그리고 아버지의 모습과 할아버지의 모습을 하나의 이미지로 연결시켜주는 그 비논리적인 매개물은 한 마리의 늙은 말이었다.

그 말은 사진 속의 말이었다. 할아버지가 만주에서 한국으로 돌아올 때 끌고 온 말이라는 얘기가 집안에 전설처럼 전해져내려왔지만, 그 말은 내가 태어나기 전에 죽어서 나는 말을 본 적은 없다. 할아버지가 죽었을 때 우리는 경북 내륙 산간마을에 살았다. 그 마을이 할아버지의 고향은 아니었다. 만주에서 돌아온 할아버지가 왜 그 마을에 자리를 잡았는지 나는 모른다. 아버지는 그 마을에서 자라서 면사무소의 하위직에서부터 공무원 생활을 시작했고, 나는 그 마을에서 태어났다.

내 기억 속에서, 유년 시절의 집은 안채에 안방, 마루, 건넌방, 부엌이 일자로 달려 있었고, 대문 옆에 문간방과 마구간이 붙어 있었는데, 할아버지의 거처는 그 마구간 옆 문간방이었다.

마루에서 안방으로 들어가는 여닫이 문틀 위 벽에 오래된 사진틀이 걸려 있었다. 그 액자 안에는 사모관대 차림의 할아버지 할머니의 혼인 사진과 일제 때 세무서 주사를 지냈다는 큰할아버지의 승진 기념사진, 아버지의 고교 졸업사진, 내 돌사진, 그리고 어느 핸가 어머니가 춘분날 절에서 얻어온 부적이 들어 있었다. 안방 출입문 위에 가족의 내력을 사진으로 정리해서 걸어두는 액자는 우리 집뿐 아니라 다른 집에도 다 있었는데, 우리 집에는 액자가 한 개 더 걸려 있었다.

큰 사진틀 옆에 걸린 작은 사진틀에는 할아버지가 말과 함께 찍은 사진 한 장이 따로 넣어져 있었다. 사진 속에서 할아버지는 말과 나란히 서 있었다. 할아버지는 정면을 바라보았고, 말은 긴 대가리를 옆으로 보이면서 오른쪽을 향하고 있었다. 비쩍 마른 말이었다. 갈기가 이마를 덮었고 갈기 사이에서 두 눈은 총기가 없이 희끄무레했다. 위턱과 아래턱이 제대로 맞물리지 않아서 입이 벌어져 있었다. 앞니가 빠졌고 그 속은 캄캄했다. 말은 왼쪽 뒷다리를 접고 있어서 뒤쪽이 낮았고 땅을 딛는 자세가 엉거주춤했다. 다리를 저는 말이었다. 말은 고삐도 안장도 없는 맨몸이었다. 말은 아무런 기능도 없어 보였지만, 자세히 들여다보면 아가리 가장자리의 근육이 눌려 있어서 지금처럼 망가지기 전에는 재갈을 물고서 사람을 태우거나 짐수레를 끌었던 모양이다.

그 늙은 말은 수말이었다. 엉거주춤한 뒷다리 사타구니에 수컷의 검은 생식기가 붙어 있었다. 메마르고 쭈그러진 생식기였다. 어렸을 때 나는 그 어둠이 수말의 생식기라는 것을 몰랐지만, 사진에 그 생식기가 보이지 않았더라도 나는 그 말이 수말이라고 여기고 있었을 것 같다. 유년의 마음은 발육부전의 흔적들과 발생 초기의 불안정으로 몽매했으나, 몽매했기 때문에 세상을 받아들이는 느낌은 더욱 단정적이었다. 허나, 내가 사진에서 본 할아버지의 말을 수말로 여기게 되는 배경에는, 빈약하기는 하지만 약간의 근거가 없지 않다. 사진 속에서 할아버지와 말은 서로 다른 방향을 쳐다보고 있었지만 말이 주는 느낌과 할아버지가 주는 느낌은 서로가 서로에게 그대로 전이되는 것이어서, 할아버지가 말의 주인이듯이 말도 할아버지의 주인인 듯싶었고, 할아버지와 말 사이에는 주종관계를 설정하기가 불가능해 보였는데, 그토록 자연스러운 느낌의 전이는 동성同性인 수컷들 사이에서만 가능할 것이었다. 그 막연하고 또 먼 느낌을 겨우 설명하자면 세상으로부터 겉돌고 헤매는 자들의 메마름이나 황폐함, 그리고 그 불모를 끌어안고 기어이 살 수밖에 없었던 세월이 쌓인 늙음 같은 것이었다. 사진 속의 말은 그 느낌으로 말과 할아버지, 그리고 사진에는 찍혀 있지 않지만 아버지까지를 연결시키는 것이었고, 말과 할아버지와 아버지는 수컷이라는 같은 가닥의 끈으로 묶여 있었다. 그리고 그 끈을 수컷의 끈이라고 받아들이게끔 내 유년의 마음이 작동된 까닭은, 비록 어리기는 했지만, 내가 여자의 생명으로 태어났기 때문일 것이다. 아마도 그럴 것이다. 과히 틀린 말은 아니지 싶다. 고등학교 역사시간에 호랑이와 사슴을 쫓아서 초원을 달리는 고구려 무용총 사내들의 말 그림을 배웠고 또 넘실거리는 불꽃의 세상 위를 날아오르는 신라 천마총의 날개 달린 말을 배울 때도 나는 할아버지의 말을 생각하고 있었다. 그 말들은 할아버지의 말과는 너무나도 달랐고, 할아버지의 말이 한 번도 발을 디딜 수 없었던 세상을 달리고 있었다. 고구려 무용총 말이나 신라 천마총의 말 들은 무덤 속의 말이었고 할아버지의 말은 세상의 말이었다. 고구려의 말이나 신라의 말은 암말인지 수말인지 알 수 없었고 그 어느 쪽이라도 무방했지만, 할아버지의 말은 틀림없이 수말이라고, 고등학교 역사시간에 나는 유년의 기억을 불러내고 있었다.

그때, 나는 소멸이나 종말을 알지 못했지만, 할아버지의 육신이 날마다 오그라져서 검불처럼 작고 가벼워져가는 것이라는 환각을 지니고 있었다. 할아버지는 가을에 죽었다. 공기가 가볍고 서늘했던 기억이 난다. 염을 마치고 입관할 때 어른들 틈새로 엿보니까 실제로 할아버지의 시신은 신생아의 주검처럼 작아 보였다. 나는 그것이 할아버지의 본래의 모습일 것이라고 생각했다. 삼일장을 치르는 동안, 아버지의 직장인 면사무소와 군청의 직원들, 그리고 몇 명 안 되는 친척들이 문상을 왔었다. 아버지는 직장의 상사가 대문으로 들어올 때마다 마당으로 달려나가 허리를 굽히고 두 손을 앞으로 모아서 맞아들였다. 아버지의 영접 태도는 그 상사들이 와서는 안 될 곳을 왔다는 듯이 황송해 보였다. 삼일장을 치르는 동안 아무도 울지 않았다. 죽었을 때, 할아버지는 일흔다섯 살이었다. 문상객들은 할아버지의 죽음을 호상好喪이라고 말했고, 아버지도 그렇게 응답했다.

–그만하면 호상이네, 호상이야.

–그렇지요, 그런 셈입니다.

나는 호상이라는 말을 나중에야 알았다. 수壽뿐 아니라, 재물이건 명예건 권력이건, 삶의 내용과 성취를 쌓아놓고 그 풍요로움을 전하고 떠나는 죽음을 호상이라고 한다는데, 늙은 절름발이 말과 함께 찍은 사진 한 장을 남기고 죽는 죽음을 어째서 호상이라고 말하는 것인지는 알 수 없었다. '호상'이라는 말 속에 또다른 의미가 숨어 있었던 것이 아닌가도 싶다.

할아버지는 죽은 지 사흘 만에 화장되었다. 할아버지는 오래 자리보전을 하지도 않았고, 별다른 병치레도 없이 죽었다. 할아버지의 죽음은 가벼웠고, 날이 저물어서 밤이 오는 것 같았다. 초가을이었는데, 바람이 잠들고 공기가 투명해서 화장터 굴뚝에서 오르는 연기가 곧았다. 연기는 푸르고 가늘었다.

장사를 치르고 집 뒤의 공터에서 할아버지의 옷가지를 태울 때 아버지는 할아버지와 말의 사진을 불 속에 던졌다. 말 사진뿐 아니라, 그 옆에 걸렸던 집안 내력을 담은 사진들도 불 속에 던졌다. 말 사진은 그때 없어졌는데, 할아버지의 말은 그후에도 가끔씩 내 꿈에 나타났다. 꿈속에서, 그 늙은 수말은 무거워 보이는 짐수레를 끌고 저무는 지평선 쪽으로 걸어가고 있었는데, 이쪽으로 오고 있는지 지평선 너머 쪽으로 가는지, 방향은 확실치 않았다. 아버지는 할아버지와 관련된 일을 나에게 말하지 않았다. 나는 할아버지의 말에 대한 이야기를 어머니에게서 들었다.

어머니는, 나이들면 으레 그래야만 하는 줄 알고 시집을 갔다고 했다. 그 시댁, 어머니의 표현대로라면 '그 인간의 집구석'이 얼마나 한심한 집안인지를 푸념할 때 어머니는 늘 할아버지의 말을 끄집어냈다. 그 말은 어머니가 시집오던 해에 죽었다. 어머니가 말과 함께 지낸 기간은 몇 달 되지 않았지만, 어머니는 시댁 어른들한테 들은 이야기들을 모두 종합해서 그 말의 일대기를 정리해놓고 있었다. 어머니의 이야기 속에서 할아버지와 말과 아버지는 동일한 이미지의 맥락으로 이어지고 있었다.

해방되던 다음해 만주에서 돌아올 때 할아버지는 여섯 살 된 아버지를 인편에 얹어서 먼저 한국으로 들여보내고 할아버지 자신은 두 달 후에 왔다. 할아버지의 과거가 묻혀 있는 그

'만주'라는 곳이 길림인지 장춘인지 흑룡강 쪽인지는 분명치 않았는데, 할아버지가 어떻게 말을 끌고 그 먼 거리를 이동했던 것인지에 대해서는 여러 이야기들이 엇갈렸다.

신의주까지 도보로 말을 끌고 와서 거기서부터 경의선 열차 목재수송칸에 말을 싣고 왔다는 이야기도 있었고, 만주에서부터 한국까지 말고삐를 끌고 걸어왔다는 이야기도 있었다. 또 이 말은 만주와 아무런 관련도 없고, 본래 경기도 남쪽의 소읍에서 잔반통이나 분뇨통을 끌던 말이었는데, 뒷다리가 상해서 부릴 수가 없게 되자 주인이 버리다시피 헐값에 팔아버린 폐마閉馬이며, 그 폐마를 할아버지가 고향으로 끌고 와서 자신의 만주 시절의 표상인 것처럼 이야기를 꾸며냈다는 설도 있었다. 사람들이 아버지에게 이 말의 유래에 대해서 물었을 때, 말이란 다 비슷하게 생겨서 그 말이 할아버지가 끌고 온 바로 그 말인지는 알 수 없다고 대답했다. 할아버지의 일을 말할 때 아버지의 답변은 늘 그렇게 아리송했고 엉거주춤했다. 할아버지의 이른바 그 독립운동이라는 것이 선구자의 말을 타고 초원을 달리면서 일본 군대와 싸우는 무장투쟁이 아니었던 점은 분명할 터인데, 할아버지가 집 마당에 왜 말을 묶어놓고 있었던 것인지를 아버지는 설명할 수 없었다.

할아버지의 만주 시절에는 아편이 흔했다고 한다. 만주에서 돌아왔을 때 할아버지는 아편중독환자였다. 아편값이 떨어지면 며느리의 금비녀를 들고 나가서 팔았고, 금단증세가 올 때는 입에 흰 거품을 물고 버둥거렸다. 한약을 써서 아편중독증세를 고치기는 했지만 약기운이 너무 독해서 위를 상했고, 그 후로는 밥보다도 늘 술에 절어서 살았다. 할아버지의 술안주는 굵은 왕소금과 육쪽마늘뿐이었고, 다른 것은 입에 대지 않았다. 한국에 돌아온 후 할아버지는 취중에도 만주 시절의 일을 말하지 않았는데, 할아버지가 멀리서 받들던 독립운동 지도자의 기일이 되면 그 무덤에 가서 하루 종일 울었다고 한다. 그 우는 모습을 본 사람들은, 할아버지가 어린애처럼 발을 동동 구르며 울고 있었다고 한다.

할아버지의 말은 광야를 달리는 말이 아니라 온갖 허드레 노역에 끌려다니던 늙고 병든 폐마였을 테지만, 할아버지는 북만주 해란강가의 초원을 달리던 선구자의 말을 그 초라한 짐승에 투사했던 모양이다. 아마도 할아버지의 울음의 내용은 그러한 것이었으리라.

마구간에 묶인 말은 이따금씩 고개를 들어서 담 너머 세상을 바라보았고, 뒷다리로 땅바닥을 차서 무료한 기척을 냈고, 꼬리를 흔들어서 등에 붙은 파리를 쫓았다. 말은 부스럼에 헐은 옆구리를 벽에 비벼댔다. 갈기는 먼지가 낀 것처럼 뿌옜고 눈에는 누런 눈곱이 달려 있었다. 그 남루한 몰골에도, 꼴에 수컷이라고, 비오는 날에는 수컷의 비린내를 풍겼는데, 어머니는 그 냄새에 먹은 것을 토할 지경이었다고 했다. 할아버지의 문간방은 마구간과 잇닿아서, 할아버지의 몸은 늘 말의 분뇨 냄새에 절어 있었다. 문간방과 마구간 사이의 벽에 창문이 뚫려 있었다. 마구간에 날벌레가 들끓어서 창문에 모기장을 쳐놓았는데, 어느 날 말이 모기장을 뚫고 대가리를 문간방 쪽으로 내밀었다고 한다. 그때 할아버지는 방안에 있었는데, 마당에서 빨래를 널던 어머니가 보니까, 말이 방안으로 대가리를 들이밀자 할아버지는 자리에서 일어나 말 대가리를 쓰다듬고 눈곱을 떼어주었고, 말은 빠진 앞니 사이로 침을 흘리면서 대가리를 대주고 있었다고 한다.

—얘, 그때 보니까, 시아버지 얼굴이 말하고 닮아 있더라. 딱히 어디가 닮았다고는 찍어서 말할 수 없지만, 찍어서 말할 수 있는 만큼보다 훨씬 더 닮아 있었어. 속이 닮은 거겠지, 속이. 사람이 짐승하고 속이 닮을 수가 있을까.

라고 어머니는 말했다. 그날 이후로, 말은 자주 대가리를 방안으로 들이밀었고, 할아버지는 그 대가리를 쓰다듬어주었다고 한다.

산간농촌이었지만, 우리 집은 농사를 짓지 않아서 말 먹잇

감이 마땅치 않았다. 할아버지는 농협에 가서 배합사료를 사다가 말에게 주었다. 배합사료는 마른 가루였다. 말이 먹이통에 아가리를 들이대면 말 콧김에 가루가 날렸다. 날리는 가루가 콧구멍으로 들어가면 말은 목덜미를 흔들며 재채기를 했고, 그 재채기 바람에 배합사료는 무더기로 날아갔다. 할아버지가 가루를 물에 적셔서 반죽을 만들어주면 말은 잘 먹지 않았다.

풀이 마르는 가을날, 할아버지는 가끔씩 말을 끌고 뒷산 공터에 나가서 풀을 먹였다. 그 일은 할아버지의 가장 화려한 소일거리처럼 보였다. 말은 그침이 없이, 한나절 내내 계속 먹었고, 말이 먹는 동안에 할아버지는 굵은소금을 안주로 술을 마셨고, 막대기로 말 옆구리의 부스럼 딱지를 긁어주었다.

죽기 두 달 전 가을에, 뒷산 공터에서 마른 풀을 잔뜩 뜯어먹은 말이 집으로 돌아오는 길에 발정을 일으켰다. 말은 가던 걸음을 멈추고 길바닥에 길게 오줌을 갈기더니 수컷의 생식기를 일으켰다. 쭈그러진 껍데기 속에서, 검은 육질의 기둥이 밀려나왔다. 생식기는 절정을 향해서 맹렬하게 발기되어 있었다. 긴장된 근육에 윤기가 흘러서, 생식기는 발광체처럼 보였다. 빛나는 생식기였다. 말의 생애의 저쪽 먼 곳에서부터 밀려나온 듯했다. 굵은 혈관이 지렁이처럼 생식기를 휘감고 벌떡거렸다. 저절로 흔들리는 생식기가 뱃가죽을 탕탕 때렸다.

—야야, 이러지 마라. 여긴 길이야. 집에 가자. 가서 해.

할아버지가 갈기를 당겨도 말은 뒷다리를 엉버티며 따라오지 않았다. 통행인이 많은 우체국 앞 거리였다. 하굣길의 고등학교 남학생들이 구경거리에 몰려들었다. 땅바닥에 엎드린 아이가 긴 회초리로 말의 생식기를 때렸다. 말 뒷다리 근육에 경련이 일더니, 생식기가 안쪽으로 움츠러들었다. 말이 뒷발질로 아이들을 쫓아버리고 다시 생식기를 내밀었다. 수말의 생식기는 어머니의 몸을 열고 나오는 아이의 머리통처럼 수말의 몸속에서 밀려나왔다. 아이들이 연탄재를 말의 생식기에 끼얹었다. 생식기가 뒤쪽으로 움츠러들면서 연탄재가 껍질 속으로 묻어들어갔다. 말은 앞다리를 들어 허공을 긁으며 진저리를 쳤다. 이빨 빠진 아가리를 벌려서 길게 울었다. 아이들이 낄낄 웃으면서 달아났다. 생식기를 내놓았다고 해서, 아이들은 그 말을 '좆내논'이라고 불렀다. 그러나 '좆내논'은 그날 이후로는 좆을 내놓지 않았다.

'좆내논'은 좆을 내놓은 지 두 달 만에 죽었다. 좆내논은 사살되었다. 좆내논은 고삐가 없이, 목에 끈을 매서 마구간 기둥에 묶여 있었는데, 어느 날 갑자기 발작을 일으켰는지, 몸부림으로 목 끈을 끊었다. 좆내논은 마구간 문짝을 부수고 밖으로 뛰쳐나와 읍내 쪽으로 달려갔다. 할아버지가 쫓아갔으나 좆내논이 농수로를 건너뛰자 할아버지는 더이상 쫓을 수가 없었다. 미친 말은 남의 집 닭장을 부수고 배추밭 인삼밭 토마토밭을 짓밟으면서 달렸다. 좆내논은 군계郡界를 지나서 사슴목장을 부수고 초원을 건너 강가로 달려갔다. 동네 개들이 말을 따라갔으나 당할 수가 없었다. 경찰관 분대가 신고를 받고 출동했다. 좆내논은 강가에서 사살되었다. 아가리를 강물에 댄 자세로 좆내논은 옆구리로 총알을 받았다. 좆내논은 네 다리를 쭉 뻗고 죽었다. 편자도 없는 발바닥으로 어떻게 그 먼 거리를 달렸는지, 경찰관들은 의아하게 여겼다. 죽은 좆내논의 발바닥에는 편자는 없었지만, 오래전에 편자를 박았던 못 구멍이 있었다.

4

2월 초에 나는 디자인회사에서 사직했다. 이 개월분 급여와 퇴직금은 받지 못했다. 사표를 수리하면서, 관리이사는 육 개월 안에 체불임금을 정리해주겠다고 각서를 써주었고, 나는 회사의 근로기준법 위반행위를 고소하지 않겠다고 구두로 약속했다. 고소가 밀린 임금을 빨리 받게 해줄 것 같지도 않았다.

오 년여의 직장 경력 중에서 두번째 사직이었다. 아파트 미분양 사태가 장기화되고 정부의 공공토목사업이 위축되자 디자인회사의 수주물량은 줄어들었다. 건설시장은 전망이 불투명했다. 고객사들은 이미 합의된 의뢰건도 계약금을 떼어가면서 발주를 취소했다. 미국 건설투자업계에서 발생된 파산과 채무 불이행 사태가 몰고 온 경기 침체의 여파가 한국의 재벌

기업과 그 하청업체 그리고 정부 산하 기업들을 거쳐서 영세한 민간 디자인회사에까지 밀어닥치고 있었다. 세상이 돈과 먹이로 연결되어 있다는 것은 틀린 말은 아닐 테지만, 먹이에 대한 전망이 불투명해지자, 먹이사슬의 저 꼭대기에서부터 도마뱀이 꼬리를 끊고 달아나듯이 아래쪽으로 연결된 먹이의 고리를 끊어냈다. 세상이 돈과 먹이에 의해 연결되어 있는 것인지, 그것들에 의해 차단되어 있는 것인지를 분석할 능력이 나에게는 없었지만 분석은 중요하지 않았다. 그것이 연결인지 차단인지, 나는 말의 뜻을 그다지 신뢰하지 않고 또 거기에 무슨 의미 있는 차이가 있다고도 생각하지 않았다. 2월에 나는 밀린 임금을 받지 못하고 직장을 떠난 실직자였다. '일신상의 이유'로 자진사퇴한다는 형식이었지만, 사표를 내지 않았더라도 월급을 받을 수 없었을 테니까 자진사퇴나 해직이나 별 차이 없었다.

디자인회사에서 나의 일은 아파트 실내의 일부와 액세서리, 도로나 교량의 교각, 난간, 가로등, 중앙 분리대 같은 구조물의 이 구석 저 구석을 세밀화로 그려내는 일이었다. 설계를 바탕으로 덧그림을 그릴 때도 있었고 나 자신의 아이디어로 그려내서 설계에 반영되는 경우도 있었다. 아파트 실내 액세서리는 클로즈업 사진보다 훨씬 더 디테일을 살리는 극세밀화로 그리는 경우가 많았다. 그런 날엔 대형 돋보기를 대고 밤새도록 작업했고, 새벽에 마른 눈에 인공눈물을 넣었다. 나는 흑연 연필이나 색연필로 작업했고, 이따금씩 포스터컬러를 썼다.

고객사들은 내가 제출한 세밀화들을 산업홍보물 제작이나 보고서 또는 설계안 수정이나 전람회 전시용으로 사용했는데, 그 어떤 경우라도 고객사의 발주와 계약이 있어야만 작업은 가능했다. 2월에 나는 퇴직금도 송별연도 없이, 쓰던 색연필과 물감, 그리고 한 상자의 사물을 싸들고 회사를 떠났다.

아버지가 1심에서 유죄 판결을 받을 때 징역형 외에도 재산 몰수형이 부가되어 있었다. 그때 도청소재지에 있었던 오십 평짜리 아파트는 추징금으로 압류되었다. 아버지와 어머니가 살던 사십오 평짜리 이층 단독주택은 겨우 압류를 모면했다. 아버지가 공직자로서 직무상의 권한을 악용한 범죄행위의 이익물로 그 집들을 장만했다는 혐의는 공소장에 다 적혀 있고, 아버지도 모두 시인한 사실이었다. 공소장에는 적혀 있지 않지만, 내가 미술대학 디자인과에 합격해서 서울로 올라올 때 방 두 칸짜리 아파트를 구해준 돈과 사 년간에 걸친 등록금, 미술 재료비, 용돈 그리고 내가 첫 직장에 취직했을 때 출퇴근용으로 쓰라고 사준 소형 자동차 값도 모두 그 범죄행위의 이

익물이었을 것이다. 공소장에 따르면 아버지의 범죄행위는 장기간에 걸쳐 음성적이며 관행적으로 계속되었고, 토착적이고 제도적이며 구조적인 갈취형 상납비리였다고 하니까 그 돈이 알게 모르게 나의 생애 속으로 흘러들어왔다는 점은 부인할 수 없었다.

아버지가 구속된 후, 어머니는 서울로 와서 내 아파트에서 살았다. 어머니는 골다공증을 앓는 엉치뼈를 찜돌로 지지면서 누워 있거나 몸이 좀 풀리는 날에는 교회의 여러 모임에 나가면서 소일했다. 가끔씩 내가 집에서 쉬는 날에는 부추를 썰어 넣은 밀전병을 부치면서 할아버지의 말 이야기를 했다.

—얘, 그 말이 눈빛이 희끄무레한 게 꼭 느이 할아버지를 닮았어. 머리카락이 먼지를 뒤집어쓴 것처럼 뿌연 것도 꼭 닮았어.

수없이 되풀이된 이야기였다. 어머니는 내가 듣거나 말거나 이야기를 계속했다. 어머니는 혼자 있을 때도 말 이야기를 중얼거리는 게 아닌가 싶었다. 죽은 말의 모습과 냄새는 할아버지와 아버지의 모습에 포개지면서 어머니의 생애 한복판에 완강하게 자리잡고 있었다.

—얘, 말이 죽으니까, 도살장 사람들이 와서 각을 떠갔어. 그걸 가져가서 뭘 했는지 몰라. 다 늙어빠져서 가죽도 쓸 수가

없었을 텐데. 느이 할아버지는 말이 죽자 또 그 뭐냐, 독립운동 하던 선생 무덤에 가서 한나절이나 울고 왔다더라.

내가 회사를 정리하고 돌아온 날 저녁에도 어머니는 말 이야기를 했다. 어머니와 나의 생활비는 내 월급이 전부였는데, 어머니는 내가 회사를 그만둔 사실을 알고서도 돈 걱정은 하지 않고 오래전에 죽은 말 이야기만 했다. 어머니는 말 이야기를 반추함으로써 지나간 날들의 고통과 닥쳐올 날들에 대한 불안을 함께 이야기하고 있었다. 나에게는 그렇게 들렸다. 어머니의 마음속에서, 그 늙은 말, 좆내논은 아직 죽지 않았던 것이다.

돈이 떨어지면 지나간 날들을 돌이켜보게 된다. '돌이켜본다'는 이 말이 도덕적으로 반성은 아니다. 돌이켜본다는 말은 돌이켜 보인다라고 써야 옳겠다. 보여야 보이는 것이고 본다고 해서 보이는 것도 아닐 터이다. 돈이 있을 때는 보이지 않던 것이 돈이 다 떨어지고 나면 겨우 보이는 수가 있다. 그리고 거기에는 돈 떨어진 앞날에 대한 불안이 스며들어 있을 것이다. 그러니까, 생계가 막막해진 저녁에 오래전에 죽은 말 이야기를 하는 어머니를 이해할 수는 있다. 돈이 다 떨어지고, 돈이 들어올 전망이 없어지면 사람들을 안심시켜주던 그 구매력이 빠져나가면서 돈의 실체는 드러나는 것인데, 돈이 떨어져야 보이게 되는 돈의 실체는 사실상 돈이 아닌 것이어서, 돈은 명료하면서도 난해하다. 돈은 아마도 기호이면서 실체인 것 같은데, 돈이 떨어져야만 그 명료성과 난해성을 동시에 알 수가 있다. 구매력이 주는 위안은 생리적인 것이어서 자각증세가 없는데, 그 증세가 빠져나갈 때는 자각증세가 있다. 그래서 그 증세를 느낄 때가 자각인지, 느끼지 못할 때가 자각인지 구별하기 어렵다. 돈이 떨어져봐야 이 말을 알아들을 수가 있을 것이다. 그 증세는 생리적인 것이라기보다는 생리 그 자체여서 거기에 약간의 속임수가 섞여 있어도 안정을 누리는 동안 그 속임수는 자각되지 않는다. 그래서 내가 도저히 끊어버리고 돌아설 수 없는 것들, 끊어내고 싶지만 끊어낼 수 없는, 만유인력과도 같은 존재의 탯줄 그리고 나와 인연이 닿아서 내 생애 속으로 들어온 온갖 허섭스레기들의 정체를 명확히 들여다보려면 돈이 다 떨어져야 한다. 그러니 돈이 떨어진다는 일은 얼마나 무서운가.

지난겨울에 산 부츠는 두어 번 신어보니까 왠지 거북해서 신발장 안에 넣어놓고 잊어버렸다. 돈이 떨어지고 나니까 내가 그 부츠와 어떤 인연으로 얽혀 있었던지가 어렴풋이 보인다. 높은 굽이 박힌 부츠였다. 높은 굽은 몸을 위로 띄워서 상반신을 긴장시키고 젖가슴을 전방으로 밀어내는데, 발목을 덮은 털가죽은 위로 뜬 몸을 다시 땅 쪽으로 끌어당겨 주저앉힌다. 그 부츠에 대한 나의 거북함은 아마도 그렇게 거꾸로 작용하는 힘 때문이었을 것이다. 작년 연말 상여금을 받아서 그 부츠를 샀다. 좀 비싸다 싶었지만 캥거루 가죽이라고 해서 망설이다가 샀다. 직장을 버리고 돈이 다 떨어지고 나니까 그 부츠와 나 사이의 허섭스레기 같은 인연이 이제는 서먹하다. 돈이 있을 때, 돈이 들어올 전망이 있을 때와 돈이 다 떨어졌을 때, 돈이 들어올 전망이 없을 때 그 두 국면에서 사물과 나 사이의 정서적 관계는 바뀌는 것인데, 돈이 다 떨어지고 나면 그 인연의 하찮음이 보인다. 그래서 앞으로 또 돈이 생기면, 그런 하찮고 덧없고 있어도 그만이고 없어도 그만인 인연이 계속 쌓일 것이라는 예감이 온다. 돈이 다 떨어지니까 신발장 속의 부츠는 구두가 아니라 나에게 길들여지지 않은 낯선 짐승처럼 느껴졌다. 캥거루 가죽이 캥거루로 되살아나서 신발장 속에서 낑낑거리고 있는 꼴이었다. 돈이 떨어지고 나서, 돈이 있을 때 산 립스틱을 바르고 거리에 나서면, 지나간 날들과 닥쳐올 날들이 한꺼번에 막막해진다. 돈이 떨어지고 나면 그 막막함이 명료해진다. 명료한 막막함이란 말이 되는 것인지 모르겠다.

돈이 떨어지면 아버지가 생각난다. 아주 어렸을 때는 잘 몰랐겠지만, 고등학교 무렵에만 해도 아버지가 집에 가져다주는 돈이 6급 지방 공무원인 아버지의 월급만은 아닐 것이라는 의문이 막연히 떠오르기는 했었다. 그 의문은 진화하지 못한 하등동물들의 의식이 밑바닥에서 깜빡이고 있을 희미한 등잔불 같은 것이어서, 일상이라는 지층의 밑바닥에 늘 매몰되었다. 그 지층 위에서 일상은 습관으로 이어져나갔다. 습관화된 의문은 의문이 아니고, 습관화된 모든 것은 다만 습관일 뿐 그밖의 아무것도 아니었다. 나뿐 아니라 어머니도 그러했을 것이고, 일상 속에 깊이 매몰되는 정도는 먹고사는 일을 관리해야 하는 어머니가 나보다 더 심했을 것이다.

돈이 다 떨어지고 나면 아버지가 생각난다. 돈이 다 떨어졌을 때 생각나는 돈은 돈의 환영이거나, 돈에 대한 절박함일 터인데, 없는 돈이 갇힌 아버지를 끌어당겨준다. 아버지가 구속수감된 후에, 죄수복을 입고 감방 안에 들어 있는 아버지를 생각하면, 아버지에게 삶이란 생리적인 과정이었던 것 같다. 가족들의 생리적인 삶만이 아버지의 모든 진실이었다. 그리고 돈은 삶의 생리를 보호하고 유지시켜주는 유일한 방편이며 조건이자 환경이었을 것이다. 그리고 아버지에게, 그렇게 영위되는 삶은 허위나 가식이 아니고, 영광이나 수치가 아니고, 선악미추의 분간으로 가늠하기 어려운, 받아내고 견뎌야 할, 빼도 박도 못할 운명이었을 것이다. 그리고 아버지의 공소장에 기록된 모든 범죄 사실도 그와 크게 다르지 않았을 것이다. 아버지는 수사 초기부터 혐의 사실을 모두 자백했기 때문에 기소와 재판은 신속히 진행되었다. 아버지와 연루된 사람들은 전전긍긍했고, 아버지의 자백이 시작되자 달아난 사람도 있었다고 한다. 나는 아버지가 수사받는 내용을 신문에서 보고 알았다. 너무도 쉽고 자연스러운 자백과 인정은 범죄에 대한 반성이 아니라, 범행이 오랫동안 일상화되고 생활화되어 있었다는 사태를 의미하는 것이며, 감형의 사유가 될 수 없을 것이라고 신문은 해설기사에서 말했다. 아버지의 1심 형량은 구형량대로 확정되었다. 아버지에게 가족 너머의 세계란 없었고, 교도소 감방 안에서도 아버지는 마찬가지였을 것이다.

내가 회사를 그만둔 겨울에 아버지는 교도소 안에서 모아두었던 영치금을 집으로 보내왔다. 아버지가 나의 실직을 알고서 돈을 보낸 것 같지는 않았다. 혹시 어머니가, 나 몰래 아버지를 면회가거나 혹은 편지로 나의 실직을 알리는 방법은 있었겠지만, 그것은 실제로 일어날 수 있는 일은 아니다. 나의 실직과 아버지의 송금은 무관할 것이었지만, 시점이 맞아떨어졌다.

아버지가 보내온 돈은 구십오만원이었다. 그 돈은 그동안 내가 아버지를 면회갈 때마다 넣어준 영치금의 거의 전부였다. 어머니가 아버지를 면회갔는지 가지 않았는지는 알 수 없지만, 혹시 나에게 알리지 않고 면회를 갔더라도 영치금을 넣어주지는 않았을 것이다.

아버지의 영치금은 구십오만원짜리 소액환으로 바뀌어 되돌아왔다. 봉투 안에 교정행정의 규정에 따라서 수용자가 직계가족에게 보내는 돈의 송금을 허가한다는 교도소장의 문서가 아버지의 편지와 함께 들어 있었다. 아버지가 교도소에서 집으로 편지를 보내온 것은 처음이었다. 교도소에서 먹여주고 입혀주고 병 고쳐주어서 돈을 쓸 일이라고는 구내매점에서 군것질하는 정도인데, 사비로 구입한 음식물은 다른 수용자들이 보는 데서는 먹을 수가 없고 반드시 아무도 안 보는 데서 혼자 먹도록 규정되어 있어서 차마 안쓰러워서 먹을 수 없으니, 돈이 필요없다는 내용이었다. 아버지가 돈이 필요없는 이유로 말한 교도소의 규정이 사실인지 아닌지 나는 모르겠다. 어머니에게 하는 말인지 나에게 하는 말인지 알 수 없었지만, 겨울에 옷이라도 하나 사서 입으라는 한 줄이 편지 마지막에 붙어 있었다.

영치금이 되돌아온 날, 어머니는

—네가 그동안 영치금을 넣어준 모양이구나.

라고 말하면서, 나의 대답을 기다리지는 않았다. 어머니는 말했다.

—애, 그 인간이 그래도 돈은 꾸역꾸역 벌어왔어. 쥐꼬리만큼씩이라도 겨우겨우 댔어. 무슨 짓을 했는지는 몰랐지만 말야. 그게 불쌍해. 그게 가엾어.

어머니는 내 대답을 기다리지 않고 또 말했다.

—야, 이젠 그 안에 있으니까 그 짓 안 해도 되잖아. 그 인간은 거기 있는 게 젤 나아. 그게 덜 불쌍해. 너도 그렇게 생각해라.

아버지가 보내온 구십오만원짜리 소액환 증서는 어머니가 찬장 아랫서랍에 넣어두었다. 어머니는 그 증서를 현금으로 바꾸지 않았다.

몇 달 후에 가위를 찾다가 우연히 그 서랍을 열어보니까, 그 소액환 증서가 서랍 속에 그대로 있었다. 나는 얼른 서랍을 닫았다.

5

나의 실직상태는 오래가지 않았다. 2월 하순께 나는 계약직 공무원 공채 선발과정을 거쳐서 민통선 안 국립 수목원의 전속 세밀화가로 채용되었다. 신문에 난 모집공고를 보고 이력서와 색연필로 그린 작품 몇 점을 보냈더니 면접을 보러 오라는 통지가 왔다. 계약직이었고 월급도 전 직장보다 적었지만 업무량은 많지 않았고 이윤과 관련된 상업적 스트레스가 없었다. 수목원에서 민통선 밖 읍내에 있는 이십 평형 직원아파트 한 채를 내준 것은 계약직인 나에게는 특별한 행운이었다. 나는 서울과 어머니를 떠날 수 있었다. 어머니는 내가 거처를 멀리 옮겨가는 것이 불만이었지만 동부전선 밑의 외진 마을까지 나를 따라올 수는 없었다.

—얘, 거기 전기는 들어오냐? 수돗물은 나오고?

라고 어머니가 말했을 때, 그 말은 나를 따라오지 않겠다는 뜻이었다. 어머니는 교회에서 집사 자리를 맡아서 목사관에서 숙식을 하기로 결정되었다. 불화가 없더라도 가족들이 멀리 떨어져서 사는 일은 오히려 화해롭게 느껴졌다. 채용이 거의 결정되어서 면접을 보러 가는 날 아침에 어머니는 찬장 서랍에서 아버지가 보내온 구십오만원짜리 소액환을 꺼내서 나에게 내밀었다.

—얘, 너 멀리 가는데, 이거 바꿔서 써라. 이럴 때 쓰라구 보낸 거겠지.

나는 어머니가 내민 소액환을 받아서 어머니가 화장실에 들어갔을 때 다시 찬장 서랍에 넣었다. 어머니가 화장실에서 나오면서 말했다.

—우체국에 가면 바꾸어준다. 주민등록증 가져가.

어머니의 말은, 네가 가면 어딜 가겠니? 라는 말처럼 들렸다.

봄이 와서 겨울눈이 열리고 식물들이 새 이파리와 새 꽃잎을 내밀 때부터 세밀화를 그리자면, 2월 말 안에 채용절차를 끝내고 3월 둘째주까지 직무연수를 마쳐야 한다고 수목원 인사담당자가 공문으로 알려왔다. 수목원이 민통선 안 산림지대에 넓게 자리잡을 수 있었던 것은 국립기관이었기 때문일 것이다. 채용이 되면 나는 계약직 공무원의 신분이었다.

수목원에 면접을 보러 간 날은 갑자기 추워졌다. 초행길이었고 아침부터 눈이 내렸다. 시야가 흐려져서 앞차와의 거리가 멀어 보였고 지도상의 거리보다 훨씬 더 먼 곳을 가는 느낌이었다. 눈이 무서워서 연료통에 휘발유를 가득 채우고 스페어 통에도 연료를 채웠다. 라디오는 내륙 산간에 내린 대설주의보를 거듭 방송했다. 민통선 마을의 읍내 카센터에서 스노체인을 사서 뒷바퀴에 감았다. 허름한 이층 상가가 끝나는 네거리에서 북쪽 방향으로 국립 수목원을 가리키는 도로표지판이 나타났다.

거기서 북쪽으로 방향을 꺾자, 아득히 흐리고 빈 공간이 펼쳐졌다. 자동차가 단 한 번 우회전함으로써 그렇게 아무것도 들어서지 않은 막막한 세상이 전개될 수 있었다. 내가 면접을 마치고 돌아가는 길에, 이 네거리에서 서울 쪽의 익숙한 일상을 향하여 좌회전할 때, 그때 내 앞에 전개되는 공간 또한 저렇게 아득할 수밖에 없겠지만, 익숙한 아득함은 익숙해서 아득하지 않을 것이다. 그러니, 좌회전과 우회전은 별 차이 없을 터이지만, 나는 한 번의 우회전으로 낯선 아득함을 향하고 있었다.

그 공간 안에서는 아무것도 눈에 걸리지 않았다. 아무것도 시선에 걸리적거리지 않았는데도, 시야는 눈알 속으로 밀려들어와서 가득 찼다. 여기서는 보이는 것을 어떻게 그려야 하나 싶어서, 잠깐 차를 멈추고 들판의 끝쪽을 멀리 들여다보았다. 들여다보았더니, 꽉 찬 것과 빈 것이 같았고, 다만 말이 다를 뿐이었다. 이런 풍경은 그릴 수가 없으니까, 그리지 않는 것이 좋겠다는 생각이 들었다.

거기에 눈이 내렸다. 바람이 불어서 눈송이들이 허공에서 뒤엉켰다. 바람이 길게 들판을 건너갈 때, 바람에 쓸리는 눈의 대열들이 너울거렸고, 내려앉은 눈이 다시 날아올라서 흘러가는 눈의 대열을 따라갔다.

눈을 뒤집어쓴 떨기나무 군락이 듬성듬성 나타났다. 들판은 농경지와 황무지가 섞여 있었다. 그 가운데로 도로가 뚫려 있었는데, 눈에 덮여서 도로는 들판과 잘 구별되지 않았다. 시화평고원은 군사분계선 북쪽의 현무암 용암대지였다. 그 황무지의 지평선이 들판의 왼쪽으로 펼쳐지고 큰 강이 그 지평선을 건너오고 있었지만 지평선과 강은 눈발에 묻혀 보이지 않았고 오른쪽 멀리 자등령의 흐려진 능선이 눈보라 속에서 흔들려 보였다. 수목원은 그 자등령 아래였는데, 거기까지 가자면 민통선 검문소를 통과해야 했다. 이따금씩 맞은편에서 전조등을 켠 장갑차와 군용 트럭 들이 다가왔다. 적재함에 탄 사병이 나에게 빨간 깃발을 흔들어 비키라는 신호를 보냈다. 사병이 깃발을 흔들 때 팔에서 눈덩이가 떨어졌다. 나는 갓길로 피해 차를 멈추었다. 장갑차들은 앞차와 뒤차가 서로 수신호를 주고받으며 느리게 달려갔다. 그 뒤로 줄을 이은 군용 트럭들은 포신이 긴 야포를 싣고 있었다. 트럭들은 수신호를 주고받으며 대열을 끌고 갔다. 지프를 탄 지휘장교가 뒤를 돌아보며 경광등을 흔들었다. 엔진음이 우르릉거렸다. 눈발이 공간감각을 헝클어서, 방금 지나간 장갑차가 멀어 보였다. 쇠붙이의 대열은 신호에 신호를 이어가며 눈 속에서 나타나서 눈 속으로 사라졌다. 장갑차와 야포 들은 아득하고 정처없는 적敵을 찾아서 눈보라 속으로 들어가는 것처럼 보였다. 그러고는 눈뿐이었다. 눈이 더욱 내려서 무한궤도의 바퀴자국을 지웠다. 읍내 네거리 우회전 시점에서 민통선 검문소까지는 십오 킬로미터였다. 단 한 번의 우회전으로 이처럼 텅 빈 세상으로 들어올 수 있었다. 과히 나쁜 직장은 아니겠구나 싶었다.

민통선 검문소에 도착했을 때 눈이 그쳤다. 먼 산들이 차가운 눈 비린내를 풍겼고, 하늘은 아직 쏟아내지 못한 눈을 품고 무거웠다. 통문 초소 앞 도로는 바리케이드로 막혀 있었고, 그 위에 '우리는 보병이다. 조국의 육탄'이라고 쓴 현수막이 걸려 있었다. 초병이 다가와서 거수경례를 보냈다.

—어디로 가십니까?

—국립 수목원입니다.

나는 주민등록증을 초병에게 내주었다.

초병은 초소 안으로 들어가서 장부를 훑어보고 밖으로 나왔다. 초병이 내 주민등록증을 돌려주었다.

—명단에 없습니다. 통과 안 됩니다.

수목원에서 나의 인적사항과 용무, 도착시간을 초소에 미리 통고하지 않았기 때문에 통과시킬 수 없다고 초병은 설명했다. 나는 수목원에 신규 채용될 직원이며 아직 출입증이 없으니까 수목원에 전화를 해서 내 신원과 용무를 확인해달라고 초병에게 부탁했다. 초병이 대답했다.

—지시받은 사항이 아닙니다. 돌아가십시오.

민통선 안쪽은 전파가 닿지 않아서 내 핸드폰을 쓸 수도 없었다. 나는 수목원의 공무로 여기까지 왔다는 점을 강조하면서 책임있는 장교에게 보고해달라고 부탁했다. 초병이 나를 위아래로 훑어보더니 다시 초소 안으로 들어갔다. 들어가면서 초병은 혼잣말로 중얼거렸다.

—니미, 여자가 장교 끗발을 다 아네.

초병은 자석식 전화기를 돌려서 어디론지 고함을 지르고 나서 초소 밖으로 나왔다.

—통문장님 오실 테니까 좀 기다리시오.

—얼마나 걸릴까요?

—중대본부에서 오니까 좀 걸릴 거요.

나는 자동차 안에서 기다렸다. 바람이 산에 부딪혀서, 먼 능선을 따라 눈보라가 일었다. 키 큰 나무 밑에 두루미들이 모여서 눈을 피하고 있었다. 한쪽 다리로 선 두루미들은 모가지를 뒤로 젖혀서 부리를 죽지 밑으로 감추고 있었다. 두루미들은 그렇게 서서 미동도 하지 않았다. 그것들의 생명은 고요히 집중되어 있었다. 그 적막한 무리 속에서도 무슨 위태로운 조짐들이 감지되는 것인지, 두루미들은 갑자기 외마디 비명을 지르며 일제히 날아올랐다. 두루미들의 비명소리는 탁했고, 속이 비어서 들판의 저쪽 가장자리에까지 닿았다. 가까이서 울부짖는 두루미 소리도 멀리서 울부짖는 소리처럼 들렸다. 그것들은 작은 불결이나 훼손도 묵과하지 않았다. 다시 내려앉은 두루미들은 외다리로 서서 부리를 죽지 밑에 감추고 고요했다. 그것들은 땅 위에서 한 뼘 발 디딜 자리를 겨우 찾아내서 외다리로 서 있었다. 그것들은 존재를 버티어줄 수 있는 최소한의 면적만을 차지했고, 그 위에 모든 하중을 싣고 있었다.

그것들은 이따금씩 발을 옮겨 디뎠고, 몸통 위에 떨어진 눈송이를 털어내고는 다시 고요했다. 그 집중된 자태 속에는 멸종의 운명이 감추어져 있었는데, 멸종되어가는 것들의 생명은 외다리 위에서 충만했고 제 몸의 온도로 제 몸을 덥히는 그것들의 가슴은 따스해 보였다. 그것들의 생명 속에서는 태고와 신생이 이어지면서 시간의 미립자들이 순환하고 있었는데, 그것들은 또 무슨 불안한 조짐에 닿았는지 죽지 밑에 감추었던 모가지를 길게 뻗어 눈보라 날리는 자등령 쪽 들판을 멀리 바라보았다. 그 들판은 희고 넓었고 눈 비린내로 가득 차 있었는데, 두루미의 망막에 비치는 세상이 어떠한 것인지를 알려는 내 마음을 나는 단념시켰다. 눈이 내리는 날, 단 한 번의 우회전으로 이처럼 낯선 세상으로 들어왔는데, 민통선 초소를 통과해서 그 안쪽으로 들어가면 한 굽이를 돌 때마다 처음 보는 한 세상이 열릴 것처럼 그 들판은 넓고 흐렸다.

나는 자동차 안에서 삼십 분쯤 기다렸다. 두번째 날아오는 두루미들이 다시 눈 위로 내려앉았을 때, 민통선 안쪽에서 군용 지프가 초소로 다가왔다. 초병이 지프에서 내린 장교를 거수경례로 맞았다. 장교가 초소 안으로 들어가서 어디론지 전화를 걸어서 무어라 고함을 지르고 나서 나에게 다가왔다. 장교가 나에게 거수경례를 보냈다. 장교의 거수경례에, 나는 움

찔했다. 장교는 키가 컸고, 허리에 권총을 차고 있었다. 다이아몬드 두 개면 중위라는 것을, 나는 전에 애인을 군대에 보낸 친구들과 수다를 떨다가 알게 되었다.

중위는 철모에 짓눌린 눈을 들어서 내 주민등록증 사진과 얼굴을 살폈다. 중위가 말했다.

—업무에 착오가 있었습니다. 수목원에 전화해서 신원확인 했습니다. 죄송합니다. 일몰 전에 나오셔야 합니다.

중위는 통과를 허가했다. 나는 임시출입증을 받아들고 자동차로 돌아갔다. 중위가 다시 나를 불러세웠다.

—그 차로는 못 갑니다. 비탈길에 눈이 얼었습니다.

중위가 군용 지프를 돌려서 내 앞으로 세웠다.

—이 차로 갑시다. 타십시오. 돌아가실 때는 수목원 지프로 초소까지 나오십시오.

나는 운전석 옆자리에 올라탔다. 겨울인데도, 지프 안에서는 절은 땀냄새가 났다. 오래 목욕하지 않은 사내들의 누린내와 디젤 연료의 배기 냄새가 섞여 있었다. 경찰의 수사망이 조여들어올 무렵에, 아버지는 밤중에 물을 마셔가며 줄담배를 피웠다. 담배에 불을 붙이고 나서, 아버지는 탁 소리가 나게 라이터 뚜껑을 닫았다. 지포 라이터 뚜껑을 세게 닫는 동작만이 아버지의 저항인 듯싶었다. 아버지의 지포 라이터에서는 휘발유 냄새가 났다. 생명과는 무관한 이물질의 냄새였는데, 이제는 방귀나 트림처럼 아버지의 체취의 일부가 되어버린 듯한 냄새였다. 중위의 지프 안에 밴 냄새가 아버지의 휘발유 라이터 냄새를 끌어당겼고, 그 너머에의 오래전에 죽은 할아버지의 수말 좆내논의 분뇨 냄새가 피어올랐다. 나는 눈 덮인 교도소의 지붕을 생각했다. 냄새와 환영과 기억 들은 한꺼번에 내 마음의 오지에서 피어올랐다. 냄새는 늘 비논리적이면서, 찌를 듯이 달려들었다. 그것이 실체인지 헛것인지는 알 수 없었지만, 헛것이라 해도 헛것의 주술력으로 실체를 눈앞으로 끌어당겨놓는 힘이 있었다.

'인명재차人命在車, 닦고 조이고 기름치자'라는 문구가 운전석 앞에 붙어 있었다.

중위는 썰매를 끌듯이 천천히 차를 몰았다. 눈 쌓인 비탈길에서 뒷바퀴가 미끄러져서 헛돌 때마다 중위는 액셀을 세게 밟아서 차를 앞으로 밀어올렸다. 중위는 겨울 비탈길 운전에 익숙해 있었다. 중위는 방탄조끼를 입고 있어서 운전석에 앉기가 불편해 보였다. 그의 방탄조끼 가슴에는 대검과 망원경, 플래시와 열쇠고리, 그리고 내가 용도를 알 수 없는 도구들이 매달려 있었고, 철모 뒤쪽에 붙인 부대 표시는 세모와 네모가 겹쳐서 만다라처럼 보였다. 민통선 초소를 경비하는 초급 장교에겐 그처럼 많은 장비가 필요한 모양이었다. 중위는 군복의 익명성에 묻혀서 아무런 개별성도 없는 존재로 보였는데, 그 익명성 속에서 오히려 한 개별자로서 심란하고 외로워 보였다. 좀 전에 눈발 속으로 사라진 장갑차와 군용 트럭의 스산함도 그와 같은 것이었다. 지프가 뒤로 미끄러질 때, 중위는 빠르게 핸들을 돌리고 액셀을 밟아서 차를 끌어냈다. '인명재차'는 과장된 말이 아니었다. 나무에 쌓였던 눈덩이가 지프 앞유리로 떨어져내렸다. 눈 덮인 숲속의 나무들은 눈과 숲의 익명성 속에서도 개별자로서 외롭거나 억눌려 보이지 않았다. 나무의 개별성과 숲의 익명성 사이에는 아무런 대립이나 구획이 없었다. 나무는 숲속에 살고, 드문드문 서 있는 그 삶의 외양으로서 숲을 이루지만, 나무는 숲의 익명성에 파묻히지 않았다. 드문드문 서 있는 나무는 외롭지 않고, 다만 단독했다. 그것이 사람과 나무의 차이였고, 나는 그 차이를 처음 만나는 젊은 장교 옆자리에서 알게 되었다. 나는 수목원에 세밀화 작가로 취직하기 위해 면접을 보러 가는 길이었다. 땅에 뿌리박고 서 있는 나무의 모습과 세상에 처해 있는 인간의 존재 사이의 차이가 드러나도록, 나무와 꽃과 풀의 지독한 단독성을 그린 세밀화를 수목원이 나에게 요구한다면 난감하겠구나, 중위의 지프에 앉아서, 중위의 지프에 흔들리면서, 나는 그런 생각을 했다. '중위'는 이인칭도 삼인칭도 아니었다. '중위'는 불특정다수를 지칭하는 무인칭이었다. 그래서 '중위'는 사람을 부르는 호칭이 될 수 없었다. '중위'는 나와는 사소한 인연도 없는 철제 인형으로 내 옆에 앉아서 차를 몰았다. 방탄조끼에 갇힌 그의 안쪽은 짐승의 마음처럼 소통이 불가능해 보였다. 내 쪽에서 먼저 그에게 말을 걸어보지 않았지만, 말을 걸어도 철모에 눌린 그 입에서 대답이 나올 것 같지 않았다. 그가 대답을 하건 안 하건, 그에게 다급히 말을 걸지 않으면 읍내 네거리에서의 단 한 번의 우회전으로 맞닥뜨린 이 낯선 풍경을 감당해낼 수 없었다. 그런 조바심이 내 마음을 중위에게로 몰아붙였다. 차가 쏠릴 때마다 그의 방탄조끼 앞섶에 매달린 열쇠고리가 흔들렸다. 열쇠 두 개가 고리에 걸려 있었다. 그에게 말을 건다는 것이, 왜 하필 그 열쇠 얘기였는지는 알 수 없다. 말이란 그렇게, 하나 마나 한 말, 안 해도 좋을 말이 더욱 다급한 모양이었다.

—열쇠가 두 개네요.

라고 나는 말했다. 말했다기보다는, 말이 그렇게 새어나왔다. 그 말은, 키가 크시군요, 눈이 오는군요, 날이 저무니까 어두워지는군요, 처럼, 대답을 기다리지 않는 바람소리 같은 말로 내 귀에 들렸다.

중위가 대답했다. 철모에 짓눌린 입에서 목소리가 나왔다.

—소대 탄약통 열쇠입니다.

울림이 깊은 목소리였다. 그의 방탄조끼 안쪽을 향해서 나는 다시 한번 우회전하는 느낌이었다. 나는 다시 물었다.

—그럼, 소대장님이신가요?

—경비대대 통문소대장입니다.

—통문소대요?

—민통선 초소 3개소를 책임 맡고 있습니다. 그전에는 GP소대장으로 근무했습니다. 민통선으로 내려온 지 일 개월 됐습니다. 순환근무입니다. GP는 고지라서 지금 영하 십 도일 겁니다. 새벽엔 더 내려가지요. 저녁에 매복조들을 내보낼 때는……

차가 흔들려서 중위의 말이 끊어졌다. 중위의 방탄조끼 안쪽에, 세상으로 나오지 못한 말들이 갇혀 있는 모양이었다. GP, 매복, 통문 같은 단어들은 내가 발 들여놓을 수 없는 세상의 불가해한 어휘처럼 들렸다. 나는 그후, 남방한계선에 가까운 수목원에서 일하면서 그 단어들의 뜻을 자연스럽게 알게 되었다. GP는 남방한계선보다 더 북쪽인 비무장지대 안에 설치된 최전방 요새이며, 중화기로 무장한 소대 규모의 병력이 교대로 근무하고 있고, 북쪽 군대 역시 북방한계선 남쪽 비무장지대 안의 대칭 위치에 GP를 설치하고 있다고 수목원에서 오래 근무한 선임자들이 설명해주었다. 젊은 사내들이 세대를 거듭해가면서 그렇게 엄혹한 조건과 질서에 시달리고 짓눌려야 하는 시대의 작동원리를 나는 잘 이해할 수 없었다. 내 옆에서 지프를 운전해주는 중위는 그 GP에서 일 개월 전에 내려온 소대장이었다.

병사들이 군사도로에 쌓인 눈을 치우고 있었다. 병사들은 나무 위에 쌓인 눈까지 털어냈다. 먼 능선 위 도로까지 제설작업은 이어지고 있었다. 눈을 치운 길 위에 다시 가루눈이 내려 쌓였다. 중위가 말했다.

—눈이 오고 있을 때도 눈을 치워야 합니다. 밤에도 치우고 새벽에도 치웁니다. 얼어붙으면 치우기가 더 어려우니까요. 사단의 작전도로 관리지침입니다.

병사들이 눈을 치운 내리막길을 지나서 지프는 수목원 마당에 도착했다. 중위가 차를 세우고 말했다.

—수목원에 취직하시는 모양이지요? 세밀화가라고 들었습니다만……

—어떻게 아셨나요?

—수목원에 통문자 신원확인을 했습니다. 제가 통문장교로 있는 동안엔 가끔 초소에서 뵙겠군요.

—늘 쉽게 통과시켜주세요.

—출근하시게 되면 사단에서 출입증이 나올 겁니다.

수목원 직원 한 명이 나를 마중나와 있었다. 나는 중위의 지프에서 내렸다. 내가 군용 지프 도어핸들이 낯설어서 멈칫거리자 중위가 팔을 뻗어서 도어를 열어주었다. 중위의 팔이 내 몸을 건너올 때 중위의 몸에서 경유 냄새가 났다. 타고 남은 경유의 찌꺼기나 불완전연소된 디젤의 그을음 같은 냄새였다. 내가 내리자, 중위는 차를 돌렸다. 중위가 창밖으로 거수경례를 보냈다.

—돌아가겠습니다. 중위 김민수입니다.

중위가 액셀을 밟았다. 뒤로 돌아선 지프 배기통에서 경유 냄새가 끼쳐왔다. 중위, 김민수. 읍내 네거리에서 한 번의 우회전으로 맞닥뜨린 이 낯선 세상에서 그는 내가 만난 첫 사람이었다. 첫 사람이라는 말은 좀 이상하지 않은가, 를 나는 따져보았다. 나는 마중나온 직원의 안내를 받아서 청사 안으로 들어갔다.

6

읍내는 대낮에도 인기척이 드물었다. 인구가 줄어들어서 초등학교는 폐교되었고 면단위 행정구역의 통폐합을 예고하는 고지문이 네거리에 걸려 있었다. 전방 부대의 군인 가족들과 공무원들 그리고 수력발전소 직원과 그 가족 들이 그나마 구매력을 가진 주민들이었다. 읍내의 상가는 걸어서 십 분이면 끝났다. 군복무하는 사병들을 면회온 외지인들을 상대하는 식당과 숙박업소, 그리고 외출나온 군인들이 드나드는 유흥주점이나 당구장, 복권판매소, 다방이 읍내 상권을 이루었다. 재래식 오일장은 오래전에 폐장되었고, 가까운 도시의 유통업자들이 자반이나 건어물, 뻥튀기과자류, 플라스틱 주방용품과 브래지어, 란제리를 트럭에 싣고 와서 팔았다. 슬리퍼를 끌면서 껌을 씹는 여자들, 머리채에 헤어롤을 감은 여자들, 젖은 고무 장갑을 낀 여자들, 긴 속눈썹을 붙인 여자들이 트럭에 몰려와서 물건값을 흥정했다. 오랜 세월 동안 전출과 전입이 잦은 군인들을 상대로 술과 밤을 팔았고, 군부대에서 나오는 잔반을 받아서 식용견을 기르고, 그 개고기를 다시 군인들에게 팔면서, 군인들과 섞여서 살아온 여자들이었다. 사단의 경례구호가 선봉! 이었는지, 트럭 주변에서 여자들은 서로 선봉! 이라고 소리치면서 군인 흉내를 냈다. 읍내 유흥주점에서 손님을 접대하는 여종업원들은 특수업태부라는 행정명칭으로 분류되고 있었다. 그 행정명칭을 처음 들었을 때 '특수'라는 단어는 무너진 삶의 황폐감을 풍겼다. 유흥주점 손님들은 대부분이 가까운 군부대에 근무하는 직업군인이었다. 전출이나 전입, 제대, 승진, 표창식 또는 기동훈련이 끝났을 때 군인들은 전투복 차림으로 유흥주점에 모여서 회식했다. 읍내 유흥주점 여종업원들은 숫자가 많지 않아서, 한 여자가 하룻저녁에도 이 술집 저 술집을 옮겨다니면서 손님을 받았다. 군인들은 상급자가 점찍어놓은 여자를 껄끄러워했는데, 거북하기는 상급자들도 마찬가지였다. 계급장을 붙이고 술을 마시자니, 위계의식이 남자와 여자를 동시에 불편하게 했다. 그래서, 아무런 안면도 없고 인연도 없는, 처음 보는 여종업원들이 인기가 있었다. 나는 이런 얘기들을 나중에 수목원의 남자직원들한테 들었다. 산간마을로 가는 마을버스 차부 옆 공터에 들어선 유흥주점에는 '외지인 미녀 5명 방금 도착'이라는 현수막이 걸려 있었는데, 그 '외지인 미녀'가 뜻하는 바를 나는 나중에 알았다. 동부전선에 잇닿은 그 소읍은 군부대에 기대서 겨우 인기척을 이어가고 있었다. 읍내 중심가에만 도로가 포장되어 있어서 거리는 늘 흙먼지를 뒤집어쓰고 있었다. 대통령선거가 끝난 지 반년이 넘었는데도 선거 때 붙인 현수막이 찢어진 채로 펄럭였고, 거기에 멀리서 울려오는 듯한 정치구호들이 적혀 있었다. 바람이 불어서 먼지가 일 때마다 소읍의 모습은 풍화의 맨 마지막 과정을 거치고 있는 듯한 풍경이었는데, 그 풍경의 바닥에는 질긴 내구력이 또한 깔려 있어서, 쉽사리 사라질 것 같지도 않았다. 폭설이 쏟아지던 날, 낯설고 스산한 첫 인상으로 다가왔던 그 소읍 우회전 네거리가 내 마음속에서 정리되기까지는 서너 달의 시간이 필요했다. 읍내의 여러 풍경의 밑바닥에 복병처럼 숨어 있던 여러 의미들을 나는 한참 후에야 겨우 알게 되었다.

면사무소 옆 군인회관 건물 일층에 미술 실기지도학원이 들어와 있었다. 면회온 사람들이나 외출나온 군인들에게 잠자리와 식사를 제공하는 군인회관은 민간인 업자가 위탁운영하고 있었는데, 건물 안에 스무 평짜리 빈 가겟자리가 있었다. 부산인가 마산인가에서 왔다는 젊은 여자가 그 점포에 세들어서 미술학원을 차렸다. 여자는 나처럼 미술대학에서 디자인을 전공했는데, 애인이 사단 포병대대의 관측장교라는 소문이 있었다. 초등학생 네댓 명이 그 미술학원에서 지도를 받았다. 군인 자녀들은 전학이 잦아서 수강생은 자주 바뀌었지만 가르치는 여자의 열성이 대단해서 학부모들 사이에 소문이 좋았다. 난폭하고 욕지거리 잘하는 아이들도 미술학원에 몇 달 다니면 친구들과 싸우지 않고 더불어 잘 노는 아이로 바뀐다고 학부모들이 미술학원 원장 여자를 칭찬했다. 가끔씩 대위 계급장을 붙인 장교가 저녁 무렵에 미술학원에 왔다가 아침에 부대로 돌아갔다. 미술학원 이름이 '해바라기'였다. 학원 문짝에 크레파스로 그린 해바라기 그림이 걸려 있었다. 노란 꽃잎이 힘의 절정에서 무르익었고, 새카만 씨앗마다 태양을 한 개씩 품고 있었다. 그리고 그 해바라기 그림 아래, '최선을 다하는 선생님이 되겠습니다. 이옥영'이라고 까만색 크레파스로 쓰여 있었다. 내가 수목원으로 출근하기 며칠 전에 이옥영은 미술학원 욕실에서 수도꼭지에 넥타이로 목을 매달고 죽었다. 수업시간이 되어도 선생님이 나타나지 않자 아이들이 욕실 문을 열고 들어가서 목을 매달고 늘어진 선생님을 발견했다. 이옥영의 시체는 완전 나신이었고 뱃속에 삼 개월 된 태아가 죽어 있었다. 전라의 시신은 하얀 피부에 드문드문 푸른 반점이 드러나 있었다. 벗은 옷은 침대 위에 가지런히 정돈되어 있었다. 긴 생머리 타래를 뒤로 모아서 손수건으로 묶었고 귓바퀴 뒤쪽 머리카락에 실핀이 꽂혀 있었고 매니큐어는 깨끗이 지워져 있었다. 이옥영은 정갈한 의전행위를 수행하듯 죽음으로 나아갔던 모양이다. 발견되었을 때, 죽은 지 열 시간 정도가 넘었는지, 허벅지를 타고 흘러내린 똥물이 말라붙어 있었다. 사체를 검안한 의사가 허벅지에서 압박흔을 발견했다. 목을 맨 넥타이는 포병 대위의 것이었다. 포병 대위가 이옥영의 죽음과 관련되어서 헌병대의 조사를 받았으나 알리바이가 성립되었다. 대위는 며칠째 동계 기동훈련에 참가하고 있었다. 미술학원 내부에서는 외부자의 흔적이 발견되지 않았다. 욕실 안에는 목을 매달 때 발판으로 썼던 것으로 보이는 목욕용 대야가 엎어져 있었고, 거기에서 검출된 비누 흔적에 이옥영의 발바닥 무늬가 찍혀 있었다. 경찰은 동기를 밝히지 못한 채 이옥영의 죽음을 자살로 결론지었다. 살인의 동기는 수사대상이 되지만 자살은 스스로를 죽인 행위이기 때문에 그 동기는 수사의 배경이 될 수는 있어도 수사의 목표가 될 수는 없었고, 경찰은 자살자의 동기를 증명할 의무가 없었다. 부산인지 마산인지에서 앰뷸런스를 대절해온 중년 남자가 이옥영의 시신을 인수해갔다. 남자는 혼자서 왔다가 이옥영의 관을 싣고 혼자서 갔다. 아이들은 흩어졌고 미술학원 자리는 세입자가 없어 비어 있었다. 이옥영의 시신이 남쪽으로 떠난 지 닷새 후에 포병 대위는 서부전선 쪽 사단으로 전출되었다. 그후에도 '최선을 다하는 선생님이 되겠습니다. 이옥영'이라는 문구가 적힌 해바라기 그림은 미술학원 문짝에 오랫동안 걸려 있었다. 내가 눈에 덮인 이 소읍에 처음 오던 날에도 그 해바라기 그림은 미술학원 문짝에 걸려 있었다. 민통선 쪽으로 우회전하면서 나는 자동차 안에서 얼핏 그 그림을 보았는데, 그때 그림의 인상은 강렬하게 내 망막에 새겨졌다. 그리고 이옥영의 죽음은 한참 후에 알게 되었다. 먼지 낀 소읍은 낯설었다. 그 낯설음은 거기서 오래 산다고 해서 친숙해질 수 있는 것은 아니었다. 소읍은 내가 알지 못하는 일들로 가득 차 있었고, 그것들은 모두 풍경의 안쪽에 숨어 있었다.

면접을 보고 돌아온 지 일주일 후에 수목원 쪽에서 통지가 왔다. 3월부터 출근해서, 현업에 배치되기 전에 두 주일 동안 직무연수를 받으라는 내용이었다. 읍내에 있는 직원아파트의 이십 평짜리 한 채가 비어 있으므로 출근 전에 그곳으로 숙소를 정해도 좋다는 내용과 함께, 직원아파트는 임대료나 사용료, 수리비는 받지 않지만, 전기 수도 가스 난방 사용료는 입주자 부담이라는 내용도 적혀 있었다.

2월 말에 나는 수목원 직원아파트로 옮겨왔다. 이삿짐은 1.5톤 트럭 한 대분이었다. 어머니는 내가 다시 취직해서 밥벌이를 시작하고, 낯선 동네에 혼자 떨어져 있게 된 일에 대해서 아무런 말도 하지 않았다. 어머니는 마음속을 좀처럼 열어 보이지 않았고, 산전수전을 다 겪어서 삶에 대한 두려움이 더이상 남아 있지 않다는 듯한 몸짓을 해 보였다. 나는 그 몸짓이 어머니의 허세이며 망가진 삶에 대한 가엾은 저항이라는 것을 알고 있었지만 그걸 내색할 수는 없었고, 그냥 보아넘길 수밖에 없었다. 그리고 나의 그런 태도는 적어도 내가 어머니에게 드릴 수 있는 작은 효심일 수도 있었다.

이사를 떠나는 아침에 어머니는 내 이삿짐 트럭이 출발하기 전에 외출했다. 교회 신도 가정에 초상이 나서 문상기도를 간다는 것이었다. 이른 아침시간에 문상을 간다는 것이 좀 이상했지만 나는 묻지 않았다. 어머니는 화장대 앞에서 분첩으로 얼굴을 두드리면서 말했다.

—얘, 네가 공무원이 된 거냐? 그림쟁이도 공무원이 될 수가 있구나.

—기능직이에요.

어머니는 또 말했다.

—너, 조심해라. 너네 아버지도 공무원 하다가 저 짝 났어.

어머니의 말은 나의 앞날을 걱정하는 것이 아니라, 아버지의 과거와 나의 새 직장을 '공무원'이라는 끈으로 억지로 연결시켜가면서 지나간 날들에 대한 적개심을 드러내고 있었다. 나는 대답하지 않았다. 어머니는 작은 유리병 한 개를 찬장에서 꺼냈다.

—새우젓이다. 가져가. 그거라도 있으면 밑반찬이 된다.

교회 마당에서 열린 바자회에 출품되었던 새우젓이었다. 나는 새우젓병을 이삿짐 속에 끼워넣고 서울을 떠났다.

직원아파트는 읍내에서 걸어서 십오 분 거리였지만 참나무 숲으로 격리되어서 읍내와는 무관한 산속처럼 느껴졌다. 청솔모들이 높은 나무를 오르내렸다. 아파트에서 수목원까지 가려면 민통선 초소를 지나서 군사도로를 따라 산길을 올라가야 했다. 아파트에 사는 직원들은 셔틀버스를 타고 출퇴근했는데, 출입증을 붙이면 개인 차량으로도 초소를 통과할 수 있었다.

셔틀버스가 초소로 다가가는 아침시간에 민통선 안쪽 병영에서 병사들이 구보훈련을 했다. 병영의 깃발이 안개 속에서 펄럭였고, 달리는 병사들의 고함소리가 울려퍼졌다. 고함소리는 악악악, 악악악악, 악악악, 악악악악, 3·4조로 울렸다. 고함소리는 군홧발로 땅을 차는 발소리와 엇박자로 퍼져나갔다. 근무를 교대한 초병들은 네댓 명씩 대오를 이루어 발맞추며 병영으로 돌아갔다. 초병의 대오는 이따금씩 걸음을 멈추고 뒤로 돌아서서 쌓인 눈에 대고 오줌을 누었다. 눈이 녹아서 물이 흘렀고, 김이 구름처럼 피어올랐다. 김은 오줌을 누는 병사들의 머리 위로 피어올라 셔틀버스 유리창에까지 밀려왔다. 버스 창문이 열려 있을 때는, 김 속에서 오줌 냄새가 풍겨왔다. 냄새에 체온이 배어 있었다. 김은 몸의 냄새였다. 먹이가 분해되면서 발생하는 가스의 냄새가 섞여 있었다.

버스가 초소를 통과할 때 김민수 중위는 버스를 향해 거수경례를 보냈고, 김민수 중위가 보이지 않는 날에는 그의 부하들이 거수경례로 버스를 맞았다.

추운 겨울 아침에 김민수 중위와 초병들의 콧구멍에서도 하얀 김이 뿜어져나왔고 김민수 중위의 방탄조끼에는 늘 대검, 망원경, 열쇠고리가 달려 있었다. 버스의 백미러에서, 아직도 버스를 향해 거수경례를 보내고 있는 김민수 중위의 모습이 난쟁이 나라의 장난감 병사처럼 흘러갔다.

7

그이나 그분이라기보다는 그라고 부르는 편이 옳겠다. 옳다기보다는 편할 것이다. 호칭의 틈새로 비집고 들어오는 치정적 인간관계의 낌새를 나는 좋아하지 않는다.

그의 이름은 안요한이었다. 천주교 세례명을 호적에 올린 모양인데, 그의 신앙의 배경을 나는 알지 못한다. 그는 늘 자신을 둘러싼 주변의 사물과 무관해 보였다. 그는 자신의 몸과 외계 사이의 경계가 뚜렷했다. 그래서 안요한이라는 이름이 거느리는 종교적 후광은 그가 도달할 수 없는 영성의 표상인 것처럼 나에게는 보였다.

내가 민통선 안쪽의 수목원으로 직장을 옮기면서, 첫번째 마주친 사람은 통문소대장 김민수 중위였고, 안요한은 두번째 사람이었다.

그는 수목원의 연구실장이었다. 그가 내 지원서류를 심사했고 나를 면접했고 채용을 결정했다. 수목원은 국립기관이었으므로 지방관서에 비해 직원들의 직급이 높았다. 이사장급 원장 밑에 서기관인 연구실장과 행정실장이 업무를 분담했는데, 연구실장이 직제상 선임이었다. 행정실장은 공석중이어서 행정실 선임사무관이 연구실장의 지시를 받아가며 직무를 대행하고 있었다. 안요한 연구실장은 수목원의 제2인자인 셈이었다.

면접을 치르던 날, 나는 사무직원의 안내를 받아 그의 집무실에 들어갔다. 그의 방은 농구 코트만큼 넓었다. 무거운 눈을 이고 늘어선 숲의 설경이 유리창에 가득 차 있었다. 덩치 큰 새들 한 무리가 가까운 숲에 내려앉자 우듬지에 쌓인 눈덩이가 떨어져내렸다. 새들의 날개치는 소리가 방안에까지 들렸다. 그는 등을 돌리고, 유리창 너머의 설경을 내다보면서 책상 앞에 앉아 있었다. 돌아앉은 그의 몸집은 크지 않았고 어깨는 어딘지 연약해 보였지만, 그의 어깨는 유리창 너머의 설경을 배경으로 뚜렷한 윤곽선을 그리고 있었다. 그 윤곽선은 자신과, 자신이 아닌 것을 엄별하고 있었다. 그리고 그 윤곽선은 그의 몸에 속해 있었다.

그가 의자를 돌려 내 쪽을 향했다. 그의 손에는 내가 제출한 이력서와 자기소개서, 그림 샘플이 들려 있었다.

—조연주씨군요.

그가 내 이름을 불렀다. 그의 목소리는 낮았고 메말랐다. 그의 목소리는 음성이 아니라 음향에 가까운 느낌이었다. 그 목소리는 뭐랄까, 대상을 단지 사물로서 호명함으로써 대상을 밀쳐내는 힘이 있었다. 그의 목소리는 내 이름을 불러서, 내가 더이상 다가갈 수 없는 자리에다 나를 주저앉히는 듯했다. 그렇게 낯선 목소리를 듣기는 처음이었다. 이런 느낌들이 그를 처음 대면한 순간의 느낌이었는지 아니면 그후에 조금씩 쌓여서 굳어진 것인지는 확실치 않다. 마음이 켜를 이루고 결을 이루면 거기에 무늬들이 뒤엉켜서 가늘고 혹은 날카로운 느낌들 사이의 선후관계를 알 수 없게 되는 모양이다.

그가 내 이력서를 들여다보면서 물었다.

—미혼이신데, 직원아파트에 입주하시려면 행정실에 신청하십시오. 제가 얘기해놓았습니다.

그는 나를 채용하기로 결정한 것이었다.

—고맙습니다.

—저도 그 아파트에 삽니다. 너무 외진 동네라서 답답하겠지만, 좋은 점도 있습니다.

새 직장에 이력서를 낼 때마다 나는 가족사항에 아버지를 적지 않았다. 수목원은 국가기관이고 또 민통선 안쪽을 출입하게 되어 있어서 정보기관의 신원조회를 거쳐야 했을 것이다. 아버지가 징역 삼 년이 넘는 뇌물죄로 복역중인 사실은 쉽게 드러났을 테니까 나를 면접중인 그가 당연히 그걸 알고 있을 것이었다. 그는 내 이력서를 말없이 들여다볼 뿐 내 신상에 관해서는 아무것도 묻지 않았다.

그는 수목원에서 나무와 꽃과 풀을 세밀화로 그려서 보관해야 하는 이유를 설명했다. 그의 설명은 간단하고 명료했다. 그의 설명 안에는 작업지시가 포함되어 있었다.

사진은 꽃과 나무의 생명의 표정과 질감을 표현하기에는 미흡한데, 그 까닭은 사진의 사실성 때문이라고 그는 말했다. 사실적 기능 때문에 오히려 생명의 사실을 드러내기 어려운 것이며, 생명의 사실을 그리기 위해서는 살아 있는 인간의 시선과 인간의 몸을 통과해나온 표현이 필요하다는 것이었다. 대상을 표현하는 인간의 몸짓에는 주관적 정서가 개입하겠지만 생명의 사실에서 주관과 객관이 완전히 분리될 수 있는 것은 아니라고 그는 말했다. 그의 목소리는 대화가 아니라, 오랫동안 읽어온 책을 반복해서 읽고 있는 것 같았다.

식물의 구조가 중첩되거나 연결되는 부위의 표정, 식물의 생명 속을 흐르는 시간, 아침과 저녁의 이파리들의 표정의 차이를 드러내려면 우선 확대경과 현미경을 써서 세포의 안쪽과 연결부위를 들여다보는 훈련을 거쳐야 하고, 식물 세밀화 작업은 미술이 아니라 기술적 방법을 동원한 과학이지만, 주관을 완전히 박멸하는 것이 과학의 조건은 아닐 것이며 식물 세밀화는 아름다움을 지향하는 것은 아니지만 그 결과물은 생명을 옮겨놓은 화폭으로서 아름다운 것이라고, 그는 말했다. 그는 나를 향해서 말한다기보다는 허공에 대고 혼자서 말하는 듯싶었다. 그는 식물종자학을 전공한 연구직 공무원이었지만 자신의 전공분야를 위해 미술가를 어떻게 활용해야 하는지를 잘 알고 있었다. 그가 말했다.

—화가가 더 잘 아시겠지만, 식물 세밀화에는 유화보다 수채화가 맞을 겁니다.

그가 '생명의 사실'과 그 시각적 표현의 관계를 설명할 때 나는 기름물감의 끈끈함으로는 나뭇잎과 햇빛의 교감을 그 미세한 숨구멍까지 표현해낼 수 없을 것이고, 존재의 중량감이 다소 훼손되더라도 수채물감을 쓸 수밖에 없으리라고 생각하고 있었다. 그는 내 생각을 넘겨짚어서 헤아리고 있었고, 세밀화 제작사업으로 자신이 얻고자 하는 결과물을 미리 예상하고 있었다. 그의 말은, 자신이 원하는 그림이 무엇인지를 설명하는 작업지시이기도 했다. 면접을 마치고 방을 나올 때, 그는 책 한 권을 나에게 주었다.

—너무 전문적이겠지만, 그림작업에 도움이 될 겁니다.

미국과 노르웨이의 식물학회에서 공인받고 그쪽 학술지에 실렸다는 그의 논문을 교양독서용으로 쉽게 풀어쓴 책이었다. '종자의 비밀'이 그 책의 제목이었다. 나는 그 책을 아주 조금만 이해할 수 있었다. 나는 그의 연구목표를 알 수는 있었으나, 그의 연구방법을 이해할 수 없었다. 그의 연구는 결론이 없었고, 수많은 가설과 그 가설을 따라가는 탐색의 과정과 그 시행착오의 사례들을 제시하고 있었다.

꽃의 색깔에는 어떤 구조적 또는 종자학적 필연성이 있는가? 이것이 그의 연구목표였다. 그 책의 머리말은,

'나는 겨우 눈을 뜨고 주위를 두리번거리던 어린 시절부터 이 세계의 가장 큰 비밀은 식물의 꽃이라고 생각했다. 꽃은 자신의 비밀을 말하지 않으므로, 그 비밀은 거의 공포에 가까웠다. 꽃은 영원히 자신의 비밀을 스스로 말하지 않는다.'

라는 문단으로 시작되고 있었다. 그의 연구목표는 수억만 가지의 색깔과 형태로 피어나는 이 세상의 꽃들에 대하여 그 꽃은 왜 그런 색깔과 형태로 피어나는 것이며, 식물의 종자 안에서 그 색깔과 형태는 어떤 모양의 잠재태로 살아서 존재하는가, 그리고 그 잠재태는 어떤 과정을 거쳐서 발현태로 이행하

는가를 밝히는 것이었다. 전문지식이 없는 나는 그 책을 듬성듬성 읽었다. 그는 연구목표의 설정과 시행착오의 진실성만으로도 세계 학계의 갈채를 받았다는 것인데, 그의 연구에 아무런 결론이 없는 것이 문외한인 나에게는 당연한 귀결로 느껴졌다. 그의 연구는 한마디로, 꽃은 왜 저런가? 에 대답하는 것이었다. 본래 스스로 그러한 것에 대하여 왜 그런가라는 의문을 제기하는 것이 타당한지를 내가 그에게 물어볼 기회는 없었지만, 내가 설정한 질문은 질문 그 자체로서 과학에 미달하는 것이나 아닌지 모르겠다. 그러나 그의 책 서문에서 '꽃은 영원히 자신의 비밀을 스스로 말하지 않는다'라는 문장을 읽을 때 나는 말을 해야만 살 수 있고 말로 해야만 안심이 되는 수목원 연구직 서기관 안요한 실장이 답답하고 가엾게 느껴졌다. 저 자신의 색깔로 이미 스스로 발현했는데 꽃이 그 발현의 배경에 대하여 입을 벌려서 무슨 할말이 있을 것인가. 그러므로 그의 유년을 경악게 했던 꽃의 비밀은 애초부터 인간의 말과는 무관한 것이고 그 비밀은 꽃의 내부가 아니라 안요한의 내부에 있었던 것이 아닌가 싶기도 했다.

내가 그의 방에서 나올 때, 그는 의자에 앉은 채 목례로 나를 보냈다.

산속의 해가 짧아서, 그의 등뒤로 펼쳐진 설경에 붉은 노을의 기운이 스며들고 있었다. 저녁에 멀리 가는 새들이 숲을 떠나서 노을 지는 능선 너머로 날아갔다. 저물어가는 설원을 배경으로 그의 어깨선 윤곽은 선명했다. 그가 원하는 그림이 무엇인지는 알 수 있었으나, 그의 설명은 관념적 이해일 뿐이고, 그 그림을 내가 종이 위에 그려낼 수 있을는지, 두려운 생각이 들었다. 수목원에서의 첫날, 돌아가는 길에 민통선 초소에서 김민수 중위가 나에게 거수경례를 보냈다.

8

숲속의 겨울은 길었다. 쌓인 눈 위에 또 눈이 내려서 추위는 안으로 깊이 익어갔다. 눈 덮인 숲속의 추위는 바라보기에 따듯했다. 잎이 다 떨어진 바닥에 눈이 쌓여서 나무와 나무 사이가 헐거웠고 그 사이를 바람이 쓸고 갈 때 숲은 마른 소리로 서걱거렸는데, 잎 떨어진 자리마다 나무의 어린눈들이 돋아나서 눈에 덮여 있었다. 추워서 하늘이 팽팽했고 키 큰 전나무들이 우뚝했다. 눈 속에서 제철을 맞은 소나무는 가지들이 파랗게 빛났다. 소나무 껍질에 붉은 기운이 피어올랐고, 높은 우듬지에 쌓인 눈덩이에서 햇빛이 난반사했다. 멀리, 눈 쌓인 자등령에 아침햇살이 닿으면 잇달린 봉우리들은 솟아오르는 태양의 각도에 따라서 자줏빛에서 분홍빛으로, 분홍빛에서 선홍빛으로 바뀌었다. 바람이 능선을 훑을 때, 솟구치는 눈의 회오리 속에서도 분홍빛과 자줏빛의 눈가루들이 들끓었다. 들끓는 빛의 가루들을 몰아가는 회오리가 능선을 따라서 북방한계선을 건너갔다. 자등령이라는 이름의 붉은 자紫는 겨울 아침에 지어졌을 것이다.

자등령은 잎이 넓은 참나무 계통의 수종들이 편안히 자리잡기 시작한 안정세의 젊은 숲이었다. 젊은 숲은 숨을 깊게 들이마시고 길게 내뿜어서, 나무들 사이에서 숲의 숨결은 잔바람으로 흘렀다. 바람이 잠들고 햇빛이 온 산에 가득한 날에는 물이 오르는 숲이 내뿜는 증기가 눈 쌓인 능선 위로 뿌옇게 엉겨 있었고, 나무들의 비린 숨냄새가 바람에 실려왔다. 겨울이 가야 봄이 오는 것이 아니고, 겨울의 숲이 봄을 기다리는 것도 아니었다. 숲은 계절을 기다리지 않았고, 겨울의 한복판에 봄이 이미 와서 뿌옇게 서려 있었다.

채용이 결정되고 나서 두 주일 동안 나는 수목원에서 직무연수를 받았다. 안요한 실장의 지시로 연구실 관리계장이 나를 가르쳤다. 연수과목은 세 가지였다. 숲과 나무의 구조, 생장, 호흡, 대사에 대한 기본적 지식을 배우는 수목생리학의 입문과정을 닷새 동안 이수했다. 그리고 자연상태의 나무와 풀을 구조별로 뜯어서 이해하고 현미경이나 확대경을 이용해서 그것들을 관찰하는 훈련이 있었다. 관찰된 내용을 식물의 살아 있는 질감과 표정으로 화폭에 담아내는 것은 나의 일이었다.

나무의 줄기에서, 늙은 세대의 나이테는 중심 쪽으로 자리잡고, 젊은 세대의 나이테는 껍질 쪽으로 들어서는데, 중심부의 늙은 목질은 말라서 무기물화되었고 아무런 하는 일이 없는 무위無爲의 세월을 수천 년씩 이어가는데, 그 굳어버린 무위의 단단함으로 나무라는 생명체를 땅 위에 곧게 서서 살아갈 수 있게 해준다는 것을 수목생리학에서 배웠다. 줄기의 외곽을 이루는 젊은 목질부는 생산과 노동과 대사를 거듭하면서 늙어져서 안쪽으로 밀려나고, 다시 그 외곽은 젊음으로 교체되므로, 나무는 나이를 먹으면서 늙어가는 것이 아니라 나무의 삶에서는 젊음과 늙음, 죽음과 신생이 동시에 전개되고 있었다.

나무의 푸른 이파리가 빛과 공기와 물을 섞어서 일용할 양식을 만들어내므로, 숲 전체는 이 원초적이고 무구無垢한 양식과 더불어 자족한다고 연구실 관리계장은 광합성작용을 설명했다. 그것이 어떻게 가능한 것인가를 물어보자 관리계장은 다 알려고 하지 말라고 대답했다.

현미경 연습시간에 식물의 줄기나 이파리, 꽃잎이나 꽃술을 구조를 다치지 않도록 얇게 정리해서 관찰표본을 만드는 법을 배웠다. 대물렌즈 아래 표본을 펼쳐놓고 들여다보면, 렌즈 안에 펼쳐지는 생명의 세계는 난해하고 광활했다. 해독할 수 없는 암호와 미로 들이 끝없이 이어지는 무늬를 이루며 출렁거렸고 그 암호와 미로 들은 내가 알아들을 수 없는 신호로 교신하며 수군거리고 있었다. 그 만다라 속에서는 미세한 것과 거대한 것이 따로따로가 아니었고, 모든 미세한 점들이 거대한 구조와 율동을 포함하고 있었는데, 그 살아 있는 것들의 무늬에서는 늘 물기가 흘렀다.

수목원 연구실은 식물 연구가 주된 업무였지만 숲속의 곤충이나 버섯, 파충류를 연구하는 사람들도 있었다. 연구원들의 방에는 소금쟁이 딱정벌레 사슴벌레 하늘소 풍뎅이 같은 벌레들의 사진과 해부도면이 걸려 있었다. 더듬이를 세우고 큰 턱을 벌린 장수하늘소나 풍뎅이의 몸은 완벽한 대칭구조를 이루었고, 반짝이는 등껍질 위에 생명의 위엄이 가득했다. 자신의 외양을 완성시키는 디자인의 힘이 그것들의 생명 속에 살아 있었다.

잔잔한 수면을 달려가는 소금쟁이의 발바닥을 연구하는 젊은이들도 있었다. 소금쟁이는 다리가 몸통의 두 배 정도로 긴데, 뒷다리로 방향을 잡고 가운뎃다리로 수면을 밀면서 달려가고 또 뛰어오른다. 소금쟁이의 발바닥에는 물에 젖지 않는 털이 달려 있고, 이 털의 기능으로 그 작은 벌레는 인라인스케이트를 타듯이 물 위를 달려갈 수 있다고 한다. 소금쟁이는 수면 위로 떨어지는 먼지 같은 작은 곤충들을 잡아먹는데, 배가 고플 때는 저희들끼리 다리와 몸통을 뜯어먹기도 한다. 그 소금쟁이의 계통 안에서 삼백오십여 개의 종種이 생존을 다투고 있다고 젊은 연구원이 가르쳐주었다. 소금쟁이의 발바닥 털을 연구하는 목적은 부력을 응용하는 방식을 근본적으로 바꾸어서 물에 빠지지 않고 걸어서 또는 자동차나 기차를 몰고 물을 건너가는 방법을 찾아내는 것이라고 그 젊은 연구원은 말했다. 그의 전임자가 같은 목적으로 삼 년간 연구를 계속했는데, 아무런 연구 진척이 없어서 계약만료로 해임된 후에 다시 그 연구목표에 지원한 후임자였다.

잠자리 날개의 맥을 현미경으로 들여다보면서, 일 초에 일백 번 이상의 동작으로 떨리는 그 날갯짓이 날개의 맥과 어떤 관련이 있는지를 연구하는 중년의 사내도 있었다. 잠자리의 눈은 대가리의 반 정도를 차지하는 볼록눈으로, 전후좌우를 모두 내다볼 수 있는데, 잠자리의 시계視界 안에 포착되는 사물들이 잠자리의 행동에 어떤 영향을 미치는지를 연구한다는 것이었다. 잠자리 날개의 작동원리를 기계화해서 인간이 비행기를 타지 않고서도 혼자서 생활공간을 날아다닐 수 있는 수단을 개발하는 것이 그 중년 사내의 목표였다. 또 잠자리의 볼록눈처럼 이 세상의 전 방위를 동시에 관찰할 수 있는 시각장치를 개발하는 것이 또다른 목표였다.

연잎에 떨어진 빗물이 수은처럼 방울로 맺히게 되는 원리를 건축자재에 적용해서 싸고 공해 없는 방수재를 개발하려는 연구자도 있었다.

전갈은 몇 달 동안 먹이를 전혀 먹지 않고도 살 수 있고 거미는 먹이 없이도 햇빛만으로 힘을 비축할 수 있다는데, 그 비밀을 연구해서 먹이의 역사에 종지부를 찍으려는 연구원들도 있었다. 그런 연구원들은 내가 그들의 연구 내용을 물으면 웃으면서 어물거렸다. 곤충학 전공자와 물리학 전공자가 공동연구하는 팀도 있었다. 나는 그들의 목표를 알 수는 있었지만, 그들이 어떻게 그 목표를 향해 나아갈 수 있을는지는 알 수 없었다. 목표가 아니라 과정을 끝없이 세분하고 연장하는 것이 그들의 일인 것처럼 보이기도 했다. 꽃이 자신의 색깔과 구조에 대하여 무엇을 말할 수 있을 것이며, 그것을 인간의 언어로 바꾸어놓는 결과물이 꽃과 무슨 관련이 있을 것인가. 밤늦은 시간에 새들이 왜 울면서 숲을 떠나는 것인지를 누가 말할 수 있으며 초겨울에 시간이 소멸하듯이 한 생애를 죽음에 포개는 한해살이 벌레들의 내면을 안요한 실장이 설명할 수 있겠는가. 누가 거기에서 분석적 언어를 추출해낼 수 있을 것이며, 인간이 지어낸 언어의 구조물은 그 대상과 어떤 관련이 있는 것인가. 그런 생각을 하면서, 나는 종이에 붓질을 해서 식물의 삶의 질감과 온도를 드러내는 일에 어쩐지 자신이 없어져서 선 자리에서 주저앉아버리는 느낌이었다.

연구원들은 대체로 말이 없었고, 자기네들끼리만 알 수 있는 간단한 농담 한마디에도 함께 웃었다. 그들은 현미경 앞에서 한나절씩 앉아 있다가 오후에는 숲속이나 늪가에서 식물과 벌레 들을 관찰했다.

안요한 실장의 연구실에는 인공연못이 설치되어 있었다. 햇빛이 잘 드는 방안에 유리로 커다란 통을 만들어놓고 그 안에 자연연못의 생태계를 축약시켜놓았다. 해가 비치면 인공연못 안에 무지개가 펴졌고 녹조류들이 불꽃놀이를 하듯이 기포를 쏘아올렸다. 그 유리연못 안에서 물벌레들이 알을 낳아서 유충이 태어났다. 바늘 끝만한 잠자리 유충들이 몸안으로 빨아들인 물을 입으로 뿜어내며 바삐 움직였다. 그 이동방식이 제트 추진형이라고 젊은 연구원이 가르쳐주었다. 유리연못 안에서 유충이 자라서 날개가 돋쳤고, 허리를 꼬부려서 교미했다. 잠자리 한 마리는 수억만 년의 시공을 건너와서 이 유리연못 안에서 태어나는 것이라고 젊은 연구원이 설명할 때, 나는 그 시공을 건너오는 바람을 생각했다. 연구원들은 유리연못 안으로 먹이를 넣어주었고, 그 안을 들여다보면서 무언가를 기록했다. 안요한 실장이 연구 전체를 지휘감독했고 일 년에 한 번씩 담당연구원들을 데리고 국제학술대회에 나가서 발표했다.

수목원 연구실은 신라시대의 연못이 말라버린 지층 밑에서 일천이백 년 전의 연꽃 씨앗 한 개를 찾아냈는데, 그 씨앗 속에 잠들어 있던 생명의 흔적을 살려내서 싹을 틔웠다고 한다. 그 종자가 퍼져서 지금의 수목원 안 늪지의 연꽃 군락을 이루게 되었다고 안요한 실장이 설명해주었다. 그래서 그 연꽃을 '신라연'이라고 이름지었다는데, 연꽃에 웬 나라가 있고 국적이 있을까 싶어서 우스웠다.

신라연을 개화시키고 그런 경험이 쌓여가면서 수목원에 종자은행과 표본관이 설립되었다. 생명의 종자를 장기보존해서 멸종을 막고 표본을 만들어서 개별적 종자의 구체성을 정립시켜놓는 일인데, 내가 그리는 세밀화는 표본관에 영구보관된다고 안실장은 설명해주었다.

직무연수가 계속되는 두 주일 동안, 자등령의 겨울은 더 깊어졌다. 추위 속에서 나무들은 우뚝하고 강건했다. 나무들은 추위와 더불어 자족해서, 봄을 기다리는 것 같지 않았다. 눈 덮인 숲에 한낮의 햇볕이 내리면 숲은 부풀어 보였다. 우수가 지나자 숲 위로 서리는 뿌연 기운이 짙어졌다. 숲의 봄은 언 땅 밑에 숨어 있다가 나무뿌리로 스며들고 나무기둥을 타고 올라가서 공중으로 발산되었다. 숲의 봄은 나무가 뿜어내는 신생의 시간이었다. 부푸는 땅의 들숨과 날숨이 나무의 입김에 실려서 온 산에 자욱했고 봄으로 뻗어가는 나무는 새로운 시간의 냄새와 빛깔까지도 뿜어냈다. 직무연수가 끝나는 날 안요한 실장은 나에게 말했다.

—너무 다 알려고 하지 말고, 잘 들여다봐. 그래야 잘 그릴 수 있을 거야. 식물의 모든 외양은 본질과 관련이 있어. 그 관련을 증명하기는 어렵지만 말이야.

식물의 외양을 들여다보려면 새눈이 자라서 잎이 돋을 때까지 기다려야 했다. 나는 숲으로 들어가서 나무껍질에 파인 고랑과 무늬를 들여다보기도 하고 줄기에서 가지가 뻗어나가는 언저리의 구조와 높은 우듬지에 물방울이 맺히는 과정을 관찰했다. 저녁이면, 하루 종일 관찰한 내용을 A4용지 한 장에 써서 안실장에게 제출하고, 셔틀버스를 타고 민통선 초소를 나와 아파트로 퇴근했다. 단조롭고 적막한 일과였는데, 시간은 숲이 수런거리는 소리와 나무의 입김으로 가득 차 있었다.

숲이 어두워지는 저녁에 가끔씩 아버지가 생각났다. 어두워지는 시간에는 먼 것들이 떠오르는 모양이다. 그래서, 어슴푸레한 박모의 시간보다는 아주 캄캄해진 시간이 더 편안하다. 수목원에 취직한 일을 편지로 알릴까 하다가, 쓰지 못했다. 아버지가 교도소 밖 세상과 절연되어서 그 안에서 더이상 세상에 쓸리우거나 부딪치지 않고, 숲속의 나무나 벌레처럼 홀로 적막하고 자족하기를 나는 바랐다. 나 자신의 이기적인 자기 위안의 바람일 테지만, 그 소망은 위선일수록 더 간절했다. 그러나 사람은 사람의 탯줄을 끌고 태어나는 것이니까, 나무를 관찰하고 벌레를 들여다보듯이 아버지를 생각할 수는 없을 것이었다. 아버지가 하위직 공무원의 그 작은 직권으로 성병에 걸린 접객업소 여종업원을 협박하거나 검진증을 팔아먹고 단속정보를 미리 빼돌리고 영업정지처분을 막아주거나 풀어주면서 벌어온 돈이 나의 생애에 얼마나 깊숙이 들어와 있었던 것인지, 아버지에게 편지를 쓸 것인지 망설이는 저녁이면 삶의 구조와 토대를 이루었던 바닥의 풍경은 확연히 떠올랐다. 수목원에 와서 사물을 관찰하는 훈련을 받은 결과일 것이었다.

자등령 숲에 쌓인 눈은 햇볕 속으로 빨려들듯이 녹아내렸다. 직원아파트 유리창 너머로 멀리 잇달린 봉우리들은, 남쪽 사면은 눈이 녹고 북쪽 사면에는 눈이 남아 있어서, 능선을 경계로 흑백의 대비를 이루었는데, 숲이 뿜어내는 젖은 입김으로 산맥 전체가 흔들려 보였다.

아버지의 교도소 지붕에도 봄볕이 쪼이고 눈이 녹아서 감방 유리창 아래로 낙숫물이 떨어져내릴 것이었다. 감방 쇠창살의 창틀 어디쯤 시멘트 깨어진 자리에 풀씨 하나 날아와 뿌리를 내리고 싹을 틔워서 아버지가 그 풀을 바라볼 수 있었으면 어떨까를 생각했다. 그 창틀에 어쩌다가 작은 새가 날아오고 또 저녁놀이 스러지고 별과 달이 뜬다면 어떨까를 생각했다. 그런데 감방 쇠창살 너머로 뜨는 달과 별은 오히려 그것을 바라보는 사람의 유폐감을 가중시켜서 견딜 수 없는 것을 견디지 못하게 할 것은 아닌가, 그런 생각을 편지에 써서 아버지에게 보내려는 것은 아니었지만, 편지를 쓰려고 책상 앞에 앉는 저녁이면 그런 생각이 떠올라서 말문이 막혔고, 결국 편지를 쓰지 못했다. 아파트 주변의 저녁은 조용했고, 저녁밥상을 차린 젊은 어머니들이 나무 사이에서 뛰노는 아이들을 불러서 집안으로 데려갔다.

9

내가 수목원으로 온 뒤 어머니는 아버지와 살던 집을 처분했다. 대지 팔십 평에 건평 사십오 평짜리 이층 단독주택이었다. 아버지는 늘 교도소에 갈 준비를 하고 있었는지, 집과 임야 오백여 평을 어머니 이름으로 등기를 해놓았다. 어머니는 아버지의 동의 없이 집을 팔 수 있었다. 어머니는 집 판 돈의 일부로 십칠 평짜리 아파트 두 채를 사서, 한 채는 전세를 들였고, 한 채는 어머니가 살았다. 아파트 두 채는 전혀 다른 동네에 있었다. 어머니는 아버지가 출감하면, 전세를 내보내고 아버지를 따로 살게 할 작정이었다. 어머니는 아파트 두 채를 사고 남은 돈을 펀드매니저에게 맡겨서 주식에 투자하고 있었다. 나는 어머니에게 돈의 용처를 묻지 않았고, 어머니도 나에게 말하지 않았다. 나는 한참 후에 어머니가 주식에 투자했다는 걸 알게 되었는데, 그때 주가는 크게 올라 있어서 어머니의 돈은 두 배로 늘었다.

아버지가 출감하면 십칠 평짜리 아파트를 아버지의 몫으로 내주고, 더이상은 같이 살지 않고 재산도 분리하겠다는 것이 어머니의 뜻이었다. 어머니는 아버지가 출감하기 전에 일방적인 의사로 재산을 처분한 것이었다.

내가 수목원으로 떠나온 뒤에 어머니는 눈에 띄게 늙어갔다. 어머니는 주변의 사물이나 사람에 대한 긴장을 잃어갔다. 어머니는 자신과 남을 구별하지 않았고, 자신의 욕망이나 감정을 드러내기를 꺼려하지 않았다. 어머니는 밤중이건 새벽이건, 시간을 가리지 않고 나에게 전화를 걸어왔다.

—얘, 자니? 잠이 와? 나는 잠이 안 온다.

—엄마, 지금 한시야. 전화 끊고 주무세요.

—잠이 안 오는데 어떻게 자니? 너네 아버지는 잘까? 그 안에서도 잠이 올까?

어머니는 늘 그렇게 말머리를 꺼냈다. 잠이 안 온다는 것이 전화를 걸어오는 사유였다. 아버지가 출감하면 함께 살지 않겠다는 결정도 새벽의 난데없는 전화로 알렸다.

—얘, 너네 아버지 나오면, 그만 갈라서야겠어. 그 인간이 그

안에 있으니까, 안 봐서 서로 편하잖아. 그걸 확실히 알았어.

어머니는 그렇게 말했다. 안 봐서 서로 편하다는 어머니의 말을 나는 이해할 수 있었다. 어머니가 아버지를 증오하거나 혐오한다는 말이라기보다는, 우선 아버지의 모습이 보이지 않으니까 세상의 후미진 밑바닥을 긁어서 돈을 벌어오던 아버지의 삶이 어머니에게 주는 하중으로부터 얼마쯤은 벗어날 수 있어서 가볍고 편하다는 뜻이었다. 그래서 어머니는 아버지가 출감한 후에도 수감되어 있는 동안의 거리를 유지하려 했다. 말하자면, 아버지가 출감해서 법률적 형기가 끝난 후에도 격리의 형식으로 심리적 형기를 유지하겠다는 뜻이었다. 아마 그럴 것이다. 나의 이해가 틀리지 않을 것이다.

아버지는 늘 돈만을 가져다주었고, 이사를 할 때나 집을 수리하거나 가구를 들일 때도 모든 일을 어머니가 혼자서 결정했고 아버지는 어머니의 결정에 따랐다. 따랐다기보다는 집안의 크고 작은 일들이 자신에게로 넘어오지 않는 것을 다행으로 여기는 것 같았다. 아버지는 어머니의 의논 상대조차 아니었고, 아버지는 자신이 가져다준 돈을 어머니가 어디에 쓰는지를 따져묻지 않았다.

"나오면 갈라서야겠다"는 어머니의 말이 이혼인지 별거인지는 알 수 없었지만 아버지는 출감 후에 어머니가 미리 장만한 십칠 평짜리 아파트로 혼자서 들어가게 될 것이었다. 아버지는 늘 별수 없었다. 어머니는 이혼인지 별거인지를 정하기 이전에 우선 같은 생활공간 안에서 마주 대함으로써 빚어지는 마음의 고통과 떠오르는 기억 들로부터 벗어나기로 작정했고, 아버지가 수감된 후 그 방법을 알게 된 것이었다. 새벽에 걸어온 전화로 어머니는 또 말했다.

—얘, 도장 찍는다고 해서 갈라서질까? 아파트 얻어서 내보낸다고 갈라서질까? 꼴 안 본다고 해서 갈라서지느냔 말야.

—엄마, 나 자야 돼요.

—난 잠이 안 와. 너네 아버지는 잘까?

나는 핸드폰을 머리맡으로 밀쳤다. 어둠 속에서 스피커 구멍으로 어머니의 목소리가 앵앵거렸다. 얘, 그게 될까, 갈라서지는 게 되겠느냐 말야…… 나는 대답하지 않았다. 아버지와 엉켜버린 삶의 하중이 너무 무겁고 깊이 섞이고 비벼져서, 도장을 찍어도 아파트를 장만해서 따로 내보내도 겹쳐지고 스며든 생애를 분리할 수 없으리라는 것을 어머니는 예감하고 있었다. 어머니의 예감이 그다지 틀리지는 않을 것이다. 스피커 구멍 속에서 어머니는 오랫동안 앵앵거렸다. 먼 거리를 건너오는 소리였는데, 아주 가까이 들렸다.

—얘, 초저녁 꿈에 말이 나타났어. 너네 할아버지가 만주에

서 끌고 왔다는 그 말이…… 너 자니?

죽은 좇내논이 어머니의 꿈에 얼씬거리는 모양이었다. 죽은 짐승이 어쩌자고 산 사람의 꿈에 나타나는 것일까.

—좇내논, 너도 알지? 사진에서 봤잖아. 너네 아버지가 출감했는데, 교도소에서 집까지 그 말을 타고 왔어. 말이 늙고 병들어서 두 다리로 서지를 못하고 자꾸 주저앉았어. 나중에는 네 다리를 꺾고 무릎으로 기었어. 너네 아버지가 교도소 문 앞에서부터 그걸 타고 왔더라구. 너 자니?

숲에서 밤부엉이가 울었다. 군부대에서 야간훈련을 하는지, 먼 폭발음이 들렸다. 어둠 속에서, 나는 아버지의 남은 형기를 따져보았다. 아버지는 모범수라니까, 만기 전에 출소할 수도 있을 것이었다. 어머니의 꿈이 그 조짐일 것인가.

—와서는, 벨을 누르지도 않고 문밖에 우두커니 서 있더라구. 말은 쓰러져서 네 다리를 허공으로 쳐들고 버둥거렸어. 그러더니 누런 오줌을 내질렀어. 얘, 이게 대체 무슨 꿈이니? 자? 자니?

나는 대답하지 않았다. 어머니의 넋두리가 대답을 기다리는 것도 아니었다. 어머니는 하나 마나 한 말을 지껄이고 있는 것이었는데, 무내용할수록 어머니에게는 절박한 말이었다.

—얘, 너 듣고 있니? 너 자는구나. 넌 갓난애 때부터 잠이 많

았어. 그게 니 효도였다. 아니? 너 진짜 잠들었구나.

어두운 산맥을 건너오는 바람이 시간을 몰아가는 소리를 냈다. 바람소리에는 먼 숲을 훑어온 소리와 가까운 숲을 스치는 소리가 포개져 있었다. 바람의 끝자락이 멀리 지나온 시간의 숲까지 흔들었다. 스피커 구멍으로 흘러나오는 어머니의 목소리는 그 바람소리 속에서 앵앵거렸다. 스피커 구멍으로 어머니의 몸이 흘러나와서 내 침대에 걸터앉아 있는 것 같은 환영이 어둠 속에 떠올랐다.

—얘, 너 자니? 자? 너네 아버지도 잘까?

나는 대답하지 않았다. 어머니의 목소리에 점차 울음이 섞이더니 어머니 쪽에서 전화를 끊었다. 나는 손으로 더듬어서 폴더를 닫았다.

겨울이 끝나가면서, 어머니의 새벽 전화는 점점 더 빈도가 잦아졌다. 어머니는 마음의 오지에 묻혀 있던 생애의 고통과 수치의 기억들을 하나씩 끄집어내서 넋두리에 실었다. 나는 한동안 밤중에 핸드폰을 꺼버리고 자리에 누웠다. 어머니의 신호가 내 죽어버린 핸드폰을 두드리고 있을 것을 생각하면서 나는 잠들지 못하고 뒤척였다. 어머니가 아버지와의 분리를 도모하고 있듯이 나도 어머니와 갈라서기를 바라고 있는 것이 아닌지, 어둠 속에 누워서 내 마음을 들여다보았다. 대답은 떠오르지 않았는데, 아니라고 하기도 어려울 듯싶었다. 나는 다시 버튼을 눌러서 죽은 핸드폰을 살려놓았다. 기다렸다는 듯이 어머니의 신호음이 울렸다.

—얘, 너 이거 빠뜨리고 갔더라. 너네 아버지가 보내온 돈 말이야.

내가 면회갈 때마다 넣어준 영치금을 아버지가 쓰지 않고 모아서 다시 집으로 보내온 구십오만원짜리 소액환을 가져다 쓰라고 어머니는 말했다. 내가 수목원으로 떠나던 날, 어머니는 그 소액환을 가져다 쓰라고 내밀었었다. 나는 소액환을 서랍 속에 다시 넣어두었는데, 어머니가 그걸 발견한 모양이었다.

—얘, 너 쓰라고 보내온 돈이야. 그게 니 아버지 뜻이다. 겉옷이라도 한 벌 사입어. 거긴 서울보다 춥다면서.

어머니는 내가 그 돈으로 옷을 사서 입지는 못할 것을 뻔히 알면서도 나의 추위를 걱정하는 듯한 어조로 말했다. 어머니는 교도소 안에 있는 아버지의 존재를 환기시킴으로써 고통을 반추하고 있었다. 아버지와 갈라서는 것이 가능할 것인지 스스로를 시험해보고 있는 것 같기도 했다.

—거긴 마땅한 옷가게가 없겠구나. 내가 여기서 사서 보낼까?

너와 나는 너의 아버지로부터 달아날 수 없을 거야, 라고 어머니는 말하고 있는 듯했다. 나는 어머니의 말을 막았다.

—난 필요없어요. 엄마나 한 벌 사입으세요. 교회에 헌금을 내시든지.

—헌금이라구? 하나님이 그런 돈을 받으시겠니? 너 지금 졸립구나.

어머니의 말은 늘 아무것도 묻고 있지 않았고 아무 대답도 기다리고 있지 않았다. 어머니의 말은 담벽에 대고 중얼거리는 헛소리와 같았다. 그리고 그 상대는 딸인 나일 수밖에 없었다. 어머니는 또 말했다.

—얘, 그 최국장 알지? 그 집 둘째아들이 너랑 혼담이 있었잖니. 그 아들이 지난달에 결혼을 했다는구나.

나는 핸드폰을 끊어버렸다. 어둠 속에서 어머니 혼자서 뭐라고 지껄이고 있는 모습이 떠올랐다.

최국장은 아버지의 직장 상사였다. 그때 아버지는 5급 사무관으로 계장의 자리에 있었다. 아버지의 윗자리에 과장이 있었고, 최국장은 그보다 더 고위직이었다. 아버지가 관내 업소들을 뜯어서 긁어모은 돈은 과장을 거쳐서 국장에게까지 상납되었다. 아버지가 검거되자 과장은 달아났다가 검거되었고, 과장이 검거된 직후 최국장은 집무실에서 연행되었다. 최국장은 아버지뿐 아니라 다른 계장들한테도 상납을 받았고, 또 부하를 경유하지 않고서 업주들로부터 직접 받은 경우도 있어서 돈을 먹은 액수는 아버지보다 훨씬 더 많았고 돈을 먹은 세월도 아버지보다 훨씬 더 길었다는데, 오래전에 먹은 돈은 공소시효가 지나서 소화가 다 되었고, 최근에 먹은 돈도 업소를 직접 돌며 뜯어낸 것이 아니라는 이유로 형량은 아버지보다 가벼웠다. 아버지는 검찰 신문이나 법정 진술에서 최국장에게 유리하게 사건을 몰아갔다. 최국장이 돈을 긁어오라고 지시를 하거나 암묵적 사주를 한 적이 없으며 오로지 자신이 능동적으로 긁어서 최국장에게 준 것이라고 아버지는 일관되게 진술했고, 최국장은 아버지의 진술에 편안히 얹혔다. 최국장은 아버지의 형량의 반쯤을 받았다. 교도소 안에서 최국장이 아버지의 의리 있는 처신을 높이 평가하고 있다는 얘기를 면회를 다녀온 사람들이 퍼뜨렸고, 그후에도 공무원들의 조직적인 비리와 상납 사건이 적발될 때마다 아버지의 의리는 지역 공무원들 사이에서 이야깃거리가 되었다.

최국장 집안은 조선 중기에 지역에 뿌리내린 토호급 가문이었다. 종친들 중에 지역 상공인협회장이나 충효사상선양위원 같은 유지들이 많았고, 소작을 준 농토도 넓었다.

최국장 집에서 두부를 만들거나 김장을 담글 때면 어머니는 그 집에 가서 일했다. 아버지가 어머니에게 그 일을 강요하지는 않았을 것이다. 아버지는 언제나 어머니를 휘두르지 못했으니까, 최국장 집 허드렛일을 도와주는 것을 어머니 자신이 자연스럽게 받아들였던 것이 아니었을까. 자연스럽다기보다는 그것이 삶의 본래의 모습이고 방편이라고 여겼던 것이 아니었을까. 최국장 집에서 일하고 돌아오는 저녁에 어머니는 콩비지나 겉절이 김치를 얻어왔다. 퇴근한 아버지와 함께 밥상에 앉아서 어머니가 얻어온 최국장 집 겉절이 김치로 저녁밥을 먹던 생각이 난다. 아마 고등학교 때였을 것이다. 아버지는 어머니가 얻어온 최국장 집 겉절이 김치를 죽죽 찢어서 밥위에 얹어서 먹었고, 내 밥그릇에도 김치를 얹어주었다. 그때, 아버지는 말했다.

—좀 싱겁구나. 최국장님은 늘 싱겁게 드시더라.

그것이 아버지의 평화였을까. 어렸을 때 나는 거기까지는 생각하지 못했다.

최국장의 둘째아들은 지방대학 체육학과를 나와서 읍내에 태권도장을 차렸다고 들었다. 태권도장뿐 아니라 여종업원을 고용한 유흥주점도 몇 군데 차려놓고 있었는데, 군청 공무원과 세무서 직원 들이 이 업소들을 비호하고 있었다는 사실이 아버지가 구속된 후에 알려졌다.

나와 혼담이 있었다는 인물이 바로 그 아들이었다. 나는 그 혼담의 내용과 진전사항을 모른다. 아마 어른들끼리 무슨 수군거림 같은 것이 있었던 모양인데, 그것을 혼담이라고 말할 수도 있을 것이다. 그때 나는 미술대학 졸업반에서 디자인 계통 회사에 취직 준비를 하고 있었다. 어디서 얻었는지, 어머니가 그 둘째아들이라는 사람의 명함을 나에게 보여주었다. 그의 명함에는 '청소년 선도위원'이라고 적혀 있었다. 명함을 본 후에, 맞선을 보네 마네 하는 이야기가 오고갈 무렵에 아버지와 최국장은 구속되었다. 그것으로 모든 일은 끝났다. 그것이 전부였다. 새벽에 전화를 걸어온 어머니가 느닷없이 나와는 아무런 관련도 없는 지나간 '혼담'을 끄집어내고, 그 남자가 최근에 결혼을 했다는 얘기를 하는 까닭은 이른바 나의 '혼담'이라는 것이 오욕과 수치였다는 것을 은연중에 말하려는 것이 아니었을까. 어머니는 자신의 상처로 칼을 만들어서 딸을 찌르려는 것일까. 이 밤중에. 핸드폰으로.

다음날 새벽에 어머니는 또 전화를 걸어왔다. 나는 핸드폰을 머리맡으로 밀쳐냈다. 어둠 속에서 어머니의 목소리가 앵앵거렸다.

—얘, 그 색시가 음대를 나왔대. 피아노 전공이래. 최국장은 출감했다더라. 아들 결혼식장에 나와서 하객을 맞고 폐백도 받

왔대. 너네 아버지 사건을 수사했던 경찰관들도 다들 봉투 들고 왔더래. 난 청첩장은 받았는데 안 갔어. 너 자니? 잠들었어?

어머니의 말은 듣는 사람이 필요없었다. 어둠 속에서 앵앵거리는 그 목소리에 어떤 들을 만한 내용이 담겨 있다는 것이 믿기 어려웠다.

—너, 그 집에 시집 안 가길 잘했어. 야, 늬 아버지 아직도 그 안에 있는데, 니가 치마저고리 입고 최국장한테 폐백 드리는 걸 생각해봐. 봉투도 좋지만, 수사했던 경찰관한테까지 받을 수가 있겠냐. 그게 꼴이 되겠어?

어머니가 언제 전화를 끊었는지 알 수 없었다. 어머니의 새벽 꿈에 또 좆내논이 나타나서 아버지를 태우고 무릎걸음으로 기어서 다가올 것 같았다. 나는 새벽 늦게까지 잠들지 못했다.

10

아침에 잠에서 깨면, 새소리가 쏟아져들어왔다. 숲에 사는 새들의 모든 종족들이 울어대는 소리였다. 새들은 내가 어머니의 전화에 시달리다가 잠드는 밤과는 전혀 다른 시간을 보내고 전혀 다른 아침을 맞는 듯싶었다. 잠이 덜 깨서, 떠도는 의식 속으로 새소리는 아침마다 쏟아져들어왔다. 새소리에 떠밀려서 나는 처음 맞닥뜨리는 낯선 시간 앞으로 밀쳐졌다. 새들은 소리쳐서 일출을 맞았고 나는 아침의 시간에 이마를 부딪혔다.

봄으로 다가갈수록 새들의 아침은 바쁘고 요란했다. 새들은 영세유전하는 그 종족의 소리로 제가끔 울어대는 것이어서, 아침 새들의 소리는 온 숲에 넘치고 들끓어도 섞이지는 않았다. 새들은 일제히 울었고, 저마다 따로 울었다. 아무도 듣는 자가 없는 밤에도 새들은 제 목청으로 제 울음을 울어댔다. 새들의 소리는 그 종족이 건너온 수억만 년의 시공을 향해서 토해내는 독백처럼 들렸다.

나무들도 아침이면 잠에서 깨어나는 것인지, 멀리서 새벽의 여린 햇살이 다가오면 잔설 속에서 봄을 맞는 숲은 짙은 풋내를 풍겼다. 자등령 숲에는 한겨울에도 봄이 숨어 있어서 햇살이 곧은 한낮에는 산의 젖은 날숨이 능선 위 허공에 엉겨 있었다. 숲에는 계절이 포개져 있었다.

수목원 아파트 마을에서는 산이 가까워서 나물이나 버섯이 흔했다. 햇것이 나오기 전에도, 말려서 겨울을 나는 나물이 반찬가게나 노점 좌판에 나와 있었다. 허리가 굽은 늙은 여자들이나 아이를 업은 젊은 여자들이 읍내 버스 차부 옆 공터에서 좌판을 펼쳐놓고 나물을 팔았다. 그 여자들의 먼지 낀 좌판은 영세했다. 농협의 비료포대나 보온 못자리를 걷어낸 폐비닐 자락 위에 말린 나물과 호박오가리, 검정콩 몇 움큼을 펼쳐놓았다. 그 여자들의 좌판은 삶을 영위하는 상행위라기보다는 밤에 우는 새들의 울음처럼 그 종족의 핏줄 속에 각인된 무늬처럼 보였다. 외출나온 군인들의 팔짱을 낀 여자들이 가끔씩 좌판을 기웃거렸다.

저녁 무렵에 가끔씩 읍내에 나가서 노점 좌판에서 나물을 샀다. 적은 돈을 내밀면 나물 한줌이 건너왔다. 마른 나물은 풀의 뼈대만으로 가지런했고 가벼웠고 바스락거렸다.

아침마다 마른 나물로 된장국을 끓여서 밥을 먹었다. 아래층의 여자들이 데쳐서 들기름에 무친 나물이나 무말랭이를 주기도 했다. 나물은 너무 여러 가지여서 이름과 실물을 맞추어서 기억할 수가 없었지만, 씹어보면 질감과 맛이 제각각이어서 말로 표현되는 별도의 이름이 필요없을 것이었다. 나물을 한 가닥씩, 한 이파리씩 씹으면서, 새들이 저마다 제 목청으로 따로 울듯이 식물마다의 생명의 질감을 개별적으로 그려내는 일이 가능할는지를 생각했다. 나물을 한 가닥씩 천천히 씹어서 그 액즙을 입안에서 굴리다보면, 그림은 먹이가 아니라는 걸 알게 된다. 경칩날 아침에도 나물국을 먹었다.

안요한 실장은 내 아파트 옆동 이층에 살았다. 거기가 가족이 딸린 간부직원용 아파트였다. 두 동 사이에 키 큰 편백나무가 심어져 있었다. 저녁이면 앞치마를 두른 여자들이 편백나무 아래에서 수다를 떠는 모습이 내 방에서 보였다.

초등학교 통학버스는 아침 여덟시에 왔다. 분교들은 오래전에 폐교되어서 통학버스가 여러 마을을 돌며 읍내에 있는 학교로 아이들을 태워갔다. 젊은 여자들이 저학년 아이들을 편백나무 밑으로 데리고 나와서 버스를 기다렸다. 수목원 직원들의 자녀도 있었고 아파트와 잇닿은 연립주택의 군인 자녀, 발전소 직원들의 아이들도 책가방을 메고 편백나무 밑으로 나왔다. 노란색 통학버스가 아파트 단지 입구로 들어서면 아이들이 손을 흔들었다. 아이들은 소리치며 지껄였다. 해가 올라오면 새들이 조용해지고 아이들이 지껄였다. 버스가 편백나무 아래서 멈추면 통학담당 여교사가 버스에서 내려서 아이들을 점검해서 태웠다. 준비물을 잊고 나온 아이가 다시 집안으로 들어가면 버스는 아이가 올 때까지 기다렸다. 아이를 따라나온 개들이 가끔씩 버스에 올라타기도 했다. 개는 아이들보다 먼저 차에 올라타서 담당교사는 재빠른 개들의 승차를 막지 못했다. 학교로 간 개들은 운동장에서 놀다가 저녁에 아이와 함께 버스를 타고 돌아왔다. 버스에 탄 아이들과 편백나무 아래 여자들이 서로 손을 흔들면서 버스는 떠났다. 아침 여덟시마다 내 방 유리창에서 내려다보이는 풍경이었다. 직원들을 태우고 수목원으로 가는 셔틀버스는 아침 여덟시 삼십분에 왔다. 셔틀버스도 통학버스와 같은 자리에서 멈추었다. 그 삼십분 동안 나는 베란다에서 나물국으로 아침을 먹었다.

안요한 실장은 아침 여덟시에 아이를 데리고 편백나무 밑으로 나왔다. 초등학교 일학년이나 이학년쯤 되어 보이는 남자아이였다. 아직 출근 채비를 갖추지 않은 안실장은 운동복 차림에 슬리퍼를 신고 있었다. 안실장은 여자들과 좀 어색해 보이는 인사를 나누며 아이를 데리고 줄의 맨 뒤에 서서 버스를 기다렸다. 나는 베란다에서 나물국으로 아침을 먹으면서, 아이들이 학교 가는 풍경을 내려다보았다. 개들과 장난치며 깔깔대는 아이들의 뒤통수 가마에 아침햇살이 반짝였다.

안요한 실장이 데리고 나온 아이는 옷이 몸보다 커서 헐렁했다. 바지통이 넓었고 파카 소매가 길어서 몸이 옷에 파묻혀 보였다. 멀어서 아이의 얼굴은 잘 보이지 않았고, 옷이 커서 몸매가 드러나지도 않았지만, 그 아이는 멀리서 보기에도 안요한 실장의 아들이었다. 느슨한 어깨 때문인지, 통 큰 바지 속에서 땅을 디디고 서 있는, 보이지 않는 두 다리의 자세 때문인지 아니면 옆으로 돌아섰을 때 드러나는 얇은 가슴 때문인지는 확실치 않았지만, 그 남자아이의 작은 몸은 자신이 안요한의 아들이라는 사실을 전신으로 풍겨내고 있었다. 설명하기는 어렵지만, 확실한 느낌이었다. 남자가 아이를 낳지는 않으니까 아이가 안요한 실장의 몸속을 경유해서 세상에 태어나지는 않았을 텐데도 아이의 몸의 표정은 자가복제하는 유전의 기능을 완벽히 보여주고 있었다. 서로간에 달아날 수 없고 끊어낼 수 없고 모른다고 할 수 없고 아니라고 할 수 없는 인연의 모습을 아이의 작은 몸은 드러내고 있었다. 놀라웠지만, 놀랄 만한 일이 못 될 수도 있었다. 아이는 안요한 실장의 아들이었다. 그 아이는 그 아이의 어머니가 낳은 아이라기보다는 처음부터 남자인 안요한의 옆구리에서 무성생식으로 태어난 복제처럼 보였다. 그래서 편백나무 아래서 통학버스를 기다리고 있는 안요한 실장과 아들의 아침에 그 아이를 잉태하고 출산했을 여자가 빠져 있는 풍경은 이제는 익숙해서 상처로 감지되지 않는 결핍이었다.

아이는 학교에 적응하지 못하고 있는 듯싶었다. 아이는 다른 아이들과 어울리지 않았고, 다른 아이들도 안요한 실장의 아들에게 놀이의 수작을 걸어오지 않았다. 아이는 고개를 숙이고 발길질로 땅바닥을 차다가 개가 다가오면 아버지 뒤로 피했다. 통학버스가 도착하면, 아이는 아버지의 다리 가랑이를 껴안고 떨어지지 않으려고 발버둥쳤다. 통학담당 교사가 아이를 쓰다듬고 달랬다. 교사가 아이를 안아서 차에 태우면 아이는 울면서 발버둥쳤다. 안요한 실장은 발버둥치는 아이를 어쩌지 못하고 속수무책으로 바라보며 서 있었다. 아이가 너무 심하게 울어대며 버티는 날에는 안요한 실장은 학교 보내기를 포기했다. 버스가 떠나면 안요한 실장은 우는 아이를 안고 다시 아파트로 돌아갔다. 아이는 울음을 그치고 두 팔로 아버지의 목을 안고 있었다. 아이를 안은 안요한 실장은 내 방 베란다 아래를 지나 편백나무길을 거쳐서 아파트로 들어갔다. 내 베란다 밑을 지나가는 부자의 머리통과 어깨가 내려다보였다. 뒤통수의 가마의 위치까지도 닮아 있었다.

통학버스가 떠난 뒤 삼십 분 후에 수목원으로 가는 직원용 셔틀버스가 왔다. 편백나무 아래, 직원들이 모여서 인사를 나누며 버스를 기다렸다. 아이가 학교에 가지 않은 날, 안요한 실장은 아이를 다시 데리고 나왔다. 아이는 셔틀버스에 타고 아버지를 따라서 수목원으로 와서 하루를 보냈다. 아이는 수목원 청사 마당에서 나무 꼭대기를 한참 동안 올려다보거나 아버지의 연구실 안에 설치된 유리연못을 들여다보았다. 점심 때, 아이는 구내식당에서 아버지 옆자리에 앉아서 점심을 먹었다. 안실장은 사발에 냉수를 떠놓고 김치를 씻어서 아이의 밥숟가락 위에 얹어주었다.

11

수목원 식물표본관에서 내 작업의 일정과 내용을 정해주었다. 눈이 녹기 전에는 복수초와 얼레지꽃을 그리고 3월이 가기 전에 목련을, 4월에는 민들레를 그리는 식이었다. 그려야 할 시점과 포인트까지도 지정되었다. 작업은 식물의 발아, 개화, 결실에 집중되었다. 생애의 가장 역동적인 순간에 작동하고 있는 식물의 생명의 표정을 드러내라는 요청이었다.

숲에 눈이 쌓이면 자작나무의 흰 껍질은 흰색의 깊이를 회색으로 드러내면서 윤기가 돌았다. 자작나무 사이에서 복수초와 얼레지가 피었다. 키가 작은 그 꽃들은 눈 위에 떨어진 별처럼 보였다. 눈 속에서 꽃이 필 때 열이 나는지, 꽃 주변의 눈이 녹아 있었다. 차가운 공기와 빈약한 햇살 속에서 복수초의 노란 꽃은 쟁쟁쟁 소리를 내는 것 같았다. 꽃은 식물의 성기라는데, 눈을 뚫고 올라온 얼레지꽃은 진분홍빛 꽃잎을 뒤로 활짝 젖히고 암술이 늘어진 성기의 안쪽을 당돌하게도 열어 보였다. 눈 위에서 얼레지꽃의 안쪽은 뜨거워 보였고, 거기에서도 쟁쟁쟁 소리가 들리는 듯싶었다.

춘분이 다가오면 목련의 겨울눈이 부풀어서 벌어진다. 그 안에 빛이 고이고 빛에 실려서 꽃잎이 나오기 시작하는데, 벌어지는 겨울눈 속에 고이는 밝음과 그 쟁쟁쟁 소리를 그리는 것이 내 세밀화에 부과된 임무였다.

민들레는 4월의 과제였다. 민들레는 꽃이 지고 나면 공처럼 둥근 솜털의 열매로 바람 속에서 풍화된다. 그 열매는 자신의 존재량을 극소화해서 헛것으로 흔들린다. 솜털들은 바람에 불려가서 소멸하는 방식으로 신생의 땅을 열어가는데, 그 헛것의 솜털뭉치 속에 들어 있는 가벼움과 무거움의 표정을 그리는 것도 내 세밀화의 임무였다.

진달래는 메마른 돌밭이나 다른 나무들이 버리고 떠난 비탈에서 산다. 거기서, 진달래는 다른 나무들보다 먼저 꽃을 피운다. 그 꽃의 색깔은 발생과정에 있는 색깔의 태아이거나, 미래에 있을 색깔의 추억이거나 아니면 태어나기 이전에 죽어버린 색깔의 흔적이었다. 그 색깔은 식물의 꽃이라기보다는 숨결처럼 허공에 떠 있다가 스러졌다. 정처 없고 근거 없고 발 디딜 곳 없는 색깔이었다. 그 색깔이 봄날의 며칠 동안 이 세상에 처한 모습을 그림으로 그려서 제출하라고 수목원 표본관은 지시했다.

옥수수는 6월 하순부터 7월 초순 사이에, 크는 소리가 들리듯이 자라난다. 그때, 커져가는 잎은 힘을 주체하지 못해서 휘어지고 꺾인다. 비가 오거나 바람이 불 때, 옥수숫잎은 전신을 뒤틀면서 쓸리운다. 잎이 뒤틀린 고랑으로 빗물이 흘러내릴 때 옥수숫잎은 흔들리고 시달리면서 견디어낸다. 폭우에 땅이 패고 줄기가 땅에 쓰러져도 비가 개고 7월의 뜨거운 햇볕이 내리쪼이면 줄기는 땅을 딛고 다시 일어선다. 가벼운 바람에도 잎들이 서로 쓸려서 옥수수밭에서는 먼 썰물의 소리가 난다. 그 잎은 어릴 때부터 잎맥이 도드라져서 긴 여름날의 노동을 예비하는데, 가물고 뜨거운 여름날에 물을 실어나르는 옥수수의 잎맥은 굵고 힘세다. 커다란 동물의 혈관처럼 옥수수의 잎맥은 벌떡거린다. 잎맥 속을 흐르는 옥수수의 힘과 가득 찬 해바라기 씨앗 속에 엉킨 태양의 뜨거움을 그리는 일은 8월의 과제였다.

아침햇살에 봉오리가 열리는 수련을 보려면 이른 새벽에 늪으로 가야 한다. 그런 날에는 셔틀버스를 기다리지 않고 내 차를 몰아서 출근했다. 열리는 봉오리 안쪽이 늘 내 눈길을 잡아당겼다. 그리기 전에 오래 들여다보아야 하는데, 오래 들여다볼수록 연필을 들기가 머뭇거려져서 아침의 늪가에 앉아서 수련을 들여다보고 있으면 그리는 자가 아니라 들여다보는 자가 되기 십상이다. 자연 습지를 확장해서 만든 늪에는 수련이나 창포, 노랑머리연꽃, 부들, 부레옥잠, 머위, 마름이 서식했다. 물가에 사는 것들도 있었고 물 위에 떠서 사는 것들도 있었다. 늪은 수목원의 다른 공간과는 확연히 구분되는 독립된 삶의 자리였다. 거기에는 별도의 흐름과 순환과 질서가 있었다. 새들이 아침마다 제가끔의 목소리로 울어대듯이 아침의 늪에서 꽃과 풀 들은 제가끔 깨어나서 바쁜 숨을 내쉬었다.

아침햇살은 수련의 어린 잎을 통과해서 물 밑에 닿는다. 수련의 여린 잎맥이 드러나고 잔바람에 흔들리는 물의 음영이 수련 잎에 비쳤다. 해가 좀더 올라와서 수련 잎의 그림자가 물 밑으로 내려앉을 때, 꽃은 열린다. 그 봉오리는 돌발사태처럼 세상에 처하게 되는데, 열리는 꽃 속에서 빛과 색이 쏟아져나온다. 밤을 지낸 수련의 잎이 햇살을 맞이하고 봉오리가 열리는 사태를 그리는 일은 살아서 흐르는 시간의 흐름을 그리는 일과 같았다. 그것이 6월의 과제였다.

패랭이꽃의 그 단순하고 가벼운 이파리나 도라지꽃 속 깊은 오지의 색의 질감을 드러내는 일은 가능할는지. 그 색들은 어딘가를 향해 흘러가고 있었다. 그 안쪽의 꽃잎을 뜯어서 현미경으로 들여다보면, 더 어려운 세계가 열려서, 그림에 도움이 되지는 못했다.

종이에 그림을 그리는 시간보다 봉오리가 깨어나는 새벽이나 봉오리가 문을 닫는 저녁 무렵, 활엽수의 넓은 잎이 무더위에 지쳐서 늘어지는 한낮에 야외에서 식물을 들여다보는 시간이 훨씬 더 길었다. 풀을 들여다보면서, 내 몸속으로 흘러들어오는 식물들의 시간을 나는 느꼈다. 색깔들이 물안개로 피어나는 시간이었다.

맑고 추운 초봄의 한낮에 햇빛이 직각으로 내리쬐면 얼었던 늪은 쾅 소리를 내며 깨졌다. 그것이 늪의 새해였다. 얼음이 녹은 늪의 수면은 팽팽했고, 거기에 물벌레 한 마리가 기어다녀도 물은 주름잡혔다. 초봄의 아침에 짙은 색의 꽃들은 흑백의 화면에서 돌출하듯이 피어났다.

식물이 어떻게 꽃의 색깔을 빚어내는 것인지는 안요한 실장의 연구과제였다. 나는 수채물감을 여러 번 덧칠해서 자연색에 접근했다. 연필로 식물의 구조를 그리고 그 위에 수채물감을 칠했다. 덩굴식물은 구도가 복잡해서 스케치하기가 어려웠다. 꽃의 구조를 알 수 없거나 시선과 광선의 각도에 따라서 색깔이 달라져서 그리기를 포기한 꽃들도 있었다. 수채물감을 여러 번 덧칠해서 색의 깊이를 쌓아갔으나, 식물이 꽃에 거듭 색칠을 하지는 않을 것이었다. 색깔에도 촉감이 있는지, 진달래꽃의 색깔은 구겨져서 바래었고 작약의 색깔은 기름졌다. 늪가의 물안개 속에서 핀 도라지꽃의 보라색은 젖어서 축축했고 한낮의 패랭이꽃의 자주색은 팽팽했다. 나는 그 꽃들의 색과 비슷한 물감은 아무것도 갖고 있지 않아서 이 색 저 색을 섞고 덧칠하는 수밖에 없었다. 숲에서, 나는 여기가 아닌 다른 세상으로 가는 문 앞에 있었지만, 그 문을 열고 들어가지 못하고 그 안쪽을 기웃거리고 있었다. 세밀화는 그 기웃거림의 흔적이었다.

12

—재 엄마는 이혼했어. 사 년쯤 전에.

안요한 실장은 연구실에 따라온 아들 쪽으로 눈길을 돌리며 그렇게 말했다. '재 엄마' 라는 인물은 안실장 자신의 전부인을 지칭하는 삼인칭이었다. 그는 자신의 이혼을 삼인칭을 끌어들여서 말함으로써 제삼자의 일로 바꾸어놓았다. 그의 어법은 자신이 치른 이혼이라는 사태로부터 몸을 빼내려는 안간힘의 소산일 터인데, 그의 말투가 식물이나 곤충의 상태를 설명하듯이 메마르고 사실적이어서 그 안간힘이 드러나지는 않았다. 그의 말투는 일인칭의 일에 삼인칭을 끌어들임으로써 만남과 헤어짐, 그리고 거기에서 비롯되는 무수한 충돌과 파란으로부터 벗어나고 있었다. 나는 그의 말투가 섬뜩했다.

나의 작업은 표본관에서 일정과 내용을 정해주었지만, 작품을 한 점 완성하면 안요한 실장에게 제출해서 재가를 얻어야 했다. 안실장이 재작업을 지시하는 경우도 있었다.

4월 초에, 벌어진 겨울눈 사이로 터져나오는 목련의 밝음을 그려서 안실장에게 제출했다. 그 밝음은 이 세상에 근거를 두지 않는 밝음인 것이어서 색깔의 기조를 잡기가 어려웠다. 연필로는 밝음의 밑그림을 그리기가 불가능했다. 밑그림 없이 수채물감을 포개서 칠했고, 마른 다음에 덧칠했다. 물감이 아니라, 종이에서 밝음이 배어나오기를 나는 기다렸다.

안실장은 내가 제출한 그림을 형광등 아래서 오랫동안 들여다보았다. 그가 말했다.

—식물의 생명과, 그걸 들여다보는 인간의 생명이 서로 교감할 수가 있을까? 그것이 식물학의 과제야. 세밀화도 마찬가지고.

그 말은 관찰자로서의 인간과 그 대상인 식물 사이의 문제를 말하는 것 같기도 하고, 내 그림에 대한 그의 불만을 말하고 있는 것 같기도 했다. 그는 내가 제출한 그림을 캐비닛 안에 넣었다. 재작업 지시는 없었다.

안요한 실장이 내 그림을 들여다보고 있는 동안, 학교에 가지 않고 아버지를 따라온 그의 어린 아들이 연구실 안에 설치된 유리연못을 들여다보고 있었다. 햇빛이 깊이 들어와서 유리연못 안에서 풀과 벌레 들의 한세상이 바빴다. 유리에 무지개가 어른거렸고 녹조류들이 숨을 쉬면서 공깃방울을 뿜어올렸다. 빠른 물방개들이 유리벽에 머리를 부딪혔고 소금쟁이가 수면 위를 미끄러지면서 달렸다. 잠자리의 유충들이 물을 뿜으며 쏘다녔고 바늘만한 치어들이 물풀에 붙은 이끼를 핥았다. 아이는 유리에 이마를 대고 두 팔로 유리연못 안 소금쟁이의 동작을 흉내내고 있었다. 그날도 아이는 제 몸보다 커서 헐렁한 옷을 입고 있었다. 아이의 옆모습이, 내 앞에 앉아 있는 그 아버지의 모습과 너무나 닮아서 아이가 내 옆으로 다가온다면 나는 그 아이의 나이를 물어보거나 머리를 쓰다듬어줄 수 없을 것 같았다. 그 아이의 머리를 쓰다듬으면 그 아버지를 쓰다듬고 있는 듯한 환각이 들 것이었다.

안요한 실장은 내가 제출한 그림에 대해서 별말이 없었다. 그것이 그의 재가였다. 재가라기보다는 접수라고 하는 편이 옳겠다. 내가 자리에서 일어서려 할 때, 안실장은 유리연못에 정신이 팔려 있는 아들의 눈치를 살피더니 목소리를 낮춰서 그렇게 말했다.

—재 엄마는 이혼했어. 사 년쯤 전에.

그는 묻지도 않은 이혼 얘기를 스스로 꺼냈다. 그렇게 말하면서 아들을 쳐다보는 그의 표정에는 그 말을 하지 않을 수 없는 사람의 절박함이 드러나 있어서, 아들이 그에게 엄마가 없는 사태에 대한 설명을 강요하고 있는 것 같았다. 나는 그 말이 그의 생애에 내가 진입하는 인연의 입구가 되지나 않을까 싶어서 무서웠다. 나는 얼결에 말했다.

—아드님이 아버지를 많이 닮았네요.

안요한 실장은 아들을 바라보던 시선을 거두어서, 소금쟁이와 물방개의 확대도면이 걸린 벽면을 바라보았다. 소금쟁이 앞다리 관절이 크레인처럼 꺾였고 거기에 잔털이 무수히 돋아 있었다. 안요한 실장은 그 소금쟁이 그림에 시선을 고정시키고 말했다.

—그렇다고들 하더군. 닮아서 더 힘들어. 더 가엾지.

그렇게 말할 때, 아들이 아버지를 닮은 게 아니라 아버지가 아들을 닮은 듯싶었다. 나는 그의 말에 무어라고 대답을 해줄 수는 없었지만, 닮아서 더 불쌍하다는 말을 나 자신의 경험을 통해서 일방적으로 이해할 수가 있었다.

이감되기 전에 서울 영등포교도소로 아버지를 면회갔을 때 아버지는 철망으로 된 접촉차단장치 너머에 앉아 있었다. 철망 사이로 말을 주고받게 되어 있었는데, 주고받은 말이란 별로 없었다.

—건강하시지요? 바깥일은 생각하지 마세요.

—그래. 그러니까 자꾸 오지 마. 난 여기가 편하다. 집에 돈은 있니?

면회에 입회한 교도관이 그 하나 마나 한 대화를 기록하고 있었다. 철망 너머에서 아버지는 면회온 딸을 쑥스러워하면서 옆으로 앉아 있었다. 아버지는, 교도소에 들어가기 이전의 모습대로, 마르고 조그마해 보였는데, 어디라고 딱히 집어서 말할 수 없는 내 얼굴의 음영이 철망 너머의 아버지의 모습을 닮아 있었다. 면회가서 철망 너머로 아버지를 볼 때, "그러니까 자꾸 오지 마"라는 아버지의 말을 이해할 수 있었다. 아버지를 면회가는 것이 아버지에게 무례한 수작일 수도 있겠다는 생각이 들자 내 마음은 슬픔으로 옥죄었다.

자신을 빼다박은 아들을 바라보면서 닮아서 더 힘들어, 더 가엾지, 라고 말하는 안요한 실장의 슬픔이 아버지를 면회할 때의 나의 슬픔과 근접해 있을 것이었다.

유리연못에 정신이 팔린 아이는 아버지 쪽으로 오지 않았다. 나는 아이와 아이의 아버지를 번갈아 쳐다보았다. 안실장이 말했다. 안실장은 꺼내기 힘든 말을 겨우 이어갔다.

—재가 학교에 적응을 못 해서……

며칠 전 아침에 통학버스 앞에서 발버둥치던 아이의 모습이 떠올랐다.

—담임교사와 상담했어. 사회성이 떨어진다더군. 늘 외톨이래.

교사가 아니더라도, 아이를 한번 보면 알 수 있는 일이었다.

—일 년 동안 휴학시키기로 했어. 그동안 좀 나아질는지……

집에 엄마가 없다면 아이는 일 년 동안 출근하는 아버지를 따라서 수목원 연구실로 오게 되는 것인지를 나는 묻지 않았다. 헤어진 부인한테 일 년 동안만 아이를 맡기면 안 되는 것인지를 나는 묻지 않았다. 묻지 않았는데 그가 먼저 말했다.

—재 엄마는 재혼했어.

재 엄마는 이혼했어, 라고 말할 때와 똑같은 말투였다. 말투는 같았으나, '이혼'이 아니라 '재혼'이었으므로 거기에는 자기 자신을 빼내려는 안간힘은 느껴지지 않았다. 나는 그의 말투를 흉내내서 대답해주었다.

—그랬군요.

나는 그가 말을 하지 않기를 바랐지만 그는 겨우 말을 이어나갔다.

—재는 내가 데리고 있어야 해.

나는 또 대답했다.

—그랬군요.

그날, 그의 힘든 말의 요점은 아이가 학교를 쉬는 동안 퇴근 후에 미술지도를 해달라는 것이었다. 아이의 이름은 신우, 초등학교 이학년이었다. 일학년 때도 학교엘 거의 가지 않아서 한글을 온전히 쓰지 못했고 더하기 빼기의 수리적 개념이 없었다. 학교에 가지 않는 날 아이는 혼자서 그림을 그렸다. 아이는 크레파스로 물방개, 잠자리, 나비 같은 곤충을 그렸다. 모기나 진딧물도 그렸고, 새와 곤충을 합쳐서 이 세상에 없는 날짐승을 그리기도 했다. 아이가 그림에 마음을 붙여서 그나마 다행이지만 점점 그림에 빠져드는 것이 걱정이라고 안실장은 말했다. 아이는 세 명으로 그룹을 지어서 몇 달 전까지도 미술지도를 받았다고 한다. 읍내 군인회관 일층에 세들어 있던 해바라기미술학원이었다. 내가 이 전방지역에 처음 왔을 때 미술선생님 이옥영은 자살해서 학원은 문을 닫았는데, 학원 문짝에 '최선을 다하는 선생님이 되겠습니다. 이옥영'이라는 포스터가 그대로 붙어 있었고, 거기에 해바라기 그림이 그려져 있었다.

눈이 쌓인 겨울이었는데, 미술학원 문에 붙은 해바라기의 노란 꽃잎과 새까만 씨앗은 그 소읍의 부조화한 풍경으로서 내 기억에 남아 있었다. 경찰의 사망원인 수사가 끝나자 부산인지 마산인지에서 올라온 중년 남자가 이옥영의 시신을 인수해서 앰뷸런스에 싣고 남쪽으로 갔다는 얘기를 나는 나중에 들었다. 이옥영은 외지인이었다. 이옥영의 자살은 곧 잊혀졌는데, 읍내에 사는 군인의 여자들은 앰뷸런스를 대절해와서 이옥영의 시신을 싣고 간 중년 남자가 혼자서 왔다가 혼자서 갔다는 얘기를 오랫동안 입에 올렸다. 이옥영이 죽자 아이들은 흩어졌고 미술학원 자리는 한동안 비어 있다가 군부대 면회객을 상대로 생맥주를 파는 통닭집이 들어왔다. 내가 미술지도를 수락한다면 나는 자살한 이옥영의 후임이 되는 셈이었다.

13

부처님 오신 날에 아버지는 출감했다. 새로 뽑힌 대통령이 국민화합의 차원에서 대규모 사면을 단행했다. 사면 대상은 집시법 위반의 시국사범과 생계형 범죄자, 기초생활질서 위반자 들이었다. 아버지의 죄질은 직권을 남용한 파렴치범죄로 분류되었고 거기에 공무원 조직이 연루되어 있었다. 아버지는 사면 대상은 아니었지만, 가석방으로 출감했다. 교도소장이 아버지의 석방 소식을 공문서로 알려왔다. 형기가 삼분의 이를 넘었고, 교정성적이 우수하며, 이미 파면되어 공무원의 직권을 남용할 재범의 우려가 없으므로 담당판사와 검사의 재가를 받아 형기만료 전에 가석방한다고 교도소장은 문서에 썼다.

또 아버지의 고혈압증세가 가끔씩 발작을 일으켜 가족들의 보호가 필요하다는 것도 가석방 사유라고 교도소장은 말했다. 사지마비를 동반한 뇌일혈증세를 교도소 내 의료시설에서 치료했던 의무기록을 집으로 보내면서 "향후 치료에 참고하시라"고 교도소장은 말했다.

나는 아버지가 가석방된다는 소식을 어머니의 심야전화로 알았다. 자정이 넘은 시간이었다.

—얘, 내 꿈이 맞았어. 이번 초파일에 너네 아버지 가석방된대. 얘, 그 늙은 말, 좆내논…… 너네 아버지가 그걸 타고 교도소에서 집까지 왔었어. 내 꿈에……

아버지의 형량은 삼 년 육 개월이었다. 사형이나 종신형이 아니므로 형기를 마치면 아버지는 당연히 집으로 돌아올 것이었지만, 어머니는 육 개월 앞서서 풀려나온 아버지의 가석방을 놀라움으로 받아들이고 있었다. 가석방 소식을 전하는 어머니의 목소리는 겁에 질려 있었다.

—내가 아파트 따로 장만해놓기를 잘했지 뭐야. 근데, 따로따로 갈라서는 게, 그게 될까. 얘, 너네 아버지 나오면, 니가 말해라. 갈라서는 게 좋겠다구. 너 할 수 있니? 얘, 무슨 말을 좀 해봐. 며칠 안 남았다.

어머니는 할아버지의 늙은 말 좆내논이 꿈에 나타나는 걸

무서워하듯이 아버지의 석방을 두려워하고 있었다. 좆내논이 분뇨통인지 잔반통인지를 끌면서 춥고 또 뜨거운 만주 벌판을 헤매다가 할아버지를 따라서 어머니의 생애 속으로 흘러들어 온 것과 아버지가 만기보다 육 개월 먼저 풀려나 집으로 돌아오게 되었다는 것이 어머니에게는 일련의 흐름으로 연결되는 두려움인 모양이었다. 그러할진대, 어머니의 꿈에 아버지가 무릎걸음으로 기는 좆내논을 타고 왔다니까 그 꿈은 얼마나 무서웠을 것인가.

—애, 석방되는 날 가봐야 하지 않겠니? 이감된 교도소가 멀더라. 너 운전해서 갈 수 있겠어? 가서 데려와야 하잖아. 말 타고 올 수야 없지 않겠냐.

아버지가 가석방된다는 소식이 교회 신도들 사이에 퍼졌고, 며칠 전에 목사가 신도들을 데리고 집으로 심방을 와서 감사의 찬양기도를 드렸다고 어머니는 말했다. 또 아버지의 직장 상사였던 최국장이라는 사람도 전화를 걸어와 아버지의 건강을 물었다고 어머니는 심야전화로 말했다.

—너 자냐? 그래, 자라.

새벽 한시께 어머니는 전화를 끊었다. 어머니의 꿈에 나타난 좆내논이 그대로 내 꿈에 나타날 것 같아서 나는 아침 새들이 울 때까지 잠들지 못했다.

5월의 과제는 백작약이었다. 꽃잎은 크고 기름졌는데, 만개한 순간에 허물어져버렸다. 꽃잎이 필 때부터, 꽃의 안쪽에서부터 이미 추락을 예비하는 피로의 낌새가 보였다. 흰 종이 위에 흰 꽃을 그리려면 검은 물감을 쓸 수밖에 없다. 작약의 흰 꽃잎을 들여다보면 깊은 곳에서 검은색이 배어나온다. 사람으로부터 멀리 떨어져 있는 색이었다. 물감을 풀어서 그 먼 색을 드러내려면 여러 번 덧칠할 수밖에 없다. 붓이 스치고 지나가는 결들이 겹쳐지면서, 그 안쪽에서 검은색이 흰색을 끌어낼 것이다.

작약을 그리던 작업을 밀쳐놓고 이박삼일간의 휴가를 냈다. 휴가원에 가정사정이라고 사유를 적어냈는데, 안실장은 사유를 묻지 않았다. 휴가 결재를 받으러 안실장의 연구실에 갔을 때, 아들 신우가 안실장 책상 옆 소파에서 잠들어 있었다. 잠든 아이의 배 위에 안실장의 티셔츠가 덮여 있었다. 잠든 아이는 침을 흘렸고, 꿈을 꾸는지 잠꼬대를 웅알거리면서 뒤채었다. 그 아이의 미술지도를 맡을 것인지를 나는 그때까지도 대답하지 않고 있었다.

교도소는 남해안 철강공단의 외곽으로, '낙석주의' 구간을 여러 번 돌아가는 오지였다. 정문 앞에서는 담장과 감시초소만 보였고, 수용사동은 멀어서 보이지 않았다. 석방 집행은 다음날 아침 열시부터 오후 두시까지라고 고지되어 있었다. 석방자가 오십여 명이었으므로 아버지가 나오는 시간은 정확히 알 수 없었고, 아침 열시부터 교도소 정문 앞에서 기다리는 수밖에 없었다. 교도소 담장에 '새 사람, 새 출발, 새 앞날'이라고 쓴 대형 현수막이 걸려 있었다.

새벽에 차를 몰아 수목원을 출발해서 서울에서 어머니를 태우고 남해안까지 오니까 오후 다섯시가 넘었다. 교회 사람들이 아버지의 석방을 축하하는 전화를 어머니에게 걸어왔다.

—지금 내려가고 있어.

—앞으로가 걱정이지.

어머니는 짧게 대답하고 나서 핸드폰을 꺼버렸다. 어머니를 태우고 길을 나설 때 차 안에서 어머니의 넋두리와 중언부언을 겪어야 할 일이 난감했으나, 어머니는 별로 말이 없었다. 출감하는 아버지를 맞으러 내려가는 길이니까, 그 임박한 사태가 어머니의 넋두리를 무력하게 만든 것 같았다. 아버지에게 먹인다고, 어머니는 호박죽과 장조림을 만들어서 자동차 트렁크에 실었는데, 대전을 지날 때

—얘, 저거 상하지는 않겠지.

라고 말했고, 또 대구를 지날 때는

—너네 아버지, 출감하면 일단 집으로 가야겠지?

라고 말했다. 두 번 다 나의 대답을 기다리고 있지는 않았다. 어머니는 차 안에서 어린아이처럼 자주 졸았고, 깨어나서 창 밖을 두리번거렸다. 요실금이 있는 어머니는 소변이 잦았다. 나는 휴게소마다 차를 세웠다.

교도소의 위치와 석방시간을 알아놓고 나는 차를 돌려 시내로 나왔다. 여관에서 하룻밤을 지내고, 아침에 다시 교도소 정문 앞으로 갈 작정이었다. 어머니는 몹시 피곤해했다. 설렁탕 한 그릇을 여관방으로 배달시켰다. 이웃 동네에서 고기를 삶는 듯한 냄새가 국물에서 났다. 어머니는 두어 번 뜨더니 숟가락을 놓았다. 먹다 만 그릇에 신문지를 덮어서 방문 밖에 내놓았다. 여관방은 침대가 하나뿐이었다. 어머니는 방바닥에 요를 깔고 누웠고 나는 침대에 자리를 잡았다. 저녁 아홉시였다. 석방 집행이 시작되는 다음날 아침 열시까지의 시간이, 장구한 세월처럼 느껴졌다. 나는 준비해온 수면제를 꺼냈다. 수목원에 처음 갔을 때, 잠을 못 자서 읍내 병원에서 처방받은 약이었다. 나는 두 알을 삼키고 어머니에게 두 알을 내밀었다.

—이거 드시고, 일찍 주무세요.

어머니는 잠자코 약을 받아서 삼켰다. 약기운이 퍼질 때까지, 어머니와 나는 어둠 속에서 누워 있었다. 어머니가 말했다.

—이거 먹으면 잠이 오니?

—십오 분쯤 걸린대요. 생각을 버리세요……

어둠 속에서, 아버지는 가까이 다가오고 있었다.

사면자들은 오전에, 가석방자들은 오후에 석방 집행하겠다고 교도소측은 마이크로 고지했다. 교도소 정문 앞에 석방자를 맞으려는 사람들이 모여 있었다. 사면되는 시국사범을 맞는 젊은이들이 소주를 마셔가며 운동가요를 불렀다. 도로교통법 위반, 업무상 과실, 부정수표단속법 위반, 환경법 위반자들을 맞으러 온 사람들은 교도소 담장 그늘에 지함을 깔고 앉아서 기다렸다. 출감 액땜이라고 해서, 손수레 행상들이 날두부를 팔았다. 열시부터 수감자들이 교도소 문을 나왔다. 젊은이들이 풀려나온 시국사범에게 두부를 먹이고 무등을 태워서 달렸다. 멀리서 온 듯한 노인은 아들로 보이는 사십대 석방자를 무표정하게 맞았다.

—두부 먹고 집에 가자. 가서 좀 쉬어.

아들은 노인이 내미는 두부를 먹었다.

—천천히 먹어라. 목멘다. 간장 찍어.

아무도 마중나오지 않은 출소자들도 있었다. 와야 할 사람이 오지 않았는지, 주위를 두리번거리면서 길바닥에 주저앉는 출소자도 있었다. 맞으러 올 사람이 없다는 걸 알고 있는 출소자들은 모자를 눌러쓰고 있었다. 그들은 주위를 두리번거리지 않았다. 작은 가방 하나를 어깨에 메고 그들은 교도소 앞 광장을 가로질러 시외버스 정류장으로 갔다. 여러 방면의 버스가 지나갔으나, 출소자 몇 명은 버스에 타지 않고 정류장 벤치에 그대로 앉아 있었다. 석방은 수감보다 더 무거운 형벌처럼 보였다.

열두시가 지나자 근처 중국음식점에서 교도소 담장 밑으로 점심을 배달했다. 나는 짬뽕 한 그릇을 주문해서 어머니와 나누어 먹었다. 오십대 출소자 한 명이 내 옆에 앉아서 혼자서 자장면을 먹었다. 어깨가 굽고 팔다리가 길었다. 대체 무슨 범죄를 저지를 수가 있을까 싶게 그는 무기력해 보였다. 그는 손으로 차양을 만들어 햇빛을 가렸다. 그의 수감기간은 길었던 모양이다. 그는 바지 뒷주머니에서 누런 봉투를 꺼냈다. 교도소에서 쓰는 사무용 봉투였다. 그는 그 봉투 안에서 천원짜리 몇 장을 꺼내서 자장면을 가져온 배달원에게 주었다. 누런 봉투는 교도소에서 출소자들에게 준 귀향여비였다. 아버지도 그 누런 봉투를 받았을 것이었다. 그는 두어 번의 젓가락질로 자장면 한 그릇을 다 비웠다. 자장면을 넘길 때 목울대가 벌컥거렸다. 자장면을 다 먹고 나서 사내는 시외버스 정류장을 지나서 도시 외곽으로 가는 도로를 따라서 걸어갔다. '낙석주의' 구간을 돌아가자 사내의 모습은 보이지 않았다.

아버지는 한시 삼십분께 나왔다. 철문이 열리자, 교도소 직원이 마지막으로 신원을 확인했고 소지품을 검사했다. 직원은 교통정리를 하듯이 팔을 흔들어서 아버지를 내보내고 철문을 닫았다. 아버지는 밀려나듯이 교도소 문 밖으로 나왔다. 아버지는 작은 보따리를 옆에 끼고 햇볕이 끓는 광장으로 걸어나왔다. 뇌일혈의 후유증인지 아버지는 다리를 절었고, 키가 더 작아진 것 같았다. 교도소 밖으로 나왔지만, 아버지의 형기는 끝이 없어 보였다. 아버지……라고 불렀는데, 소리가 안에서 뭉쳐서 나오지 않았다.

아버지의 직장 상사였던 최국장이 아버지를 마중나와 있었다. 최국장은 어머니와 나보다 먼저 아버지 앞으로 다가갔다. 아버지는 최국장에게 고개 숙여 인사했다. 최국장이 아버지의 어깨를 끌어안고 등을 두드렸다.

—고생했다, 이 사람아. 나는 나온 지 좀 됐어. 다 자네 덕분이지.

—먼저 나오셨다는 얘기는 안에서 들었습니다.

최국장은 아버지의 상납라인의 맨 꼭대기였는데, 최국장이 위법행위를 지시한 적이 없었고 상납을 먼저 요구한 적도 없었다는 진술을 아버지는 수사와 재판 과정에서 일관되게 유지했다. "다 자네 덕분"이라는 최국장의 말이 공허한 덕담은 아닐 것이었다. 어머니와 내가 다가가자 아버지와 최국장은 겸연쩍어했다. 아버지는 겨우 말했다.

—미안하다.

무엇이 미안하다는 것인가. 아버지의 '미안하다'는 포괄적이었다. 나는 숨이 막혔다. '미안하다'는 말에 '죄송합니다'로 대답할 수도 없었다.

최국장이 행상에게서 사온 두부를 아버지에게 내밀었다.

—이걸 먹어야 액땜이 돼. 나도 출소하던 날 많이 먹었어.

아버지는 손가락으로 두부를 집어먹고 입가를 닦았다. 어머니가 말했다.

—나오셨구려. 집에 갑시다.

어머니의 말투는 지나갔거나 아직도 남아 있는 인연을 힘들어하고 있었다. 최국장이 또 말했다.

—오주사는 이번에 못 나왔어. 올 크리스마스 때도 한번 풀어준다니까, 그때 나올지 모르지. 오주사 나오면 내가 한잔 살게.

아버지는 구속될 때 사무관이었으니까, 오주사는 아버지의 부하직원인 공범인 모양이었다. 아버지가 피해 있었던 세상이 다시 아버지를 끌어들이고 있었다. 다리를 절면서, 아버지는 엉버틸 수 없을 것이었다. 나는 아버지의 팔짱을 끼어서 자동차 쪽으로 부축해갔다. 아버지의 팔은 가늘었다. 어머니와 최국장이 뒤에서 따라왔다. 최국장이 어머니에게 말했다.

—제수씨도 고생이 많았소. 그래도 빨리 나와서 다행이지. 저 친구 심성이 착실해서 복받은 거요. 아, 그 안에 있으니까 제수씨가 만들어준 김장김치 생각이 나더군. 솜씨는 여전하신가.

어머니는 잠자코 따라왔다. 최국장이 또 말했다.

—아직 따님은 출가 안 시켰나? 우리 아들은 지난겨울에 장가보냈어. 내가 출소자라고 해서 사돈 쪽에서 내켜하지 않았는데, 저네들끼리 좋다니까 성사가 되더군. 그러니까 따님도 짝 생기면 빨리 보내시오. 우리 애하고는 인연이 안 닿았던 모양이지.

최국장은 우리 가족들의 생애에 스며든 오욕들을 맛보기로 재탕하고 있었다. 운전기사가 딸린 아우디를 타고 최국장은 돌아갔다.

—뒷자리에서 옆으로 다리 뻗고 편히 앉으시우.

어머니는 아버지를 자동차 뒷자리에 태우고 운전석 옆자리에 앉았다. 나는 차를 몰아서 고속도로로 나왔다. 서울까지 가는 시간은, 아버지가 감방에서 보낸 삼 년보다 더 길었다.

—혈압은 좀 어떠시우?

—한번 발작이 있었는데, 별거 아니었어. 의무실에서 닷새 누워 있다가 일어났어. 젊었을 때부터 혈압이 좀 높았잖아.

대전까지 오는 동안에 어머니와 아버지가 주고받은 말은 그것뿐이었다. 가지고 있던 집을 처분해서 줄이고, 아버지를 격리시킬 아파트를 장만하고, 내가 직장을 옮긴 일을 어머니는 아버지에게 말하지 않고 있었다. 대전을 지나면서 날이 저물었다. 차 안에서 어머니는 자주 코를 풀었다. 몸속 깊은 곳이 울리도록 길게 코를 풀었다. 코 푸는 소리의 끝이 젖어서 질퍽거렸다. 눈물이 섞인 콧물을 힘들여 뽑아내는 소리였다. 고속도로 휴게소에서 저녁을 먹었다. 어머니는 집에서 싸온 호박죽을 아버지에게 주었다. 아버지가 입을 벌릴 때, 입안에서 어금니 빠진 자리가 어두웠다. 아버지의 입가에 노란 호박죽이 묻어 있었다. 어머니가 내민 휴지를 받아서 아버지는 입가를 닦았다. 나는 수목원으로 직장을 옮긴 일과 새로 시작한 작업의 내용을 아버지에게 말했다.

—꽃을 그린다고? 그게 그려지냐? 어렵겠구나. 월급은 많이 받나?

라고 아버지는 물었다.

천안을 지나서부터 아버지는 차창에 머리를 대고 잠들었다. 서울이 가까워지자 어머니는 더 세게 코를 풀었다.

14

5월이 다 가도록 작약 그림을 완성하지 못했다. 키 큰 나무들이 물러서는 양지에서 작약꽃은 피면서 동시에 졌고, 지면서 또 피었다. 검은색만이 흰색을 표현할 수 있었는데, 검은 수채물감을 풀어서 검은색이 사위는 자리에 흰색을 드러내는 것은 흰색 물감을 풀어서 새카만 꽃잎을 그리는 일과 같았다. 이 세상의 꽃들 중에서 새카만 꽃이 있냐고 안실장에게 물었더니, 모른다고 대답했다. 안실장이 모른다고 해서 새카만 꽃이 없다고 말할 수는 없었다. 흰색이란 이 세상에 없는 것이고 사람들이 붙인 이름만 있는 성싶었다. 흰 꽃이 저 자신의 흰색을 알고 있는 것이냐고 안실장에게 물어보려다가 그만두었다. 꽃은 제 색깔을 모를 것이고, 꽃이 제 색깔을 아는지 모르는지를 안실장은 알지 못할 것이었다.

검은색을 이끌고 흰색으로 가는 어느 여정에서 내가 작약 꽃잎 색깔의 언저리에 닿을 수는 있을 테지만, 기름진 꽃잎이 열리면서 바로 떨어져버리는 그 동시성, 말하자면 절정 안에 이미 추락을 간직하고 있는 그 마주 당기는 무게의 균형과 그 운동태의 긴장을 데생으로 표현하는 일이 가능할 것인지를 머뭇거리는 동안에 5월은 거의 다 지나갔고 숲은 푸르고 깊었다.

5월의 숲은 강성했다. 숲의 어린 날들은 길지 않았다. 나무들은 바빠서 신록의 풋기를 빠르게 벗어났다. 잎이 우거지면 숲의 음영은 깊었다. 밝음과 어둠이 섞여서 푸른 그늘이 바람에 흔들렸고 나무들 사이로 맑은 시야가 열렸다. 빛과 그림자가 서로 스며서 그림자가 오히려 빛을 드러냈고 어두운 시야 안에서 먼 나무와 풀 들의 모습이 가깝고 선명했다. 숲에서는, 빛이 허술한 자리에서 먼 쪽의 깊이가 들여다보였다.

5월에 자등령의 능선은 흔들려 보였다. 낮에는 산맥이 뿜어내는 열기가 능선 위쪽 허공에 모여서 바람에 밀려다녔다. 그 열기 속에서 자등령의 잇달린 봉우리들은 윤곽이 풀어졌다. 습기가 빠져서 공기가 가벼운 저녁 무렵에는 겹쳐진 봉우리들의 경계가 허물어지면서 어둠에 녹았다. 시간이 숲에 내려앉고 떠나면서 새로운 시간을 불러들여서 숲은 늘 서늘했는데, 그 이어지고 겹쳐지는 모습이 5월 숲속의 해질 무렵에는 환히 들여다보였다.

날이 저물면 고지의 참호와 남방한계선 안쪽 매복진지로 올라가는 병사들이 수목원 외곽 담장을 돌아서 자등령 쪽으로 행군해갔다. 중대본부를 떠날 때 병사들은 알아들을 수 없는 내용의 고함을 합창으로 내질렀다. 병사들의 고함소리는 수목원 청사 마당에까지 들렸다. 고함소리는 짧게 끝났고 수목원 담장을 지날 때 병사들의 대열은 고요했다. 인솔자의 수신호와 깃발 신호만으로도 병사들은 동작을 바꾸었고, 풀숲을 스치는 발소리뿐이었다. 긴 뱀이 이동하는 듯한 무언의 대열이었다. 중화기를 메거나 탄약통을 든 병사들은 어두워지는 산길을 따라서 고지로 올라갔고 산맥은 캄캄했다. 병사들은 날이 저물면 소굴로 돌아오고 추워지면 고지에서 내려오는 동물들의 생태와 정반대로 이동했다.

수목원 청사 마당에서 퇴근버스를 기다리는 저녁 무렵에 능선 쪽으로 야간경계를 나가는 병사의 대열을 바라보면서 나는 때때로 통문소대장 김민수 중위를 생각했다. 키가 크고 팔다리가 길었다. 철모에 얼굴이 짓눌려 있었다. 권총을 차고 방탄조끼 앞섶에 열쇠고리와 대검과 망원경을 매달고 있었지만,

그의 총에 맞아야 할 적을 나는 상정할 수 없었다. 나는 상정할 수 없었지만, 그는 세상의 무게를 주렁주렁 매달고 있었다. 수목원에 온 첫날, 눈길에서 그의 지프를 탔을 때 그의 몸에서는 쇠붙이의 날 냄새가 났고 불완전연소된 디젤의 그을음 냄새가 났었다.

3월 하순부터 김중위는 민통선 초소에 나타나지 않았다. 아침에 수목원 통근버스가 민통선 초소를 지날 때 그의 부하병사들이 버스를 향해 통과신호를 보냈다. 4월 초에 김중위는 사단 사령부의 공문을 들고 수목원 행정실에 나타났다. 나는 행정실에 작업 재료를 받으러 갔다가 김중위를 만났다. 내가 행정실 안으로 들어서자 먼저 와 있던 그는 자리에서 일어서며 선봉! 구호를 외치며 거수경례를 보냈다. 나는 멋쩍어서 그의 경례에 답례하지 못했다. 그는 경비중대를 떠나서 사단 참모부로 전출되었다. 포사격 훈련이 예정되어 있으니 폭발음에 놀라지 말라는 사단장의 당부와 봄철 산불예방 캠페인에 참가해달라는 공문을 김중위는 행정실에 전했다. 앞섶에 망원경과 대검을 매달지는 않았지만 그는 방탄조끼 차림이었다. 문서 행낭을 옆에 낀 그는 군인이라기보다는 서류를 전달하는 심부름꾼처럼 보였다. 그는 다시 거수경례를 보내고 행정실을 떠났다. 그의 경례는 천진해 보였다. 그래서 그가 문

서로 전한 대로, 대포를 쏘는 폭발음이 들려도 놀라서는 안 될 것 같았다.

작약꽃 앞에서 내가 연필을 들지 못하고 머뭇거리던 5월 말에 김민수 중위는 다시 수목원에 나타났다. 김중위가 오기 며칠 전에 사단장이 수목원장 앞으로 협조요청공문을 보냈다. 사단은 국방부와 함께 전사자 유해발굴사업을 전개해서 많은 유골을 수습했는데, 풍화된 유골의 내부구조를 극사실화로 그려서 기록 보존하려면 수목원 세밀화가의 도움이 필요하다는 것이었다. 유골의 극사실화는 두 점 정도면 족하고 사단은 세밀화가에게 작업과 관찰의 편의를 제공하고 사례비를 지급하겠다고 사단장은 공문에서 말했다. 오십 년 동안 산야에 방치된 전사자들의 유골을 안장하고 그 넋을 기려서 후세에 전하려는 군의 뜻을 깊이 헤아려서 협조해주기 바란다는 문구가 공문의 말미에 붙어 있었다. 사단장의 공문은 안요한 실장을 경유해서 나에게 왔다. 사단의 요청을 수락하느냐 마느냐는 결재사항이 아니고 화가 당사자가 결정할 일이지만 수목원장은 내가 그 일을 감당해주기를 바라고 있다고 안실장은 말했다.

공문이 도착하고 나서 며칠 후에 김민수 중위가 수목원으로 나를 찾아왔다. 그의 임무는 사단장의 뜻을 설명하고 나의 동의를 받아가는 것이었다. 그는 전화도 없이 불쑥 나타났다. 나는 여러해살이풀들을 모아놓은 단지에서 꽃잎이 막 벌어진 작약을 데생하고 있었다. 김중위는 수목원 직원들에게 내 작업 현장을 물어서 찾아왔다. 나와 시선이 마주치자 그는 다가오던 걸음을 멈추고 거수경례를 보냈다. 나는 스케치북을 덮었다. 철모와 방탄조끼를 걷어내고, 나무를 그리듯이 김민수를 그린다면 아마, 잎이 나오기 전의 겨울 자작나무와 같아질 것이라는 생각이 들었다. 눈 쌓인 원시림의 대수해大樹海에서 하얀 껍질로 겨울을 나는 자작나무. 근거 없는 생각이겠지만, 확실하고 또 절박한 느낌이었다. 김민수를 그린다면 작약을 그리는 일보다 쉽고 자신있게, 붓에 힘을 주어서 그려낼 수 있을 것이었다. 그가 가까이 다가왔을 때, 키가 크시군요, 날이 더워져서 군복이 무겁겠네요……같이 싱겁고 무내용한 말이 나올 듯했으나, 그 말은 나오지 않았다. 그를 그리고 싶은 충동을, 키가 크시군요, 라는 말 이외에는 전할 수가 없을 성싶었다.

미리 전화를 했으면 서로 편했을 것이라고 내가 말하자, 그는 철모를 벗으면서

—거절당할까봐서요.

라고 대답했다. 늪가의 작은 정자에서 김중위는 유해발굴작업과 뼈를 그리는 일에 대해서 설명했다.

4월 초에 김중위는 전사자 유해발굴단으로 전출되었다. 전사자 유해발굴은 정전 오십 주년을 기념하는 호국영령 현창사업이었다. 육군본부 기념사업단이 기획하고 현지의 사단이 작업을 진행하는 방식이었다. 육본에서 파견된 소대 규모의 병력과 현지 사단에서 차출된 2개 소대 병력을 중령이 지휘했다. 중령은 사관학교에서 '한국전쟁의 전개과정'을 강의한 교관 경력자였는데, 능선의 굴곡과 도로의 진행방향을 전쟁 당시의 전투 기록과 대조해서 오십 년 전 격전의 현장을 집어내는 감식안이 있었고, 그의 부하들은 산악적응훈련이 잘 된 수색대원들이었다.

발굴단은 자등령의 동서 능선을 따라서 구축되었던 오십 년 전의 참호와 교통호, 기관총 진지를 찾아내서 그 땅밑을 뒤졌다.

시화평始火坪고원은 자등령의 산세가 수그러드는 남동쪽 강안江岸을 따라 펼쳐졌다. 강은 함경남도의 산악지대에서 발원해서 북방한계선을 건너왔는데, 그 양안은 평탄한 고원지대였다. 삼백만 년 전에 이 고원은 거대한 습지대였는데, 홍적세 초기에 화산이 폭발하면서 솟구친 용암이 습지를 메우고 지상의 기복을 덮었다. 용암은 넓게 흘러서 먼 북쪽의 산맥들을 압박했다. 화산 폭발 이전의 수계는 끊어졌고 골짜기로 몰린 물은 땅으로 스몄다. 눈비가 내리고 구름이 흐르는 수천 년이 지났다. 거기서 새로운 강이 태어나 현무암 대지의 균열을 따라 고원을 굽이쳤는데, 지금 북방한계선을 넘어오는 강이 그 강이다. 강은 깎아세운 수직단애의 협곡을 이루며 반도를 가로질러 동해로 나아갔다.

고원의 남쪽에 백 미터 미만의 작은 봉우리 서너 개가 솟아 있었다. 봉우리들은 지맥의 계통이 없이 돌출해서, 하늘에서 떨어진 것처럼 보였다. 그 봉우리들은 홍적세 초기에 화산이 폭발해서 용암이 산하를 덮을 때 매몰을 모면한 산의 꼭대기 부분이었다. 봉우리들은 이름이 없는 무명고지였는데, 군부대에서는 높이에 따라 73고지, 65고지로 불렀다. 자등령 마루에서 내려다보면 그 봉우리들은 희미한 젖무덤 같은 흙무더기에 불과했다. 외국 군대들은 그 봉우리를 브래지어 고지 또는 아이스크림 고지라고 불렀다. 그 봉우리들만이 돌출부였고, 시화평고원에는 눈에 걸리는 것이 없어서 시선의 끝이 거두어지지 않았다. 좌청룡 우백호가 없고 진산과 안산이 없어서 시화평고원에서는 풍수를 말할 수 없었고 시선의 거점은 그 봉우리들뿐이었다.

오십 년 전에, 그 작은 봉우리에서 쌍방의 사단 병력이 전멸하는 격전이 벌어졌다. 봉우리는 비록 낮았지만, 고원의 중앙부를 내려다보는 감제고지瞰制高地였다. 봉우리 꼭대기에 사정거리가 긴 직사화기를 들여앉히면 고원을 종단하는 간선도로와 강의 도하 거점을 제압할 수 있었다. 봉우리 몇 개를 차지하는 쪽이 고원 전체를 장악할 수 있었고, 봉우리를 빼앗기면 평지에서는 숨거나 기댈 곳이 없었다. 전쟁 첫해의 9월 말에 쌍방은 고원의 외곽 거점에 병력과 물자를 집결시켰고 10월 초부터 고지를 향해 진격했다. 쌍방 모두가 작전명령은 "돌격 앞으로!" 한마디가 전부였다. 고지를 장악한 인민군 1개 중대를 국군 1개 연대가 공격했다. 방어 쪽은 벙커와 참호에 의지하고 있었으므로 공격 쪽의 인명 손실이 훨씬 더 많았다. 국군이 고지를 탈환했을 때 연대 병력은 중대로 줄어들었고 인민군 연대가 다시 고지의 국군 중대를 공격했다. 백병전白兵戰으로 뒤엉킨 능선에 포탄이 떨어져 피아의 구별 없이 쓰러졌고 대인지뢰를 밟은 돌격조들의 몸뚱이가 공중으로 치솟아서 분해되었다. 전투는 사십칠 일간 계속되었다. 이십 일째부터 신병들이 투입되었는데, 칠 일 이상 살아 있으면 고참병이 되었다. 대원이 다섯 명 남은 중대장에게 연대장은 고지를 가리키며 명령했다. "돌격하라우!"

시화평 전투는 쌍방이 모두 손실을 돌보지 않고, 죽음으로

써 삶을 제거하고 죽임으로써 죽음을 갚는 무한소모전이었는데, 그 전략적 득실관계는 지금 분석이 불가능하다고 유해발굴단장 강중령은 전사戰史에 썼다.

작고 아담한 봉우리들이었다. 오십 년 동안 그 봉우리에는 수색대도 군견도 얼씬거리지 않았고 산이 메마른 겨울날, 먼 폭발음 소리에 놀란 자등령 쪽 초병이 망원경을 들이대면, 그 봉우리 아래쪽에서 지뢰를 밟은 노루나 멧돼지가 쓰러져 있었다.

폭격으로 민둥산이 되었던 봉우리들은 다시 기름진 녹음으로 덮였고, 삼백만 년 전 홍적세의 분화구에 물이 고여 산짐승들이 목을 축였다.

유해발굴단은 자등령 서쪽 능선에서부터 시화평고원의 봉우리 일대에서 옛 싸움의 흔적을 뒤졌다. 발굴단장 강중령은 옛 전투 기록과 작전지도를 현지의 지형지물과 대조하면서 산속으로 나아갔고, 오십 년 전 전투에 참가했던 노인들이 병사들의 부축을 받아가며 현장에 나와 기억을 더듬었다. 작업대상 지점이 결정되면 지뢰탐지반과 군견들이 선두에서 길을 열었고, 발굴단 장교가 병사들을 인솔해서 뒤를 따랐다. 시화평고원은 비무장지대의 안쪽으로, 북한군 초병의 관찰대상지역이었다. 발굴단이 작업을 하는 동안, 수색대대 무장병들이 사주 경계했고, 근처의 GP는 화력 대기했다. 발굴단의 병력은 2개 조로 나누어 교대작업했다. 발굴단은 현장에서 숙영하지 못하고 일몰 전에 중대본부로 철수했고, 다음날은 교대조가 투입되었다. 작업은 더디게 진행되었다.

우기가 시작되는 7월 초순 이전에 일차 작업 결과를 보고해야 하므로 일정이 바쁘다고 김민수 중위는 말했다.

—제대 말년이 소위 임관 때보다 더 힘들어지네요. 전출을 세 번이나 갔으니.

김민수 중위가 늪 쪽으로 돌멩이를 던지면서 말했다. 놀란 오리들이 날아올랐다. 그의 말이 불평을 투덜거리는 것 같지는 않았다. 그가 나를 찾아온 임무가 무엇인지를 나는 알고 있었다. 그는 사단의 작업 요청에 대한 나의 동의를 그런 방식으로 요청하고 있었다. 자신의 고통을 암시하는 듯하면서 늪으로 돌을 던져 오리를 놀라게 하는 방식이었다. 말더듬이 청소년 같았다. 그가 벗어놓은 철모에 잠자리가 내려앉았다. 잠자리가 철모에 그려진 중위 계급장을 앞발로 쓰다듬었다. 다이아몬드 두 개가 단출해 보였다. 중위는 젊은 계급이고, 가벼운 계급장이었다. 그의 중위 계급장을 들여다보면서 나는 그가 대학에서 무슨 공부를 했는지, 제대하면 무슨 일을 할 것인지를 묻고 싶은 충동을 느꼈다. 그가 또 늪 안쪽으로 돌을 던져서 오리를 날렸다. 먼저보다 더 큰 돌을 더 멀리 던졌다.

—매장한 유해가 아니거든요. 야산에 버려진 것들이에요. 그래서, 낙엽만 걷어내도 뼈가 나와요. 두개골, 정강이뼈, 팔뼈, 다 나옵니다. 참호 속에서도 나오고 평지에서도 나오지요.

그가 또 돌을 던졌다. 수면이 부서지고 물풀들이 흔들렸다.

—군화 뒤축도 나오고 군번표도 나오고 수통, 칫솔, 숟가락, 소총 노리쇠, 빵꾸난 철모, 대검, 틀니, 다 나옵니다.

그는 말을 한 번 할 때마다 돌을 한 번씩 던졌다.

—이쪽 저쪽 것이 다 나옵니다. 박물관이지요, 유엔박물관.

김중위가 자꾸 늪으로 돌을 던져서였을까. 뼈를 그려달라는 사단의 요청을 거절할 수 없을 듯싶었다. 그의 투석은 과녁이 없는 돌팔매질이었다.

—그런데, 왜 뼈를 그리자는 거지요?

—기록입니다. 느낌을 기록해서 보관하자는 겁니다.

—사진으로 해보시지 그랬어요?

—다 실패했습니다. 오래 삭은 뼈의 내부구조의 느낌이 사진에 담기질 않았어요. 그게 인간의 뼈라는 걸 표현해야 되는데…… 아마 연필로 그리셔야 될 겁니다.

그는 어느새 내가 작업을 수락한 것처럼 말하고 있었다.

두 달여의 작업에서 발굴한 유해와 소지품 들, 그리고 종전 직후인 오십 년 전에 수습한 전사자들의 유류품들은 사단 사령부 안의 보존실에 안치되어 있었다. 내가 날짜를 정해주면 보존실의 유해와 유류품 들을 보여주고, 시화평고원의 발굴작업 현장을 보여주겠다고 말했다.

돌아갈 때 김중위는 나에게 거수경례를 보냈다. 그의 돌팔매질 때문이었을까, 뼈들의 출토를 말하는 그의 투덜거림 때문이었을까, 그의 중위 계급장, 마름모꼴 두 개의 가벼움 때문이었을까, 그가 돌아갔을 때, 나는 수락 여부를 말한 적이 없었는데도 사단의 작업제안에 동의한 꼴이 되어 있었다.

15

유해보존실은 사단 사령부 북쪽 외곽에 있었다. 남방한계선 철책과 가까워서, 사단지역 안에서도 가장 외진 곳이었다. 유해보존 목적으로 따로 지은 건물이 아니고 버려진 막사의 내부를 개조한 가건물이었다. 건물 주변에 나무가 우거지고 덩굴이 외벽을 타고 올라가서 건물 안은 어둡고 축축했다.

내가 보존실을 보러 가는 날 김민수 중위는 시화평고원 발굴현장에 들어가서 동행하지 못했다. 김중위는 사단 정훈참모부의 상사에게 나를 부탁했다. 나는 상사의 안내를 받았다.

보존실에는 상시근무하는 인원은 없었고, 담당병사가 아침마다 청소하고 점검하는 정도였다. 뼈는 국적별로 분류되어 있었다. 국군 인민군 중공군 유엔군 들의 뼈가 별도의 진열장에 안치되어 있었다.

정강이뼈와 허벅지뼈, 엉치뼈, 두개골이 낙엽 아래서 풍화되어 나무젓가락만큼 가늘어져 있었다. 총탄 구멍이 뚫린 철모 안에 바스라진 두개골이 들어 있었다. 새카만 뼈도 있었고 흰 뼈도 있었다. 출토지의 습도와 일광의 조건에 따라서 색이 달라진 것이라고 안내를 맡은 상사가 설명했다. 온전한 뼈는 별로 없었고 대부분이 두세 토막으로 부러져 있었다. 부러진 단면에서 개미집 같은 구멍들이 드러났다. 골즙과 피가 흐르던 구멍이었지만, 지금은 메말라서 바스라질 듯 위태로웠다. 풍화의 맨 끝자락에서, 뼈의 구멍들은 다만 세포의 먼 흔적으로 남아 있었다. 김민수 중위가 그려달라던 부분이 바로 저 단면의 구멍들일 것이었다. 확대시켜서 보아야 하겠지만 그 먼지 같은 구조의 흔적에 확대경을 들이댄들 거기서 무엇이 보일 것인가. 오십 년 만에 낙엽 밑에서 수습한 뼈가 어느 나라의 뼈인지를 어떻게 식별했느냐고 내가 묻자, 상사는 뼈에는 국적이 없지만, 함께 출토된 보급품을 분석해서 국적을 판단했다고 말했다. 찌그러진 수통과 녹슨 대검, 삭다 남은 군화 뒤축 들은 뼈 옆에 진열되어 있었다.

인민군들의 뼈도, 출토된 칫솔, 안경, 삼각자, 틀니, 반지 들과 함께 별도의 유리상자에 들어 있었다.

—왜 북쪽으로 돌려보내지 않나요?

—가져가라고 했는데, 북측에서는 혁명 열사의 유골에 손대지 말고 제자리에 놓아두라며 인수를 거부했습니다. 그래서 따로 보관하고 있지요. 곧 가매장될 겁니다.

보존실 맨 뒤쪽에는 오십 년 전, 정전 직후에 전투현장에서 수습된 전사자들의 유류품이 전시되어 있었다. 자등령 능선 전투에서 죽은 인민군 병사의 군복 주머니 속에서 발견된 '사상학습노트'의 만년필 글씨는 누렇게 바래어 있었으나 읽을 수는 있었다.

낡은 제도를 버티어주는 낡은 사상은 인간의 의식 속에 굳어져서 좀처럼 물러가지 않는다. 과학적인 정치노선과 강고한 조직의 힘으로 전개되는 무장투쟁만이 낡은 사상과 제도를 격파할 수 있다. 혁명은 모순되는 대립을 통합하는 투쟁의 과정이다.

쓰다 만 편지도 있었다. 고지를 점령한 부대의 병사가 적의 대공세를 앞둔 긴박한 순간에 고향의 어머니에게 쓴 편지였다. 전투가 끝나고 고지의 잔당을 소탕하는 수색대가 발견한 그 편지는 수취인과 발신자의 이름 주소가 적혀 있지 않았고 주변에 다른 유류품이 전혀 없어서 어느 쪽 병사의 편지인지는 식별할 수 없었다고 한다.

어머니, 우리는 지금 중대라고 하지만 오십 명뿐입니다. 적의 대부대는 다시 이 고지를 빼앗으러 올 것입니다. 우리도 빼앗았으니까 적들도 빼앗겠지요. 우리는 지금 참호 속에서 거총하고 적을 기다리고 있습니다. 지금, 적들은 기척이 없습니다. 우리는 죽음을 기다리고 있습니다. 어머니, 저는 상추쌈이 먹고 싶습니다. 풀 먹인 여름옷을 입고 싶어요.*

참호 속에서 적을 기다리는 시간에 이런 편지를 쓸 수 있을 것인가를 생각했다. 쓸 수 있을 것 같았고, 그때야말로 이런 편지를 쓰기에 가장 적합한 시간일 수도 있었다. 고지 쟁탈전에 투입된 쌍방 병력들은 모두가 죽고 마지막 전투에 동원되었던 몇 명만이 살아남았다. 발굴된 유해들 중에서 이 편지를 쓴 병사의 뼈를 식별할 수는 없었지만, 그가 그 고지의 마지막 전투에서 죽은 것으로 본다고, 안내하는 상사는 말했다. 편지를 쓰고 죽은 병사가 어느 쪽 군대였는지는 식별할 수 없었다지만, 상추쌈과 풀 먹인 여름옷을 그리워하는 것으로 봐서, 어느 쪽이라도 상관없을 듯싶었다. 상추쌈을 못 먹고 죽은 그 병사가 '사상학습노트'를 남기고 죽은 인민군 병사이거나, 그의 총에 맞아 죽은 그의 적병이거나, 그의 적병이 죽기 직전에 찔러 죽인 또다른 적병이거나, 별 차이는 없는 것이라고 '상추쌈'과 '풀 먹인 여름옷'은 말하고 있었다. 그가 어느 쪽이었던지가 밝혀지지 않은 것이 오히려 다행스럽게 느껴졌다. 상추쌈은 얼마나 절박한 음식일 것인가. 갓 따온 상추의 빳빳한 잎에 흰쌀밥을 놓고 된장과 마늘과 돼지고기 한 점을 얹어서, 입을 크게 벌려서 와삭와삭 씹어먹는 상추쌈. 오십 년 전에 죽은, 소속을 알 수 없는 병사의 상추쌈이 내 입맛 속으로 살아돌아왔다. 살아서 상추쌈을 먹는 일이 문득 눈물겹게 느껴졌다. 이번 여름휴가 때 집에 가면, 가석방으로 출소한 아버지와 마주 앉아 상추쌈을 먹으면 어떨까. 그런 생각이 문득 떠올랐다. 문득 달려드는 생각들은 마음의 깊은 곳을 때린다. 편지의 글씨체는 어려 보였다. 종이에 글씨를 새기듯이 또박또박했다. 글씨를 많이 써보지 못하고 죽은 병사였다.

—인민군 병사들이여, 우리를 구원해달라.

—그대들은 우리의 대부대에 의해 포위되어 있다. 개죽음하

지 말고 생명의 길로 나오라.

—굶주릴 필요가 있는가. 오라. 더운밥을 주겠다. 살길이 있는데 왜 죽을 길로 가는가.**

상추쌈을 못 먹고 죽은 병사의 편지 아래쪽에 전시된 삐라에는 이런 문구가 적혀 있었다. 삐라에는 복福자가 새겨진 사발에 가득 담긴 쌀밥에서 김이 오르는 그림이 그려져 있었다. 투항을 유혹하는 심리전 삐라였다. 삐라의 그림을 보면서, 나는 정말로 상추쌈이 먹고 싶었다. 죽은 병사도 이 삐라의 그림을 보고 그 편지를 썼던 게 아니었을까.

긴 교통호 안에서 벌어진 백병전의 자리에서 나온 뼈는 피아를 식별할 수 없었다. 군복은 삭아서 없어졌고 목에 건 인식표도 뼈와 분리되었다. 보급품들도 뒤엉킨 채 출토되었다. 토막뼈도 있었지만 부위를 알 수 없는 부스러기들이 더 많았다. 식별할 수 없는 뼈들은 매장을 하거나 보존할 수도 없어서 한데 모아서 부대에서 가까운 사찰에 안치했다. 사찰의 이름은 개안사開眼寺였다.

개안사는 민통선 밖에 있는, 평지 사찰이었다. 고려 중엽 때 창건된 절이라는데, 신도가 없고 시주가 없어서 절은 영락했다. 마을이 없는 들판 한가운데서 절은 뿌옇게 먼지를 뒤집어쓰고 있었다. 군종사찰은 아니었지만, 군부대의 종교 의식을 대행하고 있었다. '불심佛心의 전력화戰力化'라는 표어가 걸려 있었다. 대웅전에는 자물쇠가 채워져 있었고, 절 마당에는 인기척이 없었다. 안내하는 상사가 요사채 안쪽을 기웃거리며 승려 한 명을 불러냈다. 승려는 밖으로 나오면서 하품을 했다. 엎드려서 낮잠을 잤는지 얼굴에 눌린 자국이나 있었다. 상의는 승복이었고 하의는 운동복에 슬리퍼를 끌고 있었다.

—뼈를 보시겠다구요. 젊은 아가씨가 별걸 다 보러 다니시네.

승려는 투덜거렸다. 식별할 수 없는 뼈들은 토막뼈와 부스러기를 가리지 않고 큰 오지항아리에 담아서 지장전에 안치해놓고 있었다. 항아리는 흰 무명으로 덮여 있었고 그 앞에 놓인 향로에는 불이 꺼져 있었다. 한 달에 두 번씩 향불을 켜고 반야심경을 읽으면서 재를 올리는데, 한정없이 끼고 살 수는 없고 일 년이 지나면 다 빻아서 산골散骨할 작정이라고 승려는 말했다.

—한번 보실라오?

승려가 항아리 뚜껑을 열었다. 부위를 알 수 없는 뼈들이 뒤섞여 있었다. 가벼운 뼈들이었다. 낙엽이나 삭은 나무토막을 모아놓은 것 같았다. 자등령 숲속의 뼈들이었다. 저것은 그림의 대상이 될 수 없다는 생각이 들었다.

---

* 2010년 여름에 서울 용산 전쟁기념관에서 조선일보사 주최로 한국전쟁 60주년 기념 사진전시회가 열렸다. 소설에 등장한 편지는 이 전시회에 나온 자료를 인용한 것이다. 인용하는 과정에서 문장의 일부를 고쳐서 썼다. 전시회 자료는 '1950년 8월 10일 포항여중 앞 전투현장에서 작성된 3사단 학도병의 편지'라고 밝히고 있었다. 이 학도병이 누구인지, 편지를 다 쓴 뒤 어찌되었는지는 전시회 자료에 나타나 있지 않았다.

** 강원도 고성군의 DMZ 박물관에는 한국전쟁 때 국군, 인민군, 중공군, 유엔군 들이 살포한 삐라들이 전시되어 있다. 소설에 등장한 삐라의 문구들은 그 전시 자료에서 인용한 것이다. 처음에 그 문구를 작성한 측의 의도를 손상하지 않는 범위 안에서, 문장의 일부를 고쳐서 썼다.

16

이슬이 마르기 전에, 햇살이 너무 퍼지기 전에 패랭이꽃을 데생하려고 숲에 들어갔다가 날이 흐려서 꽃의 느낌을 얻지 못했다. 여러해살이풀들의 군락지에서 패랭이꽃의 자줏빛 군락은 벌개미취의 저녁 하늘색과 선명한 구획을 이루고 있었다. 공기가 무거워서 꽃잎은 축축했고, 가벼운 것의 예기銳氣를 뿜어내지 않았다. 꽃잎에 이슬을 매단 채 아침햇살을 받으면 패랭이꽃은 이파리 끝까지 긴장하면서, 쟁쟁쟁 소리가 날 듯한 기운을 뿜어내는데, 흐린 날 아침에 꽃은 긴장하지 않았다. 패랭이꽃 이파리는 가느다란 한 쌍이 마주 달린다. 그 이파리는 단순하고 또 명료하다. 그것들은 군더더기가 없고, 이 세상에서 부지하고 살기 위한 최소한의 조건들만으로 가지런

하다. 그 꽃은 가냘프거나 옹색하지 않다. 꽃에 대한 어떠한 언어도 헛되다는 것을 나는 수목원에 와서 알게 되었다. 꽃은 말하여질 수 있는 것이 아니고, 꽃은 본래 스스로 그러한 것이다. 그때의 패랭이꽃을 세밀화로 그려내려면 그 '쟁쟁쟁'한 기운을 화폭에 옮겨와야 할 터인데, '쟁쟁쟁'이 물리적 구조를 갖지 않는 것은 아니지만, '쟁쟁쟁'은 그 구조 너머에 떠도는 것이어서 화폭에는 좀처럼 내려앉지 않았다. 날이 흐려서, '쟁쟁쟁'은 울리지 않았다. 작업도구를 정리해서 수목원 사무실로 돌아왔다.

자등령으로 가는 지프는 아침 열시에 왔다. 사단에서 요청한 뼈 그림은 두 종이었다. 풍화된 뼈들 중에서 온전히 남아 있는 한 토막을 그리는 것과 뼈가 출토되는 순간의 현장의 느낌을 극사실화로 표현해달라는 것이었다. 패랭이꽃을 데생하지 못하고 돌아온 날 김민수 중위는 자등령 서남쪽 사면의 8부 능선에서 실시되는 유해발굴작업 현장에 나를 안내했다. 김중위는 새벽에 병사들을 인솔해서 먼저 현장으로 들어갔고, 아침 열시쯤에 지프와 운전병을 나에게 보내왔다.

지프는 수목원의 북쪽 외곽을 지나서 비포장 오르막길을 따라 8부 능선 쪽으로 올라갔다. 길이 굽이치는 모퉁이마다 '지뢰' 표지판이 걸려 있었다. 차에서 내려서도 도로선 밖으로 나가면 안 된다고 운전병이 말했다. 서어나무숲을 지나자 키 작은 관목 군락지가 나타났다. 작업 현장은 고도가 높지는 않았지만 시각 장애물이 없어서 사방이 환히 내려다보였다. 격전장이었던 낮은 봉우리들이 왼쪽으로 내려다보였고 오른쪽으로는 시화평고원을 종단하던 옛 도로와 강, 그리고 낮은 산들의 모퉁이들이 보였다. 나무를 걷어낸 자리에 천막을 쳤고 그 아래서 발굴단장 강중령과 김민수 중위, 그리고 부사관 두 명이 산악지형을 그린 도면을 들여다보고 있었다. 2개 소대 규모의 병력이 천막 앞에 도열했다.

김중위가 나를 강중령에게 소개했다.

—그림을 그려주실 화가분이십니다.

강중령은 체격이 다부졌고 눈빛이 사나웠다. 그는 태어날 때부터 군인일 듯싶었다. 그는 전쟁 때 쓰던 작전지도 위에 나침반을 올려놓고 현장의 산세와 대조하면서 오십 년 전의 진지와 참호와 교통호가 있을 만한 자리를 찾고 있었다.

강중령이 망원경을 내려놓으면서 말했다.

—뼈를 그리자고 그림을 공부하신 게 아닐 텐데…… 안되었소. 여긴 온 산이 다 뼈요.

김중위는 병사들 앞에서 분대별로 작업 지시를 했다. 강중령은 또 말했다.

—여성분에게 험한 일을 부탁드리게 되었소. 여러 번 현장에 오시기 어려울 테니까, 오늘 한 번에 잘 보아두시오.

강중령은 나에게 현장을 설명해주라고 부사관에게 지시했다. 김민수 중위는 작업도구를 짊어진 병사들을 인솔해서 먼저 능선 쪽으로 올라갔다. 나는 천막 아래서 부사관의 설명을 들었다. 부사관은 작전지도와 현장의 산세를 번갈아 가리키며 설명했다. 나는 그의 설명을 부분적으로 알아들을 수 있었다.

자등령 서부 능선은 시화평고원의 남쪽 지역을 감제하는 보병 진지였다. 능선의 길이가 길지는 않았지만 시계에 막힘이 없어서 장사정 화기를 주화력으로 삼는 보병 1개 중대만을 능선 위에 올려놓으면, 고원을 종단하는 도로와 강을 직사화기의 유효사거리 안에 놓고 제압할 수 있으므로 중대만으로 적의 사단의 이동, 작전, 보급을 무력화할 수 있었다.

먼저 능선을 장악한 중대를 외호하기 위해서는 연대 규모의 병력으로 산 아래를 방어해야 했다. 적들은 사단 규모로 공격했고, 하룻밤 하루 낮의 전투 끝에 적의 보병 중대는 능선을 장악했다. 능선에 1개 중대를 올려놓기 위해서는 사단 병력의 공격이 필요했는데, 그 사정은 피아간에 마찬가지였다고 한다. 부사관은 그렇게 설명했다. 사정은 피아간에 마찬가지였다는 그의 말은 뻔해서 별뜻이 없는 말 같기도 했고 의미심장한 뜻을 지닌 말 같기도 했다. 병법兵法은 이쪽만 알고 있는 것이 아니라 적들도 다 알고 있는 것이기 때문에 싸움의 원리는 병법에 쓰여 있는 것이 아니고 병법 밖의 어디엔가 있는 것이라고 그 부사관은 말했다.

국군의 주력은 자등령의 남쪽에 있었고 인민군의 주력은 북쪽에 있었다. 능선을 공격할 때 국군은 남쪽에서 올라왔고 인민군은 북쪽에서 골짜기를 따라 올라왔다. 능선 위에는 국군의 참호와 인민군의 참호가 이열종대로 전개되었다. 국군의 참호는 북쪽 사면을 겨누었고 인민군의 참호는 남쪽 사면을 겨누었다. 능선이 평평한 곳에 들어선 교통호들도 남과 북 양쪽의 것이 이열종대로 펼쳐졌다. 부사관은 벗어놓은 철모를 산악의 모형으로 삼아서 작대기로 이쪽저쪽을 가리키면서 설명했다. 그 부분은 알아듣기 어렵지 않았다.

비탈진 곳에 들어선 참호들은 오십 년 동안의 비바람에 씻겨내려서 확인할 수 없고, 평평한 곳에 들어섰던 개인 참호나 교통호에서는 약간의 발굴 성과가 있었다. 개인 참호 안에서 인민군의 군화와 국군의 철모가 함께 발견된 경우도 있었다. 개인 참호 안으로 뛰어든 적병을 맞아서 찌르고 찔리다가 함께 엉켜서 죽은 자리인데, 군복은 삭아서 없어졌고 뼈가 군화와 철모로부터 이탈해서 어느 쪽 뼈인지 식별할 수 없는 경우가 대부분이라고 부사관은 설명했다. 엉치뼈 한 조각에 군복 한 자락이 겨우 걸려 있다 하더라도 죽은 적의 군복을 벗겨서 껴입는 경우가 허다하므로, 삭은 천조각으로도 피아를 식별하기 어렵다는 것이었다. 흙을 걷어냈을 때 나타나는 뼈들의 부위와 흩어진 상태로 보아서 서로 끌어안거나 포개져서 죽었을 것으로 추정되는 경우도 있는데, 홍수 때마다 흙과 뼈가 흔들렸기 때문에 그 또한 확실하지는 않다는 것이었다. 쌍방이 뒤엉켜서 죽은 긴 교통호 안의 유골도 마찬가지였다.

개인 참호 안에서 혼자서 죽은 유골도 신원을 확신할 수 없는 경우가 대부분이지만, 유류품으로 피아를 식별할 수는 있었다. 개인 참호에서 혼자서 죽은 유해들은 국군이거나 인민군이거나 정강이뼈와 팔목뼈와 두개골이 포개진 상태로 발견되는데, 좁은 구덩이 속에서 쪼그린 자세로 죽었기 때문이라는 것이었다. 아군의 유해는 절차를 거쳐서 안장될 때까지 사단 보존실에 안치된다고 부사관은 설명했다.

—그렇게 해서 조국의 품에 안기는 것입니다. 이상입니다. 지금부터 현장으로 모시겠습니다.

라고 말하면서 부사관은 설명을 마쳤다.

천막에서 발굴 현장까지는 차도가 없어서 오르막 산길을 걸어야 했다. 낮에, 날이 개어서 시화평고원 쪽으로 시야가 열렸다. 오래전에 마을들이 철수한 산야에는 인기척이 없었다. 강이 아득한 고원을 건너오고 있었고 그 물 위에 빛이 띠를 이루며 따라왔다. 부사관이 설명한 대로, 빼앗길 수 없는 감제고지였다.

부사관이 앞에서 나를 인도했다. 병사들이 오십 년 전 개인참호의 전개방향을 따라 쪼그리고 앉아서 호미로 흙을 긁어냈다. 호미로 긁다가 뼛조각이 나오면 꼬챙이로 뼈 주변의 흙을 제거하고 붓으로 쓸었다. 대학에서 고고학과를 다닌 젊은이들을 특례입영시켜서 섬세한 발굴기법을 부대에 보급했다고 부사관은 말했다. 쭈그리고 앉아서 땅을 긁던 병사 한 명이 내 뒤에서 중얼거렸다.

—니미, 온 천지가 국립묘지네. 흙만 걷어내면 뼈야. 저 위쪽도 이렇겠지, 니미.

부사관이 병사를 나무랐다.

—야 인마, 니미가 뭐야, 니미가. 호국영령 앞에서 입 닥쳐.

김민수 중위는 현장에서 병사들의 작업을 감독하고 있었다. 전령병이 도면차트를 들고 김중위를 따랐다. 김중위가 병사들에게 소리쳤다.

—야, 8번 조! 너네들 거기가 아냐. 왼쪽으로 십오 미터 이동해. 길고 넓게 긁어라. 뼛조각보다도 한 세트를 찾아라. 살살 해. 호미질로 세트를 허물지 말라구.

내가 다가가자 김중위는 계면쩍어하면서 고함을 멈추었다. 나에게 와서 뼈 그림을 부탁할 때처럼, 그가 어디론지 돌팔매질을 할 것 같았다. 그날 그는 돌팔매질을 하지는 않았다. 부하들 앞이어서 그랬을 것이다. 그의 철모 아래로 땀방울이 쏟아져서 턱 밑으로 떨어졌다. 오래 절은 사내 냄새가 났다.

그가 손바닥으로 땀을 닦아내면서 말했다.

—오늘 그리실 게 좀 있을 텐데, 그림도구를 안 가져오셨나요?

—오늘은 보기만 할 거예요.

—오전에, 아주 고요한 뼈를 한 세트 찾았습니다. 보여드리지요.

그는 빙긋이 웃었는데, 웃음의 끝이 울음의 표정으로 변했다.

—세트가 뭐지요?

—일괄 유골이라는 뜻입니다. 한 틀이지요.

김민수 중위는 나를 관목숲이 끝나는 평지 쪽으로 데리고 갔다. 오전에 발견한 자리에 판초 우의가 덮여 있었다.

—인민군입니다. '혁명 열사'지요.

김중위가 판초 우의를 들쳤다.

인골의 유해 한 틀이 온전했다. 그는 참호가 아니라 지표에서 살해되었다. 그는 반듯이 누워서 숨을 거두었다. 그가 숨을 거둔 자리에 오십 년의 세월이 흘렀다. 눈비가 내리고 낙엽이 쌓이고 홍수 때 토사가 덮였으나 유골은 온전한 모습으로 누워 있었다. 기적에 가까운 일이었다. 유골은 흙 속으로 스미듯이 풍화되어 있었다. 흔적이 드러나기 시작할 때, 붓으로 뼈 주위의 흙을 쓸어낸 상태로 제자리에서 정지되어 있었다. 녹슨 철모가 두개골 위에 뒤집혀 있었고 그 밑에 이빨들이 흩어져 있었다. 토막난 손가락뼈에 반지가 걸렸고 허리뼈에 감긴 탄띠에 수통이 달려 있고, 오른쪽 팔목뼈 옆에서 소총이 녹슬어 있었다. 모든 것이 제자리에 놓여 있는 일괄 유물이었다. 김중위가 말한 대로 온전한 한 세트였다. 뼈 주위의 흙은 고왔다.

공주 무령왕릉의 발굴 모형에서 임금의 두개골 옆에 왕관이 놓이고, 허리춤에 칼이, 발치 쪽에 금동 신발이 놓여 있는 모습이 머릿속에 떠올랐다. 임금의 부장품과 인민군 병사의 유류품은 거의 대칭을 이루고 있었다.

뼈들은 흙 위로 반쯤 드러나 있었다. 땅속 깊은 곳에서 이 세상의 지표를 향해 배어나온 뼈의 먼 흔적처럼 보였다. 뼈는 하얗게 바래어 있었다. 뼈 위에 덮인 낙엽과 흙 속으로 공기가 드나들어 백태가 낀 것이라고 부사관이 설명했다. 녹슨 소총과 철모가 모두 인민군의 것이었다지만, 흰 뼈는 어느 쪽도 아니었고, 뼈는 그 생시의 주인의 것도 아닌 듯싶었다.

해가 능선 위로 올라오면서 뼈를 비추었다. 햇볕을 받는 뼈에서 가는 석회질의 무늬가 드러났다. 뼈는 바스라질 듯이 가볍고 또 위태로웠다. 김중위가 '아주 고요한 뼈를 보여드리겠다'고 말한 까닭을 알 수 있었다. 적막한 뼈였다.

뒤틀린 정강이뼈의 단면에 햇볕이 닿았다. 희미한 세포의 구멍과 얼개들이 빛 속에서 오글거렸다. 거기서, 쟁쟁쟁 소리가 들리는 듯싶었다. 아침에 그리려다가 못 그린 패랭이 꽃잎이 햇볕을 받으면 쟁쟁쟁, 환청을 울리듯이, 이 뼈를 그리려면 쟁쟁쟁 울리는 기운을 그려내야 할 것이었다. 나는 이쪽에, 김민수 중위는 저쪽에 마주 앉아서, 오랫동안 일괄 유골을 들여다보았다. 구름이 흘러가서 유골 위에 그늘이 지고 또 해가 들었다. 나는 유골을 들여다보면서 몰래 시선을 들어서 김민수 중위의 얼굴을 살폈다. 그는 눈을 가늘게 뜨고 유골을 들여다보고 있었다. 그의 굳은 표정은 해독하기 어려웠다. 그 역시 시선을 들어서 내 얼굴을 살폈다. 그의 눈에 내 얼굴은 어떻게 비칠지 생각이 떠오르지 않았다. 유골을 들여다보면서 나는 또 김민수 중위의 고향, 그의 가족, 그의 대학 전공과 제대 후의 진로, 그의 독서, 그가 좋아하는 음식 같은 것들을 묻고 싶은 충동을 느꼈다. 살아 있는 사람들끼리 서로 물어보는 그런 하찮은 물음들을 나는 그에게 묻고 싶었다. 나는 묻지는 못했다. 그도 나와 같은 충동을 느꼈을까. 그도 묻지 않았다.

—너무 오래 열어두면 바스라집니다.

부사관이 판초 우의로 일괄 유물을 덮었다.

불황이 깊어져서 대기업들이 몇 년째 신규채용을 안 하고 있다는데, 김민수 중위는 제대 후에 취직을 할 작정인지, 공부를 계속할 것인지, 이 세상에서 이루고자 하는 바가 무엇인지를 물어보고 싶었는데, 물어보지 못했다.

그날 오후에 나는 또다른 유해를 관찰했다. 김중위는 병사들을 데리고 다른 작업장으로 갔고, 부사관이 나를 안내했다. 개인 참호 안에서 국군 병사와 인민군 병사가 끌어안고 죽은 자리였다. 죽어서 포개진 자리라고 말해야 맞겠다. 죽인 자도 그 구덩이를 벗어나지 못하고 곧 죽었던 모양이다. 오전에 드러낸 자리에 그늘막을 쳐서 통풍을 시키고 있었다.

부사관은 구덩이를 향해 거수경례를 보내지는 않았다. 아마, 피아의 뼈가 섞여 있기 때문일 것이었다.

부사관이 그늘막을 걷어냈다. 부위를 판단할 수 없이 바스라진 뼛조각들은 새카맣고 가늘었다.

뼛구멍 속에서 개미떼들이 쏟아져나왔다. 통통하고 젖은 느낌을 주는 흰개미들이었다. 땅밑 어둠 속에서 눈이 퇴화해버렸는지 뼈구멍에서 나오는 순간 개미들은 햇빛에 비틀거리며 더듬이로 땅바닥을 더듬었다. 더듬고 맴돌던 개미들은 이내 방향감각을 회복하면서 대오를 갖추었다.

개미들은 군데군데에서 패를 지어 싸우기 시작했다. 오십 년 전에 죽은 자의 뼈 속에서 한바탕의 격렬한 세계가 들끓고 있었다.

개미들이 어떻게 적과 아군으로 나뉘며 어떻게 피아를 식별하는 것인지는 알 수 없었다. 개미들이 입을 벌리면 턱의 폭이 몸통보다 컸다. 개미들은 적의 몸통의 가는 부분, 목이나 허리를 물어서 끊었다. 허리가 끊어져서 두 토막이 난 개미들도 입을 벌려서 적의 허리를 물고 늘어졌다. 다리가 잘려나가고 더듬이가 부러진 개미들도 다시 대오를 짜서 전선으로 나왔다. 잘려진 대가리만으로도 입을 벌려서 싸웠고, 대가리가 떨어져나간 몸통은 방향을 잃고 버둥거렸다.

한 무더기가 죽으면 또 한 무더기가 뼛구멍 속에서 기어나와 싸움터로 나왔다. 개미들의 싸움터에서는 아무런 소리도 들리지 않았다. 고요하고도 처절한 싸움이었다. 온전한 개미 한 마리에 부상당한 개미 서너 마리가 들러붙어 싸웠다. 개미들에게도 지휘체계가 있는 모양이었다. 귀 기울여도 아무 소리가 들리지 않았다.

—뼈 속에서 개미떼들이 가끔 나옵니다. 작업에 방해가 되지요. 종자가 같아도 사는 구멍이 다르면 적으로 알고 싸우는 것 같아요.

부사관이 그렇게 말하면서, 군홧발로 개미들의 싸움터를 뭉갰다. 부사관은 군화 밑창으로 흙을 길게 밀었다. 개미들은 가루가 되어 흙에 버무려졌다. 개미들은 보이지 않았다.

개미들의 싸움의 그 적막함과 그 적의의 근원을 그림으로 그려낼 수 있을까를 생각하면서 나는 능선으로 내려왔다. 그 싸움에서도 쟁쟁쟁, 소리가 울리는 듯싶었지만, 소리는 들리지 않았다. 그날, 병사들은 능선에서 저녁을 먹었다. 가까운 GOP에서 밥과 국을 트럭으로 실어왔다. 식판에 밥을 받은 병사들은 두 줄로 마주 앉아 밥을 먹었다. 병사들의 땀이 식판에 떨어졌다. 나는 김중위와 마주 앉아서 먹었다. 군인들의 밥은 짜지도 싱겁지도 않았다. 그 밥은 음식으로서의 표정이 없었고, 재료의 맛으로만 구성되어 있었다. 그날 나는 저물어서 부대본부로 돌아가는 병력들과 함께 수목원으로 돌아왔다. 김중위는 나를 수목원 청사 마당에 내려주고 지프를 몰아서 부대로 돌아갔다.

17

여름의 숲은 크고 깊게 숨쉬었다. 나무들의 들숨은 땅속의 먼 뿌리 끝까지 닿았고 날숨은 온 산맥에서 출렁거렸다. 뜨거운 습기에 흔들려서 산맥의 사면은 살아 있는 짐승의 옆구리처럼 오르내렸고 나무들의 숨이 산의 숨에 포개졌다.

소나기는 산맥의 먼 끝자락부터 훑으며 다가왔다. 소나기가 쏟아질 때 안으로 눌려 있던 숲의 날숨이 비가 그치면 골짜기에 가득 차서 바람에 실려왔다. 비가 그친 한낮에 어린 벚나무 숲의 바람은 가늘고 달았다. 비가 그치고 해가 내리쪼이면, 잎이 넓은 떡갈나무숲의 바닥에는 빛들이 덩어리로 뭉쳐서 흩어져 있었고, 뭉쳐진 빛들의 조각이 바람에 흔들리는 잎그림자 사이를 떠다녔다.

잎이 가는 소나무나 전나무 숲에 빛이 닿을 때, 잎들의 사이를 지나면서 부서진 빛의 입자들이 미세한 가루로 숲의 바닥에 깔렸다. 빛의 가루들은 튕겨오르지 않았고, 땅에 쌓인 솔잎 사이로 스며들어서 소나무숲은 흙 밑이 밝았다.

해가 들면, 젖은 숲이 마르면서 냄새를 토해냈다. 잎 큰 떡갈나무숲의 바닥 냄새는 무거웠고 소나무나 전나무 숲의 바닥 냄새는 가벼웠다. 넓은 잎은 가는 잎보다 먼저 부식해서 흙이 되었는데, 넓은 잎이 삭은 흙이 쌓여서 오래된 흙의 깊은 냄새를 뿜었다. 그래서 늙은 숲의 냄새는 깊었고 젊은 숲의 바닥 냄새는 얇고 선명했다.

젖은 나무에 빛이 닿으면, 햇빛을 받는 쪽으로 달린 잎들은 굵은 잎맥으로 기름기를 흘렸고, 그늘 쪽으로 달린 잎들에서는 여린 빛이 흘렀는데, 바람이 불면 잎들이 거느린 그림자 속에 빛이 뒤섞였다. 젖은 숲이 마를 때, 숲속의 나무들은 제가끔 한 그루의 발광체였다.

패랭이꽃과 노랑어리연꽃을 데생하다보니까 여름이었다. 풀과 꽃은 겨우 그릴 수 있지만 숲과 산은 온전히 보이지 않았다. 숲은 다가가면 물러서고 물러서면 다가와서 숲속에는 숲만이 있었고 거기로 가는 길은 본래 없었다. 본다고 해서 보이는 것이 아니고 보여야 보는 것일 터인데, 보이지 않는 숲속에서, 비 맞고 바람 쏘이고 냄새 맡고 숨 들이쉬며 여름을 보냈다.

장마가 예보되자 유해발굴단은 철수했다. 김민수 중위가 철수 소식을 전화로 알려왔다.

—장마 끝나면 다시 시작합니다. 눈이 오면 또 철수하지요. 전 눈이 한참일 때 제대합니다. 뼈 그림은 제가 제대하기 전까지 제출해주십시오.

김중위는 그렇게 말했다. 장맛비가 쏟아질 때 능선에 흩어진 뼈들을 어떻게 처리하는 것인지를 묻고 싶었는데, 내가 말을 꺼내지 못해서 머뭇거리는 동안 김중위는 전화를 끊었다. 뼈들은 흙이나 나뭇잎처럼 물에 깊이 젖거나 토사에 섞여 골짜기로 떠내려올 것이므로, 뻔한 것을 묻지 않기를 잘했지 싶었다. 그의 제대는 다섯 달쯤 남아 있었다.

여름에 아버지의 병세는 악화되었다. 그해 여름은 습하고 뜨거웠다. 해바라기 잎이 기진해서 늘어졌고, 폭염과 습기가 고혈압 환자의 기도를 막았다. 덥고 끈끈한 공기가 무거워서 아버지는 숨쉬기를 힘들어했다.

아버지가 출감하던 날, 나는 자동차를 운전해서 어머니와 아버지를 집까지 모셔왔다. 아버지가 교도소에 있을 때 어머니는 살던 집을 처분해서 작은 아파트 두 채로 나누었는데, 아버지와의 별거를 준비한 것이었다. 출감하던 날 우리 식구는 우선 어머니의 아파트로 갔다. 아버지로서는 처음 보는 집이었다.

—이사를 했구나. 그동안에…… 처음 보는 동네로구만.

자동차가 아파트 단지로 들어서자 아버지는 그렇게 말했다. 아버지는 이사에 대해서 아는 것이 없었다. 아버지는 어머니가 집을 팔고 이사를 하게 된 경위나 집 판 돈의 사용처를 묻지 않고, 다만 그렇게 하나 마나 한 말을 했다.

경찰서 보안과 형사가 먼저 와서 우리 가족을 기다리고 있었다. 형사는 집안에까지 따라 들어왔다. 형사는 자신을 '담당'이라고 소개했다. 가석방된 아버지의 담당이라는 뜻이었다.

—아이구, 저 때문에……

아버지는 젊은 형사에게 허리 숙여서 인사했다. 형사는 소파에 앉아서 가석방자의 주의사항을 일러주었다.

가석방은 형의 종료가 아니라 교도소 외부에서 형을 계속 집행하는 제도이므로 잔여 형기중에는 관할지역 경찰의 보호관찰을 받아야 하며, 가석방은 '개전의 정'을 전제로 하므로 가석방 기간중에 다시 법을 위반하면 가석방이 취소되는 수가 있다고 형사는 말했다.

—아이구, 잘 알고 있습니다. 교도소에서 배웠어요.

라고 아버지는 말했다. 주거지를 이탈할 때나 입원할 때 또는 사망했을 때는 지체 없이 관할 경찰서에 신고해야 한다고 형사는 말했다.

—내가 바빠서 문안드리기 어려우니까 형씨가 일주일에 한 번씩 나한테 전화해서 근황 보고해주시오. 그게 피차에 편할 거요. '개전의 정'이 유효한지 아닌지를 내가 판단하는 것이오.

라고 말하고 형사는 돌아갔다. 개전改悛의 정이란, 사전을 찾아보니까 잘못을 뉘우치고 삶을 바르게 고치는 것이라고 되어 있었다. 요컨대 재범을 하지 않는다는 증표였다. 아버지의 생애가 처음부터 다시 시작된다면, 아버지는 지금 징역형으로 갚아야 하는 그 죄업을 다시 행위할 수가 있을까. 아마도 그럴 수는 없을 것이었다. 아버지는 또 몸이 많이 상해 있어서 그 죄업을 다시 행할 신체적 능력도 없을 것이었다. 신체의 능력보다도, 그같은 죄업은 한 번의 생애로 이미 충분해서, 충분히 무겁고 충분히 욕되어서 생애를 거듭하면서 반복한다는 것은 상상할 수 없는 일이므로, 아버지를 가석방시켜준 그 '개전의 정'은 행위능력이 없는 자의 재범 불가능성으로서 유효할 것이었다.

그러나, 그 죄업이 뉘우쳐서 바로잡을 수 있는 것이 아니고 뉘우쳐서 처음부터 없었던 일로 할 수 있는 것이 아니므로, 뉘우침이나 바로잡기가 애시당초에 불가능할 것이어서 '개전의 정'이란 법전 안에서만 유효한 말일 것이었다.

형사가 돌아간 후 세 식구는 아파트 거실에 마주 앉았다. 저녁 여덟시가 넘어 있었다. 어머니가 호박죽과 물김치를 가져왔다. 숟가락질을 하는 아버지의 팔에 가벼운 경련이 일었다. 입술이 꼭 다물어지지 않아서 아버지는 음식을 흘렸다. 노란 호박죽이 턱 밑으로 떨어졌다. 나는 휴지를 아버지 앞으로 내밀었다. 아버지는 식구들의 시선을 힘들어하고 있었다. 턱 밑을 닦으면서 아버지는 말했다.

―늦었구나. 운전하느라고 힘들었겠어. 너는 어디서 자니?

아버지는 식구들의 존재와 식구들의 시선으로부터 벗어나고 싶어했다. 세 식구가 마주 앉으니까, 포유류의 혈연에서 식은땀이 흘렀다. 지금 아버지가 앉아 있는 집은 아버지가 거처할 곳이 아니었다. 어머니는 아버지를 다른 아파트로 보낼 것이었다. 아버지는 아직 그것을 모르고 있었다. 아버지는 어머니가 따로 마련해준 아파트와 어머니가 정한 별거에 저항하지 않을 것이었다. 그러나 어머니가 어떤 방식으로 그 말을 꺼내게 될는지를 나는 짐작할 수 없었다. 그것은 오직 두 사람 사이의 일이었다. 아버지에게 교도소 안과 교도소 밖은 다르지 않았다. 이 세상에 아버지의 자리는 없었다.

그날, 나는 밤길에 차를 몰아서 수목원으로 돌아왔다.

—넌, 니 아버지 나왔는데 집에서 하룻밤 자지도 않니.

라고 어머니는 말했다. 말은 그렇게 했지만 어머니는 나를 붙잡지는 않았다. 어머니의 말은 아버지가 나왔으니까 집에서 하룻밤 자고 가라는 권유가 아니라, 아버지가 나와도 너는 가는구나, 라는 서술이었다.

—뭘, 가봐라. 가봐야지. 머니까 어서 가봐.

라고 아버지가 말했다. 아버지는 나를 힘들어하고 있었다.

그날 어머니와 아버지, 그 두 사람을 집에 떼어놓고 수목원으로 돌아온 나의 소행은 사무치는 불효라는 생각이 들었다. 고속도로를 벗어나서 지방도로를 따라 민통선 마을로 들어가면서 그런 생각이 들었다. 새벽 한시가 넘은 시간이었다. 도로에는 차가 없었다. 가로등이 없는 어둠을 전조등으로 헤쳤다. 어둠의 무게가 자동차를 짓눌렀다. 불효란 이런 것이로구나…… 어쩔 수 없는 것이로구나…… 그런 생각을 하면서 가슴이 아리고 눈이 뜨거웠다. 눈물이 말라서 눈알이 빽빽했다.

검문소를 지날 때, 어머니가 전화를 걸어왔다.

—애, 너 도착했니?

—거의 다 왔어요.

—얘, 너네 아버지 잠들었다. 건넌방에 누웠는데, 조금 전에 들여다보니까 코를 골더라. 혈압 때문에 호흡이 안 좋은가봐. 코를 심하게 골아.

—어머니도 주무세요.

—잠이 안 와. 너네 아버지 잠든 것만도 다행이지. 잠들면 잠자는 것도 모르잖아.

—그러니까 어머니도 주무세요.

—내 꿈이 맞았어. 그 늙은 말 말이야…… 좆내논…… 너네 아버지가 그 말 타고 왔잖아. 내 꿈에……

어머니의 그 하염없는 넋두리가 시작되기 전에 나는 전화를 끊었다. 새벽 두시에 수목원 아파트에 도착했다. 숲에서 밤부엉이가 울었다.

18

신우는 거의 매일 아버지를 따라서 수목원에 왔다. 신우가 수목원에 오지 않는 날 혼자서 무얼 하고 지내는지 내 쪽에서 궁금해졌지만 안요한 실장에게 물어보지는 않았다.

수목원에서 신우는 안실장의 연구실 안에 설치된 유리연못 안을 들여다보거나 혼자서 늪에 나가 앉아 있었다. 내가 늪가에서 패랭이꽃을 데생할 때 저만치 떨어진 부들숲 가에 신우는 앉아 있었다. 신우는 가끔씩 늪 안으로 돌멩이를 던져서 벌레나 새 들을 날렸다. 내 쪽으로 불러서 말을 걸어보고 싶었지만, 멀리서 보아도 안요한 실장을 빼다박은 듯이 닮아서 부르기가 망설여졌다. 부들숲 가에 앉아서 신우는 고요히 집중했고, 무엇엔가 바빠 보였다. 나는 그 아이의 집중의 대상이 궁

금했다. 학교와는 본래 아무런 인연도 없는 것처럼 그 아이의 휴학은 편안해 보였다. 그 아이가 늪을 들여다보고 있는 동안에 나는 스케치북에 그 아이의 얼굴을 데생했다. 연필을 댈수록 어린 안요한의 모습이 종이 위에 자리잡았다. 신우의 뒤통수 가마가 멀리서도 또렷이 보였다. 뒤통수 가마에 햇빛이 닿아 있었다. 가마 둘레의 머리카락이 빛에 부풀어 보였다. 나는 스케치북을 넘겨서 새 종이를 펼쳤다. 새 종이 위에 신우의 뒤통수 가마와 그 주변의 머리카락들, 그리고 거기에 내리는 빛을 그렸다. 화폭 전체에 가마 한 개를 크게 확대해서 그렸다. 거기서, 쟁쟁쟁 소리가 들리는 듯싶었다. 내가 가마 그림을 다 그리기 전에 신우는 자리에서 일어났다. 나는 그림을 마무리할 수 없었다. 신우는 갈대와 부들 사이로 난 길을 따라서 내 앞을 지났다.

—너 신우지? 너 물가에서 뭐 했니?

그게 내가 신우에게 건넨 첫번째 말이었다. 신우는 눈을 들어서 나를 쳐다보았다. 맑고 깊은 눈이었다. 내 눈에는 보이지 않는, 여러 가지 새와 벌레가 거기서 살고 있는 듯싶었다.

신우가 대답했다.

—벌레를 봤어요. 물에 안 빠지는 벌레요.

신우는 소금쟁이를 들여다본 모양이었다.

—그게 소금쟁이야. 너 어디 가니?

—아빠한테 가요.

점심시간이었다. 신우는 안요한 실장의 연구동 쪽으로 걸어갔고, 나는 돌아서서 걸어가는 신우의 뒤통수를 보면서 가마 그림을 마무리했다. 화폭 중앙에 둥근 가마가 자리잡고, 머리카락의 소용돌이가 한 바퀴 돌았다. 연필이 닿지 않은 부분의 종이에 빛이 배어서 머리카락을 부풀려주고, 가마가 맑은 날 초저녁에 뜨는 달처럼 드러나기를 바랐는데, 다 그려놓고 보니, 연필이 지나간 자리에 흑백의 흔적만 남아 있었다. 본다고 해서 다 그릴 수는 없을 것이었다. 본다고 해서 보이는 것이 아니고, 본다와 보인다 사이가 그렇게 머니까 본다와 그린다 사이는 또 얼마나 아득할 것인가를, 그 아이의 뒤통수 가마를 보면서 생각했다. 아이가 자라고 여자가 늙는 것은 닥쳐오는 시간 앞에서 쩔쩔매는 난감한 사태일 터인데, 그림을 그려서 그 난감한 것들을 종이 위에 붙잡아놓을 수는 없는 것이라고, 그 어린아이의 가마가 나에게 말해주었다. 그래서 그림을 그린다는 말은 만진다는 말이나 품는다는 말과는 대척점에 있는 반대말이었지만, 그 두 개의 국면이 반대되는 대척점에서 서로 그리워하고 있다는 점에서는 비슷한 말일 수도 있다고, 그 어린아이의 멀어져가는 가마가 나에게 말해주었다.

안요한 실장은 연구실에 산림곤충연구반을 신설했다. 연구반이 오픈하는 날 연구실에서 시루떡과 머릿고기를 차려놓고 작은 축하모임이 있었다. 젊은 곤충학자 두 명과 그들의 보조원 세 명으로 팀을 꾸리고 안실장이 지휘했다.

곤충의 생태와 지각, 의사소통의 방법, 곤충의 사회성 같은 테마를 연구하게 되는데, 아직은 초기단계여서 순수연구에 치중하게 되겠지만, 몇 년 후에는 응용연구로 발전시킬 계획이라고 안요한 실장은 축사에서 말했다.

연구는 곤충의 서식현장인 야외에서 주로 이루어지겠지만 가설적 조건을 부여할 실험과 관찰을 위해 실내에 곤충생태관을 만들었다고 안실장은 설명했다.

곤충생태관은 열 평이 넘는 나무상자 안에 나무, 풀, 바위, 연못, 흙 같은 인공의 자연환경을 만들어놓고, 개미나 벌을 풀어놓은 연구시설이었다. 나무상자 위에 유리뚜껑을 덮고 그 위를 천으로 가리고 광도를 조절해서 밤과 낮, 보름과 그믐, 일출과 월출 같은 시간과 일월日月의 흐름까지도 인공적으로 연출하고 있었다. 자연계에 곤충이 너무 많아서 우선은 개미를 주로 연구하게 된다고 팀장은 설명했다.

곤충생태관의 개미는 자등령 남쪽 능선 유해발굴 현장에서 채집한 흰개미와 불개미를 인공 환경에서 대량으로 번식시킨 것이었다. 개미의 사회성은 역할분담에 따른 공동체생활과 타 집단과의 전쟁을 통해서 발현되는데, 그 사회성이 형성되고 작동되는 과정을 규명하는 것이 연구의 일차 목표였다.

양쪽 진영이 모두 병력을 총동원해서 전면전을 벌일 때, 개미들의 적개심의 근원은 무엇인가. 개미들은 개별적인 적병에 대해서 증오심을 갖는가. 개미들은 어째서 적이 되는가. 혈연이 달라서 적이 되는가. 서식지가 다르면 적이 되는가. 먹이를 다투면서 적이 되는가. 냄새나 색깔이 달라서 적이 되는가.

같은 흰개미의 종족끼리는 적이 되어 싸우는데, 어떤 불개미집단과 어떤 흰개미집단은 왜 싸우지 않는가. 적개심의 근원은 무엇인가. 개미들의 적개심은 개별적 개미의 인식 속에 각인되어 있는가. 적개심이 각인되어 있다면 공포심은 없는가. 개미의 기억 안에 무엇이 축적되어 있기에 개미는 적개심을 반복해서 거듭 전면전의 싸움터로 나서는가. 개미들의 기억 속에 축적된 적개심이란 애초부터 없고, 개미들은 아무런 적개심 없이도 전면전을 수행하는가. 그렇다면 싸움의 동력은 무엇인가.

이런 것들이 세부적인 연구의 항목이라고 팀장은 설명했다.

일진一陣의 개미들이 허리가 끊어지고 목이 잘려서 궤멸하면 다시 구멍 속에 있던 이진들이 싸움터로 나오고, 대열의 진퇴가 조직성을 보이고 있으므로 개미들의 싸움에는 지휘계통이 있는 것으로 보이는데, 이 지휘복종의 내용을 밝히는 것도 연구과제라는 것이었다.

적대하는 흰개미와 불개미 수백 마리의 더듬이를 잘라내고 생태관 안에 풀어놓았더니, 처음엔 방향을 잡지 못해 맴을 돌고 헤매다가, 이내 쌍방이 모두 대열을 정비해서 싸움을 시작했다고 팀장은 보고했다. 그래서 개미가 더듬이로 더듬어서 피아를 식별할 뿐 아니라, 더듬이 이외의 다른 식별기능이 있는 것으로 가설을 세우게 되었다고 팀장은 말했다.

곤충생태관이 오픈하는 날 김민수 중위는 사단장이 보내는 작은 과자상자를 들고 수목원에 왔었다. 장마가 시작되자 전사자 유해발굴작업은 중단되었고 병력들은 능선에서 철수했다. 김중위는 사단과 수목원 사이의 연락업무를 맡고 있었다.

팀장이 연구과제를 설명하는 동안 김민수 중위는 나무상자에 바싹 붙어앉아서 개미들을 관찰했다. 작은 것들을 찬찬히 살피는 시선이었다. 나는 뼈 그림을 부탁하러 온 날 늪으로 돌멩이를 던지던 그의 모습을 떠올렸다. 팀장의 설명이 끝나자 김중위가 물었다.

—개미들은 전사자 유해를 어떻게 처리하나요?

—개미들은 유해에 별 반응을 보이지 않는 것 같습니다. 그러나 그것도 앞으로의 관찰대상입니다.

유해발굴작업이 중단되는 장마철에 개미들의 유해를 들여다봐야 하니, 김민수 중위의 제대 말년은 그 자신의 말대로 운이 없는 것 같았다.

안요한 실장은 아들 신우와 나란히 앉아서 곤충생태관을 들여다보았다. 개미들이 수억 년의 시간을 건너와 생태관 안에서 개미의 모습으로 살아 있듯이, 저 아버지와 아들도 번식과 유전의 오랜 세월을 건너와 내 눈앞에서 저토록 빼다박은 듯이 닮은 모습으로 앉아서, 개미를 들여다보고 있는 것이었다. 안실장과 그의 동료들이 팀장이 설명한 그 어려운 의문점을 해결하고 연구목표를 달성할 수 있을 것인지를 나는 알 수 없었다. 안실장 자신도 그 결과를 장담할 수는 없을 것이었다. 안실장과 그의 동료들은 개미가 아니고, 개미와 공유하고 있는 것이 아무것도 없기 때문에, 결국은 개미의 운명에 관한 자신들의 언어를 정립하고 그 언어의 구조물을 문제에 대한 해답으로 제시하게 될 것이다. 안실장은 말의 길이 끊어진 그 먼 곳을 말을 앞세워서 말에 이끌려서 가려는 것인가. 그 길이 어리석은 미망의 길이라 하더라도 그것은 안실장과 그 동료들의 탓은 아닐 것이다. 안실장은 개미가 아니니까.

나는 개미를 들여다보고 있는 안실장 부자의 얼굴을 들여다보면서 그런 생각에 빠져 있었다. 멀어서 돌아올 수 없이 아득한 저쪽을, 그 아버지와 아들은 들여다보고 있었는데, 먼 곳을 더듬는 눈동자 네 개가 맑고 깊었다. 눈동자의 주인은 먼 여행에서 돌아오지 않았고, 눈동자만이 육신 쪽에 남아서 깜박이고 있었다. 눈동자 네 개가 똑같았다.

곤충생태관 오픈 모임은 초저녁에 끝났다. 테이블 위에 시루떡과 머릿고기가 거의 그대로 남았다. 김민수 중위가 벗어놓았던 철모를 쓰면서 말했다.

—이 음식을 가져가도 되겠습니까?

개미 연구 계획을 설명한 팀장의 말보다도 훨씬 더 편안한 말이었다. 나는 물었다.

—군인이 이걸 가져다가 무얼 하시려구요?

그가 대답했다.

—오늘, 생일을 맞은 병사가 있습니다. 신병인데, 적응을 못해서 고생하고 있지요.

그가 지금은 경비소대장이나 GP장은 아닐 테지만, 유해발굴 현장에서 보니까 그의 부하들이 열 명은 넘어 보였다. 먹성 좋은 젊은이들에게는 턱없이 모자라는 양일 것이었다.

—좀 모자라겠네요.

그가 빙그레 웃었다. 철모에 눌려서 그의 웃음은 아래쪽만 보였다.

—그렇겠네요. 워낙들 먹어대니까.

그가 과자상자를 싸온 보자기를 풀어서 시루떡과 머릿고기를 챙겼다. 나는 남은 음식을 거두어 그의 보자기에 싸주었다. 겉절이 김치와 새우젓, 저민 생마늘, 풋고추와 막장, 상추와 깻잎도 비닐봉지에 담아주었다. 나무젓가락 몇 개도 함께 넣었다. 남에게 음식을 거두어 주는 일을 처음 해보았다. 마음의 깊은 곳이 뜨겁고 또 젖어드는 것 같았다. 김중위가 내가 내민 음식보따리를 받았다.

—고맙습니다. 병사들은 민간의 음식을 좋아합니다.

나는 부대로 돌아가는 김중위를 수목원 청사 앞에서 배웅했다. 김중위는 왼쪽 옆구리에 음식보따리를 끼고, 오른팔을 들어서 거수경례를 보냈다. 김중위는 지프를 몰아서 부대로 돌아갔다. 입맛에도 환각이 있는지, 일과를 마친 저녁에 한자리에 둘러앉아서 시루떡과 머릿고기를 먹는 젊은 사내들의 식욕이 내 혀에까지 전해져왔다.

19

8월 초에 패랭이꽃과 도라지꽃의 세밀화를 완성해서 안요한 실장에게 제출했다. 갓 피어난 꽃과 피어서 열흘쯤 자란 꽃의 느낌과 형태가 달라서 핀 지 닷새쯤 되는 꽃을 표준으로 삼았다.

멀리서 보아도, 꽃은 그 꽃을 쳐다보는 사람을 향해서 피어 있다. 꽃이 보일 때 사람이 느끼는 환각일 테지만 숲속의 성긴 나무들 사이로 보이는 꽃들도 늘 나를 향한 자세로 꽃잎을 벌리고 있다. 내 눈에 그렇다는 얘기고, 내가 꽃을 볼 때 꽃은 아무것도 보고 있지 않을 것이다. '보인다'라는 것이 이 환각을 말하는 것이라면 그림을 그리기는 점점 어려워질 것이다. 내가 잘나가는 일류 화랑가의 화가가 되지 못하고 국가기관의

사업인 세밀화를 그리는 자리로 오게 된 것은 이런 잡생각 때문이기도 할 것이다.

비가 그친 아침에 젖은 숲이 흐리고 나무들의 밑동이 물안개에 잠겨 있을 때, 그 물안개 속에서 도라지꽃이 멀리 보였다. 도라지꽃은 김소월의 말대로 '저만치' 피어 있었는데, 꽃이 눈에 띄는 순간 '저만치'라는 거리는 소멸해버리고 도라지는 내 곁에서 보라색 꽃의 속살을 벌리고 있었다. 도라지꽃은 별처럼 피어난다. 색깔이 짙지 않지만, 특이하게도 눈에 잘 띄는 꽃이다. 멀리서 봐도, 고개를 옆으로 돌린 꽃들조차 나를 향해 피어 있었다. 어머니나 아버지가 봐도, 안요한 실장이나 신우가 봐도, 김민수 중위나 그 부하들이 봐도, 자등령 능선의 백골들이 살아나서 봐도, 도라지꽃은 그 각각의 사람들을 향해서, 그 멀어져가는 또는 멀리서 다가오는 보라색의 속살을 드러내서 피어 있을 것이었다.

도라지꽃을 데생할 때, 꽃과 그 꽃을 바라보는 사람의 시선 사이에서 어떤 일들이 벌어지는지를 그리려고, 고개를 조금 옆으로 돌린 꽃을 골라서 그렸는데, 그렇게 말하여질 수 없는 일들이 종이 위에 모두 그려졌는지는 알 수 없다. 그린다고 해서 다 그려지는 것은 아니다.

가까이 다가가자, 오므렸던 도라지 꽃잎이 꽈리가 터지듯이 터지면서 벌어졌다. 꽃잎이 벌어질 때 '퐁' 소리가 났다. 내가 다가가는 발소리와 진동에 충격을 받아서 꽃송이가 터진 것이 아닌가 싶어서 큰 나무 뒤에 숨어서 봤더니, 아무런 기척이 없는 적막 속에서 도라지 꽃봉오리들은 퐁, 퐁, 퐁 열렸다. 열릴 때, 꽃잎에 달려 있던 물방울들이 잎사귀 위로 떨어져 흘러내렸다.

도라지의 이파리들은 아래쪽에서 대칭을 이루며 마주 달리고, 위로 올라오면 서로 어긋나게 달리는데, 그 까닭을 안요한 실장에게 물어볼까 하다가, 그가 몰라서 무안해할까봐 그만두었다.

패랭이꽃 그림은 6월 초에 갓 핀 꽃으로 데생을 시작해서 8월 초에 겨우 완성했다. 완성했다기보다는 그리기를 끝냈다.

패랭이꽃은 그 단출한 생김새 안에 억센 힘이 들어 있다. 패랭이꽃의 힘은 그 나른하게 늘어지는 이파리로 발현된다. 그 이파리는 늘 하잘것없어 보였는데, 볼 때마다 힘이 느껴졌다. 진달래는 기름지고 두터운 땅에서는 살지 못하고, 메마른 돌밭이나 먼지나는 비탈에서만 사는데, 패랭이꽃은 유복한 땅이건 척박한 땅이건 가리지 않고 아무 데서나 산다. 줄기가 휘어지면서 꽃이 옆으로 기우뚱하게 달릴 때가 가장 패랭이꽃답다. 줄기가 휘어질 때도 그 꽃은 무력함을 보이지 않는다.

도라지꽃은 흐린 날 물안개 속에서 쟁쟁쟁 소리가 날 듯한데, 패랭이꽃은 햇빛 속에서 쟁쟁쟁 소리가 난다. 도라지꽃의 보라색과 패랭이꽃의 자주색이 젖거나 마르는 것이 아닌데, 도라지꽃은 물안개 속에서, 패랭이꽃은 햇볕 속에서 쟁쟁쟁, 울리는 까닭을 안요한 실장에게 물어봐도 아직은 신통한 대답이 없을 것이었다. 나는, 꽃의 색깔들의 근원에 어떤 필연성이 있는지를 규명하려 한다는 안실장의 연구가 성공하기를 바랐다.

작업 결과물을 제출하러 안요한 실장의 연구실에 갔을 때, 신우가 소파에서 낮잠을 자고 있었다. 밖에서 놀다 왔는지, 땀에 젖은 머리카락이 이마와 목덜미에 붙어 있었다. 안실장은 잠든 신우에게 부채질을 해주고 있었다. 신우는 힘든 꿈을 꾸는 모양이었다. 얼굴을 찡그리고 옹알거렸다. 신우의 옹알이는 알아들을 수 없었지만, 다급한 사연인 듯싶었다. 그 아이만이 겪는 고통과 무서움이, 아무도 알아들을 수 없는 목소리로 바뀌어서 잠든 아이의 입을 통해 새어나오고 있었다. 모로 누운 신우의 벌어진 입안으로 희고 작은 앞니가 보였다. 아랫니 두 개가 빠진 자리에 잇몸이 붉었다. 침이 흘러나왔다. 안실장이 휴지로 아들의 침을 닦아주었다. 아이는 옹알이를 계속했다. 안실장이 아이의 잠든 자세를 바로잡아주고 배 위에 수건을 덮었다. 그는 연구용 식물 시료를 현미경 위에 올려놓을 때의 그 집중된 긴장으로 잠든 아이를 다루었다. 한 아이의 아버지라는 운명을 그는 그 나름의 방식으로 받아들이고 있었다. 그리고 그가 잠든 아이를 돌보며 그 운명을 받아들이는 모습은 커다란 결핍의 그림자를 깔고 있었다. 그 결핍은 크고 근본적인 것이어서, 말로 설명할 수는 없을 것 같았다. 겨우 말하자면, 그 아이가 세상에 태어날 때 타고난 결핍을 그 아이의 아버지의 결핍으로 덮어주고 있는 모습이었다. 잠이 그 상속된 결핍을 잠시나마 재워준다면 잠은 그 결핍의 완성일 테지만 잠들어 뒤치는 아이의 꿈은 힘들어 보였다. 잠든 아이는 아무것도 없는 빈 주먹을 꼭 움켜쥐고 있었다.

아이를 부채질해주는 안요한 실장의 모습을 보는 순간, 나는 문득 아버지를 생각했다. 내가 아버지 생각을 끄집어낸 것이 아니라, 아버지가 갑자기 내 마음속으로 쳐들어왔다. 마음의 일은 난데없다. 마음의 일은 정처없어서, 마음 안에서는 이 마음이 저 마음을 찌른다.

특가법상의 뇌물죄, 알선수재, 업무상 배임으로 식구를 부양한 아버지의 생애는 잠든 아이의 땀을 식히는 안요한 실장의 부채질과 어떤 관련이 있는 것인가를 생각하다가, 생각을 버렸는데, 생각은 잘 버려지지 않았다. 어머니가 돌아온 아버지를 집에서 밀쳐내려는 것도, 그 관계를 수용하기가 힘들어서일 것이라는 생각이 들었다. 그러나 어머니가 아버지를 집에서 몰아낼 수는 있겠지만, 어머니와 식구들의 삶 속으로 이미 흘러들어와서 생애가 되어버린 모멸을 지워버릴 수는 없는 것이고, 그래서 겹겹으로 겹겹을 덮어줄 수도 없을 것이었다. 집으로 돌아온 후에 아버지의 병세는 악화되어 여름의 더위와 습기를 못 이겨서 옆구리로 숨을 쉬고 있다고 어머니의 전화편에 들었다. 아버지가 가석방되던 날 자동차를 운전해서 집에까지 모신 뒤에 한 번도 가보지 못했다. 잠들어서 뒤치는 신우와 부채질하는 안요한 실장의 모습을 보는 순간에, 어머니가 얻어준 아파트 방안에서 아버지가 혼자서 숨을 거두고 있는 환영이 떠올랐다. 나는 잠든 아이를 보면서 조바심쳤다. 마음의 일은 난데없다.

내가 연구실 안으로 들어선 후에도 안요한 실장은 한동안 아이에게 부채질을 계속해주었다. 나는 서서 안실장의 부채질을 바라보았다. 안실장은 나에게 보여주려고 그 부채질을 계속했던 것일까. 그런 의도가 없었다 하더라도, 그는 내가 보는 앞에서 아이에게 부채질을 해주었다. 나는 멀고도 희미한 인연의 고리를 느꼈다. 인연이라기보다는 인연의 부재가 가져오는 결핍감이었다고 말하는 편이 정확할 것이다.

그가 부채질을 멈추고 책상 앞으로 자리를 옮겼다. 나는 그의 옆자리에 앉았다.

—신우가 잠들었네요.

신우, 라고 말하고 나니까, 안요한 실장 앞에서 그의 어린 아들 이름을 부른 일이 경계를 넘어선 것처럼 쑥스럽게 느껴졌다.

—개미를 들여다보다가 잠이 들었군. 어젯밤에 이가 아파서 잠을 설쳤거든. 젖니가 또 빠질 모양이지. 애가 좀 늦되나봐.

—진통제를 먹이지 그랬어요.

라고 말하고 나니까, 말이 점점 더 안요한 실장의 생애 쪽으로 가까이 가고 있었다. 나는 말을 다시 거두어들여야겠다고 생각했다. 너무 멀리 가기 전에 불러들이지 않으면 거두어들이기 어려워질 것이었다. 안실장의 말이 더욱 다가왔다.

—집에 진통제가 없었어. 아침에 읍내 약국에 가서 사다먹였지.

—치과엘 가야겠군요.

읍내에는 치과가 없고, 치과에 가려면 군청소재지까지 나가야만 했다.

—치과가 멀어서 데리고 갈 틈이 없군. 사단에 치과군의관이 있을 텐데, 김중위한테 좀 부탁해줄 수 있을까? 약기운 떨어지면 또 아프다고 보챌 텐데.

—제가 알아보지요.

나는 김중위에게 전화를 걸었다. 김중위는 사단 사령부에 있었다. 사단 의무대에 형편을 알아보고 전화해주겠다고 김중위는 말했다.

—군의관이 젖니 몇 개 뽑는 거야 뭐 어렵겠어요. 전엔 엄마들도 다 할 줄 알았는데……

라고 말하면서 김중위는 전화를 끊었다. 김중위의 말이 보이지 않는 선을 넘어서 편안하게 다가왔다. '젖니'라는 단어를 그가 알고 있는 게 신기했다. 전에는 엄마들도 아이들의 젖니를 뽑아줄 수 있었다는 그의 말은 처음 듣는 말처럼 신기했다.

신우가 이쪽으로 돌아누웠다. 얼굴에 베개 자국이 찍혀 있었다. 신우는 자꾸 얼굴을 찡그리며 옹알거렸다. 젖니가 빠진 자리에서 침이 흘렀고 잇몸이 붉었다.

—신우가 꿈을 꾸나봐요.

—아까부터 저랬어. 긴 꿈인가봐.

—꿈이 힘들어 보이네요.

—개미 꿈을 꾸는 모양이지. 꿈에 개미떼가 우글거리는 모

양이야.

—개미 꿈이요?

—개미 싸우는 걸 들여다보다가 잠들었거든. 깨면 또 들여다보겠지.

—무섭겠네요. 그만 깨우세요.

—아냐, 더 자야 해. 어젯밤에 한잠도 못 잤어. 나도 못 잤고.

나는 작업 결과물을 안실장의 책상 위에 올려놓았다. 패랭이꽃은 곧게 선 꽃 한 점과 휘어진 꽃 한 점을 따로 그렸고, 도라지꽃은 정면으로 열린 꽃과 고개를 옆으로 돌린 꽃, 두 점이었다. 꽃술이 시작되는 꽃 안쪽의 심층부와 줄기에서 이파리가 갈라지는 연결부위는 작은 그림으로 따로 그렸다. 숲속에서 흔들리는 수억만 개의 이파리들 중에서 같은 색의 이파리는 없었다. 꽃들은 빨강 파랑 노랑으로 피어나지 않았고, 저 자신의 무질서를 드러내는 색으로 피어났다. 처음에 바탕색을 들어앉히고 그 위에 수채물감을 여러 번 칠해서 꽃들의 색에 다가갔다. 거기에 살아 있는 것들의 표정을 부여하는 일은 종이 위에서는 어려웠고, 그림을 들여다보는 사람의 마음속에서는, 어쩌면 가능한 일일 수도 있었다.

안요한 실장은 내가 제출한 그림들을 꼼꼼히 살폈다. 그는 아마, 그 자신의 식물학적 지식으로 나의 그림을 감정하고 있을 것이었다. 그의 눈길은 내 모든 지나간 붓질을 하나씩 더듬고 있는 듯싶었다. 보던 그림을 옆으로 밀쳐놓으면서 그가 말했다.

—세밀화는 개별적 생명의 현재성을 그리는 일이지. 그 안에 종족의 일반성이 들어 있거든. 그래서 수목원은 세밀화가 필요한 거야. 그게 원리나 개념으로는 파악이 안 되잖아. 힘든 일이지. 지난한 일이야.

그는 화가는 아니었지만, 화가가 무엇을 해야 하는지를 알고 있었다. 내 그림이 그가 말한 '개별적 생명의 현재성'을 잘 드러냈다는 것인지 실패했다는 것인지, 그의 말은 확실치 않았지만, 그것이 '지난한 일'이라고 말한 것으로 봐서 그림이 그다지 마음에 들지 않는다는 말일 수도 있었다. 그러나 그의 말은 나의 그림을 향해서 하는 말이 아니라 '생명의 현재성'을 그리는 일은 본래 지난한 일이라는 말처럼도 들렸다. 그러니 꽃의 현재보다도, 꽃의 색의 근원을 규명한다는 그의 연구는 세밀화보다 더 지난할 것이었다.

안실장은 직원을 불러서 내가 그린 세밀화를 표본관으로 보냈다. 내 그림은 말린 식물의 표본, 종자 들과 함께 생명의 모습으로서 보존될 것이었다. 그렇게 해서 7월의 과제가 끝났다.

그림을 표본관으로 보내고 나서 안실장은 잠든 아이를 바라보며 말했다.

—아이가 점점 안 좋아져. 더 외톨이가 되어가는 것 같아.

신우의 자폐증은 깊어져가고 있었다. 나는 무어라고 대답할 말이 없었다. 신우가 칭얼거리면서 잠에서 깨었다. 소파에 앉은 신우는 어느 쪽을 바라보는지 시선에 초점이 없었다.

낮잠에서 깨어났을 때, 여기가 어딘지 내가 왜 여기에 있는지 나는 누구인지를 알 수 없는 치매감에 빠져 있던 어린 날들이 생각났다. 신우도 지금 그런 치매감 속을 헤매고 있을 것이었다.

개미들은 다 어디로 갔나. 내가 안 보는 먼 곳으로 가서 싸우는 것인가, 내가 본 개미는 없는 것인가, 신우의 치매감의 내용은 이런 것일까.

신우가 울상을 지으며 안실장 옆으로 다가갔다. 안실장이 신우를 안아서 의자에 앉히고 컵에 물을 따라주었다. 목이 말랐던지 신우는 한 컵을 다 마셨다.

—또 이 아프냐?

—깨니까 좀 아파.

—네가 크느라고 그러는 거야. 병이 아니다. 이가 다 빠져야 크는 거다.

김중위가 핸드폰으로 전화를 걸어왔다. 치과군의관에게 허락을 받았으니까 아이를 데리고 사단 의무대로 오라는 얘기였다. 자동차 번호를 사단 정문에 알려서 통과시켜주겠다고 김중위는 말했다. 안실장이 신우를 자동차에 태우고 안전벨트를 채웠다. 차가 떠나기 전에 나는 신우에게 말해주었다.

—신우야, 그건 병이 아니야. 누구나 다 빠지는 거야.

신우를 이름으로 부르니까, 자꾸만 내가 안실장 쪽으로 다가가는 느낌이었다. 나는 또 말했다.

—뺄 때 좀 아파도, 빼고 나면 안 아파. 다녀와.

안실장이 시동을 걸고 떠났다. 나는 청사 현관에서, 멀어지는 자동차를 바라보았다. 자동차 뒷유리창으로, 닮은 머리통 두 개가 보였다. 신우의 그림지도를 맡아달라는 안실장의 부탁에 대해서 나는 그때까지도 확답을 하지 않고 있었다. 머리통 두 개를 바라보면서, 내가 안실장의 부탁을 결국은 수락하게 될 것 같은 예감이 들었다.

20

신우의 미술지도를 맡아달라는 안실장의 부탁을 내가 수락하게 된 경위는 분명치 않다. 뼈 그림을 그려달라는 사단의 부탁을 받아들인 것처럼 저절로 끌려간 부분이 있었을 것이다. 저절로라기보다는 어쩔 수 없이 혹은 돌이킬 수 없이가 맞겠다. 지금 생각하니, 잠든 그 아이의 땀은 더워서 흘린 땀이 아니라 악몽에 끄달리는 식은땀이었던 모양이다. 빈 주먹을 꼭 쥐고 잠든 그 아이의 식은땀, 그 아이의 개미 꿈, 앓니 빠진 자리의 붉은 잇몸, 그 아이의 치통, 그 아이를 데리고 사단 의무대로 가던 안실장의 모습, 이런 것들이 내가 안실장의 부탁을 수락하게 된 배경이었을까.

뼈 그림을 그려달라는 사단의 요청을 받아들인 배경도 그 요청을 전하는 김민수 중위 때문이 아니었을까. 낙엽만 긁어도 백골이 드러나는 산하에서 뼈를 그려달라며 연못에 돌팔매질을 하던 그 젊은 중위의 투정 때문에 결국은 그 요청을 받아들이게 된 것이 아닐까.

이런 비논리적인 엉킴을 나는 좋아하지 않지만, 딱히 아니라고 할 수도 없었다. 마음의 일은 때때로 몽매하다. 그 몽매한 마음을 더 펼쳐 보인다면, 산맥에 흩어진 백골들 중에서 한 점 백골의 단면을 그리는 일과 억만 년을 피고 지는 무수한 꽃들 중에서, 한 떨기 꽃의 개별적 생명의 현재성을 그리는 일과, 젖니 빠진 신우의 그림을 지도하는 일은 결국 같거나, 그다지 멀리 떨어져 있지 않은 거리에서 한 줄로 엮여 있는 것 같았다. 마음의 일은 결국 몽매하다.

신우는 사단 의무대에서 송곳니 두 개를 뺐다. 아래 앞니 두 개가 먼저 빠져 있었으니까, 신우는 젖니 네 개가 빠졌다. 신우는 좀 늦자라서 젖니가 늦게 그리고 한꺼번에 빠지는 아이였다. 치과군의관이 그렇게 말했다고 안실장이 말했다. 이를 뺀 다음날도 신우는 안실장을 따라서 연구실에 왔다.

—이 뺄 때 아팠니? 울었어?

라고 내가 묻자 신우는 손으로 입을 가리고 고개를 돌렸다.

치과군의관이 집게를 감춘 채 어느 이가 흔들리는지를 미리 확인해놓고 나서 신우가 입을 크게 벌리자마자 재갈을 물리고 집게를 들이밀어, 흔들리는 젖니 두 개를 뽑아냈는데, 울 틈도 없이 빨리 끝났다고 안실장은 말했다.

—뺄 때는 안 울고, 빼서 쟁반 위에 올려놓은 이를 보더니 울더군. 빼는 게 아픈 게 아니라 빼놓은 것이 아픈 모양이야. 애가 참 별나.

그때 나는 무심코 말했다.

—신우가 요즘 그림을 배우나요?

무심코 나온 말이었지만, 그 말은 내 몸 안에서 세상으로 나갈 순번을 기다리고 있던 말처럼 자연스러웠다. 안실장이 대답했다.

—요즘엔 안 그려. 해바라기미술학원이 끝이야.

그렇게 해서, 나는 안실장의 부탁을 받아들이게 되었다. 일주일에 두 번, 한 번에 한 시간씩, 퇴근 후에 내 아파트에서 크레파스와 색연필 그림을 지도받기로 안실장과 나는 합의했다. 해바라기미술학원에 다닐 때는 함께 배우던 아이가 세 명이었다. 신우는 그때도 학교에는 거의 가지 않았다. '최선을 다하는 선생님이 되겠습니다'라던 이옥영 원장이 욕실에서 목매고 죽었을 때 현장을 처음 발견한 목격자는 그 아이들이었다.

아이들은 흩어졌고 다시 모을 수는 없었다. 먼 남쪽 지방에서 혼자서 올라와 이옥영의 사체를 앰뷸런스에 싣고 간 사내의 이야기를 읍내 여자들이 오랫동안 입에 담았다고 한다. 이옥영의 자살과 미술학원에 드나들던 포병장교, 앰뷸런스를 몰고 간 사내, 그 삼자가 엮기 어려운 이야기의 조각으로 읍내에 떠돌았다. 떠도는 세상의 이야기들은 다 알려고 해서도 안 될 테지만, 신우의 그림지도를 맡고 나니까 내가 죽은 이옥영의 후임자가 된 것 같아서 섬뜩한 느낌이 들었다.

안실장은 신우가 다니던 초등학교의 상담교사와 전화로 의논했다. 마음이 맞는 아이들 서너 명이 함께 그림을 배우는 것이 신우의 사회성 계발에 도움이 될 것이고, 혼자서 그림에 몰두하면 오히려 자폐적 성격이 심화될 수도 있다고 상담교사는 조언했다.

안실장은 학교측과 논의해서 신우와 함께 미술지도를 받을 아이들 두 명을 데려왔다. 신우와 동갑내기들로, 남자아이 한 명과 여자아이 한 명이었다. 시화평고원의 지평선을 넘어오는 강의 남쪽을 막고 수력발전소가 들어섰는데, 아이들은 그 수력발전소 간부직원의 자녀들이었다.

그렇게 해서 내 학생은 세 명이 되었다. 한 아이에 이십만원씩, 한 달에 육십만원을 강사료로 지급하겠다고 안실장은 제안했다. 한 아이가 그만두는 경우에는, 두 아이의 집에서 그만 둔 아이의 강사료 몫을 부담해서 월 지급액을 육십만원으로 유지해주겠다고 안실장은 말했다. 나는 동의했다. 나는 그의 사무적인 일처리에 안심했다. 그의 사무적인 태도가 그와 나 사이의 구획을 분명히 해주기를 나는 바랐다. 사무적인 얘기를 마치고 그의 방을 나올 때 그가 말했다.

—연주씨가 내 아들의 선생이 되는군.

연주는 내 이름이었다. 그가 두번째로 내 이름을 불렀다. 그의 목소리에 실려서, 그의 몸을 통과해나오는 내 이름의 울림을 나는 들었다. 그 이름은 남의 이름 같았다. 내가 아니라 또 다른 나를 부르는 이름 같았다. 나는 말했다.

—5일부터 시작할 테니까 강사료는 매달 4일에 주세요.

—그렇게 합시다, 연주씨.

신우의 얼굴과 머리통과 어깨의 표정이 그 아버지를 꼭 닮았다는 사실이 이제 본격적으로 나를 힘들게 하겠구나, 그런 생각이 들었다.

21

수목원은 입장료를 받지는 않았지만, 관람객이 많지 않았다. 대도시에서 멀고 민통선 안쪽이어서 출입이 불편하기 때문이었다. 숲의 가치와 아름다움을 국민에게 홍보해야 한다면서도 수목원은 관람객이 많지 않은 상황을 다행으로 여겼다. 홍보는 수목원이 아니라 온 세상의 숲 전체를 대상으로 삼는 것이고, 수목원의 사명은 보존과 연구라는 것이었다. 주말에는 관람객을 받지 않았다.

평일에 이따금씩 수목원을 찾는 관람객들은 대부분이 나이 든 사람들이었다. 가까운 군부대에서 오래전에 제대한 사내들이 옛 부대의 초청 행사에 왔다가 수목원에 들르는 경우도 있었다. 술냄새 풍기는 사내들이 숲길을 어슬렁거렸다.

—세상 좋아졌구만. 그땐 이런 게 없었는데.

—아냐. 그때도 나무는 있었어. 보이지가 않았지. 배가 불러야 보이는 거야. 그러니 잘 보라구.

숲이 신록으로 빛나는 봄날에 하얗게 늙은 부부가 새잎 돋는 상수리나무 밑에 앉아서 숲 해설사의 설명을 들었다. 나는 나무를 데생하다가 스케치북을 접고, 노부부의 뒤쪽으로 갔다.

지금 이 숲은 비교적 어린 숲이어서 활발하게 작동하는 잎들이 많고 숲의 호흡량도 커서 공기가 더 향기롭고 산소가 많다고 숲 해설사는 설명했다. 노부부는 아주 오래 살아서, 지나간 삶의 그림자처럼 얇고 가벼웠다. 오래 살면 가벼워지는 모양이다. 노인이 숲 해설사에게 물었다.

—이 큰 나무가 새파란 잎을 달고 있으니, 이 나무는 젊은 나무요, 늙은 나무요?

—나무는 늙은 나무들도 젊은 잎을 틔우니까 한 그루 안에서 늙음과 젊음이 순환하는 겁니다. 인간의 시간과는 다르지요.

—아, 그렇겠군요. 그거 참.

노인은 더이상 묻지 않았다.

숲 해설사는 일흔 살이 넘어 보이는 늙은 남자였다. 몸이 장작처럼 말랐고 햇볕에 그을려서 물기가 없었다. 팔뚝에 검은 핏줄이 불거져서 인체의 혈관 표본처럼 보였는데, 그 속을 흐르는 피가 힘들어 보였다. 왼쪽 다리가 부실해서 흐린 날에는 지팡이를 짚었는데, 숲길을 관람객들과 함께 이동할 때 걸음 속도를 맞추느라고 허덕거렸다. '숲 해설사 이나모'라는 명찰을 목에 걸고 있었다.

그의 손님은 하루에 열 명을 넘지 않았다. 아내가 남편의 휠체어를 밀고 온 늙은 부부나 애인으로 보이는 젊은 남녀 또는 혼자 온 중년 여자를 안내해서 숲길을 걸어가는 그의 모습이 가끔 눈에 띄었다. 그는 두어 명의 손님들 앞에서 상수리나무나 서어나무, 전나무 들이 경쟁과 공존을 거듭하며 숲을 이루는 과정을 설명했고, 개별적 나무들의 생리와 구조의 특징을 설명했다. 그의 모습에는 숲을 설명하는 자의 낭만이나 신명이 없었고, 그의 일은 그저 노동으로 보였다. 여름의 폭양 아래서도 그는 두 명의 관람객을 데리고 다니면서 땀 흘리며 노동했다. 그는 수목원의 계약직 직원이었다. 해설사로 일한 지가 십 년이 넘어서, 수목원 직원들 중에서도 근속연수가 많은 편이었다. 나는 김민수 중위에게서 들었다.

그는 자등령 남쪽 산맥에 주둔하는 사단의 수송부 정비병과의 부사관이었다. 군에서 삼십 년 가까이 복무하고, 상사 7호봉 때 심근경색증이 악화되어서 의병제대했다. 제대 후에도 부대 근처를 떠나지 못하고 민통선 밖 민간인 마을에 머물면서 군부대에서 나오는 잔반을 불하받아서 읍내 축산농가에 배달하는 일을 했다. 사단은 사령부만으로도 대대 규모였는데, 잔반의 양도 상당해서 그는 배달용 트럭 한 대에 종업원 한 명을 고용하고 있었다. 그의 수입은 군 시절의 월급보다 많았을 것이다. 읍내의 작은 아파트에 방을 얻어서 그는 늘 혼자서 살았다. 군 시절의 동료들도 그의 가족관계를 알지 못했다. 그는 제대 후 십오 년 동안 잔반 배달업을 했다. 여름에는 잔반이 썩지 않도록 아침 점심 저녁으로 끼니때마다 한 번씩 배달했고, 겨울에는 얼어붙은 잔반을 삽으로 깨서 날랐다. 그는 잔반을 배달하기 위해 태어난 사람처럼 보였다. 그는 잔반으로 개를 십여 마리 먹였다. 그가 기른 개는 고기 맛이 좋아서 보신탕집의 예약이 밀려 있었다.

그렇게 해서 그는 육십오 세가 되었다. 심근경색이 악화되어서 더이상 배달일을 할 수 없게 되었다. 군부대와 맺은 긴 인연으로 그는 수목원에 취직할 수 있었다. 사단장이 수목원장에게 그를 부탁했고, 십여 년 전의 수목원장이 그를 받아들여 두 달 동안 숲 해설사 교육과정을 베풀고 나서 계약직으로 고용했다. 관람객이 적어도 숲 해설사는 필요했으므로 그의 계약은 해마다 갱신되었는데, 그의 병세가 점점 악화되고 거동이 불편해지자 금년 연말까지 육 개월 시한으로 해고통지를 받았다고 한다.

십 년 경력자인 그는 자기 나름대로, 자신의 말로 숲을 해설했고, 수목원측은 그의 해설을 용인했다. 그의 해설이 숲과 나무의 원리에 반하는 것은 아니었던 모양이다.

지팡이를 짚고 온 노부부 앞에서, 지팡이를 짚은 그가 숲과 나무를 해설하는 모습을 나는 가까이서 본 적이 있었다. 그때 나는 약용식물원에서 토혈, 사지냉증, 어혈성 통증에 효험이 있다는 약초를 관찰하고 있었다. 입하立夏를 지난 숲은 신록에서 녹음으로 건너가면서 휘발성 짙은 향기를 뿜어내고 있었다. 그는 노부부를 데리고 키 큰 백양나무 고목 밑에 서 있었다. 새로 돋은 백양나무 이파리들은 바람이 불지 않아도 쉴새 없이 흔들려서, 나무가 내재된 힘으로 몸을 떠는 것처럼 보였고, 흔들리는 잎들이 빛을 뒤섞어서 숲 바닥에 미세한 음영이 흘러갔다. 그가 노부부에게 설명했다.

―나무줄기의 중심부는 죽어 있는데, 그 죽은 뼈대로 나무를 버티어주고 나이테의 바깥층에서 새로운 생명이 돋아난다. 그래서 나무는 젊어지는 동시에 늙어지고, 죽는 동시에 살아난다. 나무의 삶과 나무의 죽음은 구분되지 않는다. 나무의 시간은 인간의 시간과 다르다. 내용이 다르고 진행방향이 다르고 작용이 다르다.

는 것이 그의 설명의 요지였다. 그의 해설은 늘 '나무의 시간은 인간의 시간과 다르다'는 말로 끝나고 있었는데, 그 시간이 어떻게 다른지는 설명하지 않았다. 모든 개별적 나무와 개별적 존재가 겪어내는 시간이 제가끔 다른 것이라면 사람은 누구를 만날 수 있을 것인가. 나는 숲 해설사 이나모에게 그걸 물어보고 싶었다.

—거참, 그렇겠구만, 그렇겠어. 그러니 원, 말을 걸 수가 없겠구만……

그가 해설을 마치자 아내를 부축하고 있던 노인이 그렇게 중얼거렸다.

—말을 걸 수가 없겠어. 그럼 소리라도 들어야지.

노부부는 굵은 백양나무 밑동에 귀를 붙이고, 물을 빨아올리는 나무의 소리를 들었다. 숲 해설사 이나모도 나무 밑동에 귀를 붙였다. 누구나 마찬가지겠지만, 여생의 날이 많지 않은 사람들이었다. 나무에 귀를 대고 있는 세 사람은 죽어서 나무 속으로 들어가서 나무줄기의 맨 가운데 목질부를 이룰 것처럼 보였다. 세 사람은 오랫동안 나무에 귀를 대고 있었고, 그들의 어깨 위로 백양나무 이파리 사이로 흔들리는 빛의 파편들이 내려앉았다.

해가 내려앉자 지팡이를 짚은 노부부는 돌아갔고 숲 해설사

이나모는 퇴근했다. 시간이 수액처럼 백양나무 속을 흐르면서 나무의 색깔을 바꾸어놓았다. 저녁햇살을 받는 백양나무 이파리는 초록의 이파리로 석양의 붉은색을 튕겨내면서 반짝였다. 백양나무는 혼자서 어두워지는 저녁을 맞고 있었는데, 나무는 혼자 있어도 혼자가 아니고 혼자 있다거나 더불어 있다거나 하는 말이 적용되지 않았다. 그날 이후로 숲 해설사 이나모는 숲에서 볼 수 없었다.

숲 해설사 이나모는 초가을에 죽었다. 한동안 숲속에서 보이지 않더니 그가 죽었다는 소식이 수목원 게시판에 실렸다. 그는 읍내 아파트에서 혼자서 자다가 심근경색의 발작으로 숨졌다. 숨지기 전에 몸을 뒤틀며 방바닥에서 뒹군 흔적이 남아 있었다. 읍내 보건소 부설 장례식장에서 삼일장을 치른다고 게시판에 적혀 있었다. 관람 온 노부부와 함께 나무에 귀를 대고 있던 그의 모습이 떠올랐다. 그때, 그는 이미 세상을 떠나고 있었던 것 같았다. 아파트 빈방에 육신을 버리고, 자등령 너머의 숲속, 그가 말한 대로, 인간의 시간과 섞이지 않는, 내용이 다르고 전개방식이 다르고 작동원리가 전혀 다른, 낯선 나무들의 시간이 흐르는 숲의 어둡고 깊은 가장자리 쪽으로 그는 지팡이를 끌며 가고 있을 것이었다.

나이든 직원들이 그의 장례에 부의금을 보탰다. 나는 그와 말 한마디 나누어본 적이 없었으므로 부의금을 내지는 않았다. 수목원 게시판에 그의 부고가 붙던 날 아침에 나는 약용식물을 관찰하러 숲속으로 들어갔다. 노루풀이라는 식물이 떠돌고 헤매려는 마음을 붙잡아서 달래주는 효능이 있다고 해서 오랫동안 들여다보았지만, 그 효능의 표정은 보이지 않았다.

어젯밤에 죽은 숲 해설사 이나모가 귀를 대고 있던 그 백양나무는 약용식물단지 입구에 서 있었다. 백양나무는 같은 자리에 서 있어도, 시간에 따라서 그 나무껍질의 색깔과 이파리의 떨림의 질감이 달라서, 나무의 시간은 인간의 시간과는 다르다는 숲 해설사 이나모의 말이 아주 틀린 말은 아니었다. 이나모는 죽었고, 이나모가 귀를 댔던 백양나무 껍질에서 이나모의 생애는 하얗게 지워져 있었다. 전방 사단의 부사관 생활 삼십 년, 잔반 배달업 십오 년, 숲 해설사 십여 년이 그의 약력이었는데, 그 생애가 처음부터 존재하지 않았던 것처럼 백양나무는 다른 시간 속에 서 있었다. 시간이 서로 다르다는 그의 말은 역시 틀린 말이 아니었다. 백양나무에 귀를 붙이고 있는 이나모를 보았을 때, 나무 한가운데의 목질부에 그의 죽음이 있고, 그가 죽을 자리를 찾아서 가고 있다는 느낌을 받았는데, 멀고 희미했던 그 느낌도 결국 아주 동떨어진 것은 아니었다.

저물 때, 숲은 낯설고, 먼 숲의 어둠은 해독되지 않는 시간으로 두렵다. 저물 때, 모든 나무들은 개별성을 버리고 어둠에 녹아들어서, 어둠은 숲을 덮고 이파리들 사이에 가득 찬다. 나무와 나무 사이에 빛이 사윈 자리에 어둠이 내려앉았다. 초저녁에 가루처럼 내려앉던 어둠은 이윽고 완강하고 적대적인 암흑으로 숲을 장악했다. 어둠 속에서 나무들은 깊고 젖은 밤의 숨을 토해냈고 오래전에 말라버린 낙엽과 짐승들의 똥오줌도 밤에는 냄새로 살아났다. 숲의 시간은 인간의 시간과 다르다는 이나모의 말은 저무는 숲에서 증명되는 것인데, 어두워지는 숲은 그 숲을 바라보는 인간을 제외시키는 것이어서, 어두워지는 숲에서는 돌아서서 나오는 수밖에는 없었다.

저무는 숲에서 돌아설 무렵에 김민수 중위가 전화를 걸어왔다. 숲 해설사 이나모의 빈소가 읍내 장례식장에 마련되었는데, 문상을 와달라는 부탁이었다.

—그분과 전혀 안면이 없으셨던가요?

—숲 해설하는 걸 멀리서 본 적이 있어요.

—그 정도면 문상할 수 있는 인연 아닙니까.

중위가, 말솜씨가 늘었구나 싶었다. 중위가 또 말했다.

—좀 와주십시오. 저도 지금 빈소에 와 있습니다. 빈소가 너무 쓸쓸해요. 꼭 나무가 죽은 것 같아요.

그날 저녁, 나는 김중위의 요청대로 이나모의 빈소에 문상갔다. 그가 인간의 시간과 다른 시간이 있다는 걸 가르쳐준 사건만으로도 그의 죽음을 전송할 인연은 충분할 것 같았다. 문상할 수 있는 인연이라는 김중위의 말은 결국 틀리지 않았다.

김중위는 빈소에 먼저 와 있었다. 김중위도 고인과 아무런 인연이 없었다. 고인이 군부대 잔반 배달일을 그만둔 지 십여 년이 넘었지만 고참 지휘관들은 옛 부사관인 그를 기억하고 있었다. 김중위는 부대의 부의를 모아서 전하러 빈소에 왔다가 나를 전화로 부른 것이었다.

보건소 부설 장례식장은 읍내 시외버스 터미널 옆에 있었다. 해바라기미술학원 맞은편이었다. 학원 문짝에 붙어 있던 '최선을 다하는 선생님이 되겠습니다. 이옥영'이라는 포스터는 떨어져나가고 없었다.

장례식장에는 서너 건의 초상이 들어와 있었다. 술 취한 문상객들이 장례식장 마당에 화투판을 벌여놓고 고함을 질렀다. 이나모의 빈소는 지하 일층이었다. 내려가는 계단에서 지린내가 났다. 빈소마다 모기향을 피워서 숨이 막혔다. 영정사진 속에서, 숲 해설사 이나모가 사진틀 너머로 이승을 내다보고 있었다. 그는 눈동자가 컸고 멀리 보는 시선이 헐거웠다. 그 시선으로 그는 닿을 수 없는 숲속의 시간을 더듬으며 살아왔을 것이다. 그는 죽은 지 얼마 되지 않아서 아직도 이승을 기웃거리고 있었다.

영정 앞에는 고인과의 혈연을 알 수 없는 늙은 여자와 삼십대 사내가 서 있었다. 고인의 장지가 먼 남쪽 지방으로 고지된 걸로 봐서 그들은 멀리서 온 사람들이었다. 그들의 얼굴에는 슬픔이나 상실의 표정이 없었다. 이나모의 옛 거래처였던 축산업자 몇 명이 문상객의 전부였다.

김민수 중위는 그 빈소 앞에서 어정거리다가 나를 맞았다.

—오시라고 해서 죄송합니다. 너무 썰렁해서 그랬어요.

나는 대답했다. 왜 그런 말이 나왔을까.

—잘하셨어요. 돌아가신 분을 생시에 몇 번 뵀거든요.

김민수 중위는 위관장교의 여름 예복을 입고 있었다. 무장하지 않은 그의 모습을 그날 처음 보았다. 카키색 반팔 와이셔츠에 감색 넥타이를 매고 있었다. 바지에 다리미 줄이 선명했고 구두가 빛났다. 가슴에는 '김민수'라고 적힌 이름표가, 어깨에는 육군 중위의 계급장이 달려 있었다. 마름모꼴 두 개를 붙여놓은 중위 계급장에서, 문득, 귀염성이 느껴졌다. 마름모꼴 두 개는 한 개를 두 번 겹쳐놓은 중첩의 결과물이 아니라, 둘이라는 독자적인 풍경을 펼쳐놓고 있었다.

김민수 중위가 영정 앞으로 나가서 향에 불을 붙였다. 그가 뒷걸음질로 물러나서 영정을 향해 절했다. 그의 머리가 바닥에 닿을 때, 엉덩이며 허벅지의 선이 도드라져 보였다. 나는 그를 따라서 이나모의 영정에 절을 했다. 영정 속에서, 숲 해설사 이나모는 인간의 시간과는 다른 시간이 흘러가는, 숲을 향해 떠날 채비를 하고 있었다. 김민수 중위를 따라서 나는 영정을 향해서 두 번 절했다. 그리고 무표정하게 서 있던 유족들을 향해 절했다. 유족들이 맞절로 받았다. 유족들은 고인과 오랫동안 떨어져 살아서, 고인의 죽음이 이미 낯설지 않은 듯싶었다. 죽음이 아니라, 낯모르는 문상객을 맞아야 하는 자리를 그들은 더욱 낯설어하고 있었다.

그날, 김민수 중위와 나는 아무런 인연도 없는 숲 해설사의 죽음을 문상했다. 김중위가 말했듯이, 빈소가 썰렁하다는 이유 때문이었다.

아무런 인연 없는 존재의 죽음을 함께 문상한 것이 나와 김민수 중위의 인연의 발단이었던 것일까. 아마 그랬을 수도 있었다. 내가 그렇기를 바라고 있었던 것은 아니지만 죽은 이나모 해설사의 빈소가 썰렁했기 때문에 나를 불러야겠다는 김민수 중위의 생각에는 인연의 싹이라고 할 만한 것이 들어 있는 것이 아니었을까. 그리고 숲 해설사 이나모가 죽기 며칠 전에 백양나무에 귀를 대고 있는 모습을 내가 보았으므로, 전혀 인연이 없지는 않을 것이었다.

그날 청년장교 김민수 중위의 군복은 아이들의 설빔처럼 단정했고 빳빳했다. 그날, 짧고 어설픈 문상절차를 끝낸 뒤, 나는 김민수 중위와 함께 읍내로 나왔다. 저녁에서 밤으로 건너가는 시간이었다.

22

읍내 중국음식점은 외출나온 군인들로 붐볐다. 불결한 식당이었다. 천장에서 늘어진 파리끈끈이가 선풍기 바람에 흔들렸고 거기에 들러붙은 파리들이 덜 죽어서 앵앵거렸다. 음식을 나르는 남자종업원은 껌을 씹었고 그릇을 쥔 엄지손가락이 짬뽕 국물에 잠겨 있었다.

김중위와 나는 구석자리에 마주 앉았다. 식당 안에 여자 손님은 나뿐이었다. 술을 마시던 군인들이 내 쪽을 힐끗거렸다. 김중위는 누룽지탕에 고량주를 주문했다.

—외출나온 군인들은 누룽지탕을 많이 먹습니다. 집 생각이 나니까 그렇겠지요. 이 식당에선 숭늉도 줍니다.

김중위의 말을 들으니, 병사들이란 결국 어린 사내들일 것이었다. 김중위는 식당 안의 풍경을 설명했다.

—저쪽 테이블은 휴가를 받아서 이제 막 부대를 나온 패거리입니다. 그리고 그 옆 테이블은 한 달 휴가를 마치고 오늘 자정 안에 귀대해야 하는 병사들이지요.

—그걸 어떻게 알지요?

—보면 압니다. 분위기가 다르지요. 먹새도 다르고. 휴가를 막 나온 병사들은 마구 먹는데, 휴가 마치고 귀대하는 병사들은 잘 안 먹어요. 소대장을 몇 달 하고 나면 그게 다 보입니다.

김중위는 내가 모르는 세계를 가르쳐주는 일에 신바람이 나 있는 듯했다. 병사들은 결국 어린 사내일 것이라는 나의 느낌이 그다지 빗나가지는 않았다. 김중위는 또 설명했다.

—휴가를 막 나온 병사들은 술을 마시는데, 귀대하는 병사들은 술을 많이 먹지 못합니다. 부대에 들어갔을 때 술기운이 남아 있으면 기합을 받는 수가 있어요.

종업원이 누룽지탕과 고량주를 가져왔다. 누룽지탕은 두꺼운 누룽지에 해물과 야채를 넣고 끓인 음식이었다. 누룽지가 불어서 국물은 죽처럼 걸쭉했고, 조개 비린내가 역했다. 테이블마다 군인들이 땀을 흘리며 누룽지탕을 퍼먹고 있었다. 나는 김중위에 이끌려 병영의 한복판으로 들어온 느낌이었다.

김중위가 내 잔에 고량주를 따르고 자신의 잔에도 술을 따랐다.

—빈소에 와주셔서 고맙습니다.

—상주도 아니면서 그런 말씀을 하세요?

김중위가 희미하게 웃었다. 식당 안쪽 룸에서 회식하는 병사들이 젓가락으로 밥상을 두들기며 노래불렀다.

오늘은 어디 가서 신세를 지고
내일은 어디 가서 땡깡을 놓나
마시고 부수고 때리고 튀어라
헤이 삐빠리빠, 헤이 삐빠리빠

김중위가 말했다.

—돌아가신 분을, 제가 숲속에서 멀리 본 적이 있었어요. 빈소에 와보니까, 너무 쓸쓸해서 오시라고 했습니다.

죽은 이나모와 김중위의 인연은, 이나모와 나의 인연과 다르지 않았다. 죽은 이나모는 가족들과 오래전부터 별거해왔지만, 군부대 잔반 배달일을 할 때부터 버는 돈의 거의 전부를 가족들에게 보내주었다고, 김중위는 사단의 고참 부사관들한테서 들은 얘기를 나에게 전했다.

—꼭 늙은 나무처럼 보였어요. 나무는 씨를 퍼뜨려서 번식

해도 그게 자식은 아니잖아요.

멀리서, 병든 아버지가 더위에 숨이 막혀 가슴을 쥐어뜯으며 혼자서 죽어가는 환영이 떠올랐다. 덜 죽은 아버지가 그보다 먼저 죽은 할아버지의 폐마 좆내논을 타고 어머니의 꿈속으로 들어가고 있었다. 꿈속의 지평선 쪽으로 폐마는 절뚝거리며 가고 있었다. 몸속에서 조바심이 끓어올랐지만, 그 자리에서 집으로 전화를 걸어볼 수도 없었다. 안쪽 룸에서 회식하는 병사들이 또 노래불렀다. 노랫소리는 식당 안을 울렸다. 병사들은 두 패로 나뉘어 엇박자로 젓가락 장단을 때렸다.

영자의 배때기는
한강수의 나룻배야
이놈도 올라타고
저놈도 올라탄다
앗싸, 사이 사이 사이

종업원이 병사들에게 조용히 해달라고 말했다. 이런 개새끼, 지금 놀고 있는데 조용하게 됐냐, 이 새끼야. 도 닦으러 술집에 앉아 있는 줄 알아. 야, 병장 계급장이 안 뵈냐. 병장이 종업원에게 짬뽕 국물을 끼얹었다.

김중위가 말했다.

—죄송합니다. 이런 데서는 장교도 사병을 통제하기가 어렵습니다.

김중위가 제법 군인다운 말을 하고 있었다. 나는 엉뚱한 말로 대답했다.

—저도 돌아가신 분을 나무 사이로 뵈었어요. 빈소에 오니까, 썰렁해서 오길 잘했다는 생각이 들었어요.

김중위와 나는 인연 없는 사람의 죽음을 이야기함으로써 어색함을 비켜가고 있었다. 낙엽만 긁어도 백골이 나오는 자등령의 산악으로 그가 나를 끌고 들어간 것과 죽은 이나모의 썰렁한 빈소로 나를 불러들인 것은 인연 없는 것들을 잡아매어서 인연의 실마리를 만들어가는 일이 아닌지를 생각하면서, 나는 그가 따라준 고량주를 마셨다. 술이 식도를 찢으며 내려가서 깊이 스몄다.

—그렇게 말씀하시니 고맙군요.

라고 말하면서 그가 눈을 들어서 나를 쳐다보며 웃었다. 그의 눈은 젖어 있었다. 그의 눈의 물기가 내 눈에 보이는 까닭은 내 눈에 멀리서 다가오는 술기운이 어른거리기 때문인가. 그의 눈의 물기가 나의 시선에 느껴졌는데, 시각이 아니라 손으로 더듬는 촉각처럼 내 몸에 와 닿았다. 그의 눈은 세상을 내다보는 기관이라기보다는, 그보다 먼저, 자기 자신을 드러내 보여주는 창문처럼 보였다. 자등령의 숲처럼, 시화평고원의 노을과 강처럼, 멀고 아득한 세상이 그 창문의 안쪽으로 펼쳐지고 있었다. 막연하고 종잡을 수 없는 것들이, 그 막연함 자체가 돌연 구체성과 사실감의 무게로 다가오는 사태는 환각이 아니라 내 눈앞에서, 테이블 건너편에서 살아 있는 사실이었다. 그가 세상을 내다보는 창문으로 나는 그의 안쪽을 들여다보고 있었다. 그러하되, 내 눈에는 그의 안쪽이 모두 보이는 것이 아니라 그의 눈만이 보였는데, 그 눈의 안쪽의 세상이 내게로 다가오고 있었다.

나를 쳐다보는 그의 눈을 내가 보았을 때, 얼마 전 흐린 날 아침에 숲속의 물안개 속에서 피어 있던 도라지꽃이 생각났다. 보라색 꽃은 물안개 속에서 몽롱했고 또 실제의 거리보다 훨씬 멀어 보여서 원근감을 파악할 수 없었는데, 그 꽃은 나를 향해서 피어 있는 것처럼 보였다. 고개를 숙이고 핀 꽃들도 내 쪽을 향해 피어난 것으로 나에게는 보였다. 그것이 꽃과 꽃을 바라보는 사람 사이의 관계의 미망迷妄이라고 할 수도 있겠지만, 내 밖에서 나와는 아무런 인연도 관계도 없었던 무연고한 사물을 돌연 내가 맞상대해야 할 내 눈앞의 당면 현실로 바꾸어놓는, 말하자면 멀고 무관한 삼인칭인 '그'를 내 눈앞의 이인칭인 '너'로 바꾸어놓는 이 지울 수 없는 구체성을 어떻게 미망이라고 할 수가 있을까.

그는 키가 컸고, 허리가 길어서 앉은키도 컸다. 테이블 건너편에서 그의 눈은 나의 시선보다 좀 높은 위치에 떠 있었다. 그래서 그의 시선은 내 전신에 와 닿았고, 시선으로 나를 적셨다. 젖은 날의 도라지꽃이 나를 향해 피어 있듯이 그의 시선은 '나를 향해서'가 아무래도 맞는 말일 것이었다.

폭설이 쏟아지던 날, 그가 나를 지프에 태워서 수목원까지 데려다주던 날, 철모와 권총과 대검에서 쇠 비린내를 풍기던 그에게, 지프 운전석이 좁아서 허리를 구부리고 앉았던 그에게, 키가 참 크시군요, 라고 말해주고 싶었던 충동이 내 마음 속에서 살아났다.

키가 참 크시군요, 이 싱겁고 우습고 무내용해서 하나 마나 한 한마디를 왜 그토록 다급하게 말해주고 싶었는지 모르겠다. 그 말이 삼인칭에서 이인칭으로, 그 아득한 벌판을 건너온 사람에게 해주는 환영 또는 확인의 언표일 수가 있을까. 오히려 그 말은 대상이 없는 허공을 향해서 보내는 무인칭의 말이거나 또는 내가 나를 향해서 중얼거리는 일인칭의 말이 아닐까.

허술하고 힘든 그 한마디를 나는 소리내서 말했다.

—키가 참 크시군요.

—군인은 키가 크면 총에 맞기 쉽습니다. 훈련받을 때, 넌 일어서지 말고 늘 엎드려서 쏘라고 교관이 그랬어요.

거기서 말이 끊겼다. 내 허술하고도 다급한 말은 결국 그에게 전달되지 않았다. 그는 다시 삼인칭으로 돌아간 것일까. 나는 그의 큰 키에 대하여 더이상 말을 이어나갈 수 없었다. 다행히도, 그가 다른 말을 꺼냈다.

—뼈 그림 맡아주셔서 고맙습니다. 11월 말까지 두 점을 제출해주십시오. 저는 12월에 제대합니다.

유해발굴단은 우기에는 작업하지 않았다. 그의 부대는 사단 사령부에 대기했고, 그동안 그는 사단 정훈참모부의 심부름을 하고 있었다. 유해발굴작업은 9월 초에 다시 시작해서 11월 중순까지 계속되는데, 전방 고지에 추위가 일찍 와서 땅이 얼고 눈이 내리면 작업은 그전에 끝날 수도 있다고 김민수 중위는 말했다. 그리고 이번 가을의 발굴작업이 그의 군생활의 마지막 임무이고, 그는 12월 중순에 제대할 예정이었다.

—A4용지 두 장 크기로 해주세요. 한 점은 뼈토막과 단면이고 또 한 점은 일괄 유골이 흙 속에서 드러나는 모습입니다. 저번에 현장을 보셨지요? 연필로 그려주시면, 코팅해서 보존처리하겠습니다. 저는 12월 중순에 제대합니다.

그는 제대 날짜를 거듭 말했다. 12월 중순이면, 자등령과 시화평고원이 눈에 덮이고 능선의 뼈들과 뼛구멍 사이의 개미들도 눈에 덮일 터인데, 김민수 중위는 군복을 벗고 도시로 돌아갈 것이었다. 그리고 다시 눈이 녹으면, 그의 후임 장교들이 능선을 뒤져서 뼈를 찾을 것이었다.

—뼈 그림은 느낌을 사실적으로 그려주십시오. 발굴단장님의 요청입니다.

꽃과 나무를 세밀화로 그릴 때, 대상과 나 사이를 가로막는 장애들이 떠올랐다.

—어려운 부탁이군요. 느낌은 주관적인 것인데……

—그러니까, 사진이 아니라 화가에게 부탁하는 겁니다. 느낌을 사실적으로 그려야, 보는 사람이 그게 뭔지를 알겠지요.

—말씀의 뜻은 알겠는데, 솜씨가 따라갈는지……

—죽은 뼛구멍 속이 살아 있는 것처럼 그려주십시오.

—어느 쪽 뼈를 그릴까요? 양쪽 뼈가 다 나오던데…… 뒤섞여 있는 것들도 있고……

그가 잔을 들어서 마셨다. 그의 눈에 취기가 어려서, 취기 어린 눈이 나에게로 가까이 오고 있었다. 그가 말했다.

—뼈야, 이쪽저쪽이 다 같을 테니까…… 그게 이쪽인지 저쪽인지 그림에 표가 나지는 않겠지요. 하얀 뼈니까요.

—그림은 용도가 뭐지요?

—기록 보존용입니다. 전사 편찬에도 쓰일 겁니다. 전시도 하구요.

안쪽 룸에서, 술 취한 병사들이 합창으로 노래했다. 병사들의 노랫소리는 유흥이라기보다는 악다구니였다. 군가와 음가淫歌를 번갈아가며 불렀다. 삶을 견디는 것은 저렇게 힘들고 쓸쓸한 일이었다. 더러운 식당이었다. 나는 그 악다구니 속에서, 김민수 중위와 마주 앉아 있었다. 그가 말했다. 그의 말은 술 취한 병사들의 고함소리에 묻혀서 잘 들리지 않았다.

—전 군대 운이 없었어요. 임관되자마자 전방 사단으로 와서 안 해본 게 없어요. GP장, 수색대, 통문소대, 정훈참모부, 그리고 유해발굴단까지……

그는 술 취한 병사들의 악다구니가 귀에 들리지 않는 듯했다. 그는 테이블 건너편에 앉은 나와, 그리고 자신의 이야기에 집중해 있었다.

그는 군대생활의 고달픔을 나에게 말하고 싶어하는 눈치였다. 전쟁에 끌려가서 만신창이로 망가진 사내가 창과 방패를 끌고 고향에 돌아와서 가슴이 깊게 파인 드레스를 입은 여자의 품에 무릎을 꿇은 자세로 안겨 있는 유럽 중세의 청동조각 작품이 생각났다. 미대 다닐 때, 유럽미술사 시간에 배운 도록의 사진이 그 난잡한 식당의 소음 속에서 내 마음에 떠오른 것은 아마 김민수 중위가 소음에 아랑곳 않고 자신의 이야기에 집중해 있었기 때문일 것이었다.

—수색소대장 할 때 겨울에 병사들과 함께 매복을 들어간 적이 있었어요. 거기서, 저녁때 다듬이질 소리를 들었어요. 북쪽에서 건너오는 다듬잇방망이 소리지요. 환청인지도 모르지만……

—다듬잇방망이 소리요?

—네, 초겨울에 집집마다 옷감 두들기는 소리 말이에요.

—그게 거기까지 들리나요?

—구덩이 속에 들어가서 야생동물처럼 웅크리고, 조준경 너머로 저쪽 산하를 들여다보면서 밤을 새우는 거지요. 영하 이십 도에 몸이 얼어붙어서 감각이 마비되는데, 마비된 감각이 더욱 쑤시지요. 시간이 적이고 시간이 원수인데, 별들은 크고 또렷하지요. 그 밤에 저쪽 너머에서 다듬이질 소리가 들렸지요. 작지만 또렷했어요. 두어 집이 같이 하는지, 박자를 이룬 소리였지요. 환청인가 싶어 힘을 모아서 귀를 기울였더니 소리가 끊겼어요. 다듬이질 소리를 들으니까, 눈물이 나더군요. 왜 그랬을까요? 환청이었을까요?

—분명히 들었다면서요?

—가얇고 투명한 소리였어요. 공기가 차고 맑아서 멀리까지

건너왔겠지요. 아직도 저쪽에 다듬이질하는 사람들이 있을까요? 아마 환청이었겠지요. 초병들은 긴장해서 별 소리가 다 들리거든요.

—눈물이 났다니까, 환청은 아닐 테지요. 환청이라 하더라도 마음속에서는 실제의 소리와 마찬가지였겠지요.

—그런데, 그게 왜 눈물이 나지요? 군인이 덜 되어서 그런가?

—인기척이기 때문일 거예요. 눈보라나 대포 소리와는 다르니까요. 그 안에 사람을 부르는 신호가 들어 있잖아요.

김중위와 나는, 인연 없는 사람의 죽음을 문상하는 자리에서 만나서 저녁을 먹었고, 시화평고원 저쪽의 인연 없는 마을에서 날아온 인연 없는 사람들의 다듬이질 소리를 말하면서 술을 마셨다. 술 취한 병사들의 악다구니 속에서, 뼛조각이 낙엽처럼 널린 고원과 능선을 건너오는 다듬잇방망이 소리가 내 귀에도 들리는 듯싶었다. 술기운이 올라서 김중위의 눈이 충혈되었다. 충혈된 눈은 뜨거웠고 더욱 가까이 다가와 있었다. 그가 말했다.

—그게 사람이 낸 소리는 틀림없었지만 그 안에 사람을 부르는 신호가 들어 있을까요, 신호가?

나는 대답할 수 없었다. 꽃과 나무와 능선의 뼛조각과 그리고 인연 없는 사람들이 보내오는 그 종잡을 수 없는 신호를 받아들여서 종이 위에 그려내는 것이 나의 일이었지만, 나는 그 말을 김중위에게 해줄 수가 없었다. 그 말은 깊은 곳에서 눌려 있어서 입밖으로 나오지 못했다.

—제대한 후에도 저 뼛조각과 다듬잇방망이 소리가 나를 따라올 것 같아요. 난 곧바로 취직해야 하는데……

그날, 김중위는 내 아파트까지 나를 데려다주었다. 함께 택시를 타고 내가 먼저 내렸고 김중위는 읍내 군인회관에 가서 잤다. 택시 안에서, 그가 말했다.

—여기선 얼마나 계실 겁니까?

—알 수 없지요. 계약직이거든요.

—여긴, 오래 있을 곳이 못 됩니다. 전방은 군인들도 힘들지요. 전 눈 올 때면 떠납니다.

—저도 그때쯤이면 재계약해야 될 거예요. 그럼도 대충 끝날 거고.

거기까지 말하고 나니까, 김중위와 내가 이 자등령 산악을 떠날 날을 공모하는 것처럼 들렸다. 내가 택시에서 내릴 때 그가 말했다.

—뼈 그림은 11월 말까지입니다.

그가 나에게 거수경례를 보냈고, 나는 눈인사로 받았다.

23

가을의 과제는 서어나무였다. 과제를 정하던 날 안요한 실장은,

—어려울 거야. 꽃과는 전혀 다르지. 나무의 전체는 잘 보이지가 않아. 서어나무는 잎이 많아서 보기가 더 어렵지.

라고 말했다.

서어나무는 자등령 일대의 산악에서 극상림의 군집을 이룬 수종이었다. 자등령 일대의 햇볕과 비바람과 눈보라 속에서 서어나무는 전성기를 누리고 있었다. 서어나무는 자등령의 토양과 기후와 더불어 오랫동안 평안했고 다른 수종들이 그 권역을 넘보지 못했다. 넓은 잎이 많이 달려서, 능선에 널린 뼈들을 덮은 나뭇잎은 대부분이 서어나무의 낙엽이었다.

나뭇가지에 아직 잔설이 남아 있는 초봄에 서어나무는 핏빛처럼 새빨간 순을 내밀었다. 새순이 아니라 단풍을 먼저 내미는 나무 같았다. 나무 안에 그렇게 새빨간 것들이 가득 차 있다가 봄이 와서 물이 도니까 밖으로 비어져나왔다. 겨울에 온 산에 눈이 내리듯이 초봄에 온 자등령 숲에는 서어나무의 새빨간 순이 돋아났다. 그 새빨간 순이 연두색의 이파리로 변해가면서 서어나무는 여름을 맞는다. 윤기 흐르던 여름이 지나면 서어나무의 잎들은 빨강에서 흰색에 이르는 모든 색을 드러내면서 가을볕 속에서 바스락거린다. 안요한 실장은 또 말했다.

—가을나무에 물기가 빠지면서 나무가 색깔을 뿜어내는 걸 그려야 하니까…… 우선 잘 들여다보아야지.

가을이 깊어지고 바람이 불어서 나뭇잎이 절반쯤 떨어진 날, 서어나무는 겨우 조금 보인다. 헐거워진 줄기에서 옹이진 가지가 드러났고 흔들리는 잎들 사이에서 빛과 그림자의 입자들이 바람에 섞였다. 헐거워지니까 안쪽이 겨우 보였다. 색을 섞어서 지금까지 없었던 전대미문이며 전인미답의 색을 만들어낼 수 있다고 하지만 가을의 헐거운 서어나무는 이파리 한 개마다 색에서 색으로 건너가는 색의 바다를 펼쳤고, 메말라서 드러난 잎맥이 그 바다의 자오선처럼 색들의 계통을 거느리고 있었다. 접시 위에서 색을 섞어서 감당할 수 있는 일은 아니었다. 가을의 며칠 동안 나는 잎들이 바람에 불려가서 날마다 조금씩 가벼워지는 서어나무의 안쪽을 들여다보았다. 능선 위의 백골들도 또 한번의 가을을 맞아서 마른 서어나무 잎에 덮일 것이었다.

서어나무를 그릴 때, 점차 헐거워지는 나무 안쪽의 빛과 그림자부터 그려서, 바깥쪽으로 붓을 끌고 나오자는 계획을 세워놓고 나는 조금씩 연필을 움직였다. 가을의 시간들은 가볍게 증발했다.

10월 중순부터 아이들 미술지도를 시작했다. 화요일과 금요일 저녁에 아이들 세 명이 내 아파트로 왔다. 안요한 실장의 아들 신우와 발전소 직원의 자녀 두 명이었다. 가을 속으로 헐거워져가는 서어나무의 안쪽을 들여다보다가 아파트로 돌아와서 아이들이 크레파스나 색연필로 종이 위에 문질러놓은 선을 들여다보면, 아직 세상에 태어나지 않은 희미한 선들이 실타래처럼 엉켜 있다가 갑자기 내 눈앞으로 들이닥친 느낌이었다. 나는 아이들이 나무토막이나 조개껍데기, 토끼나 강아지 같은 짐승, 또는 사람의 신체부위를 손으로 만지고 주무르고 쓰다듬고 혀로 핥거나 입으로 빨 때의 느낌을 귀하게 여겨서 온전히 간직하기를 바랐다. 촉각과 시각과 청각, 그리고 가능하다면 미각까지도 모두 합쳐진 상태에서 크레파스와 색연필을 움직여나가기를 바랐다. 유자 껍질이나 돼지비계, 옥수숫잎을 오랫동안 침착하게 만져보도록 아이들에게 당부하고 싶었다. 그 아이들의 시각이 몸 전체의 관능으로부터 분리되지 않기를 나는 바랐다. 미술대학에서 공부할 때 나는 붓을 쥐는 나 자신의 감각이 그처럼 종합적이고 신체적인 것이기를 바랐는데, 아이들이 그런 감각을 갖기를 내가 소망할 수는 있지만, 그 감각을 아이들에게 가져다줄 수는 없었다.

학교를 그만둔 신우는 아침마다 아버지 안요한 실장을 따라서 수목원에 왔다가 저녁때 돌아갔다. 통근버스 안에서 아침저녁으로, 캥거루 부자라는 별명이 붙은 그 아버지와 아들을 볼 수 있었다. 신우는 아버지 옆자리에 앉아서 고개를 돌려 창밖을 내다보다가 이따금씩 손가락으로 유리창에 무언가를 그렸다. 나는 늘 통근버스 뒷자리에 앉아서 그 아버지와 아들의 뒤통수를 바라보았다. 가마 둘레에 머리카락의 회오리까지도 아버지와 아들은 닮아 있었다. 그렇게 닮은 두 개의 뒤통수에서, 바닥이 없는 결핍이 느껴져서 나는 때때로 시선을 돌렸다. 그 부자에게 아내이며 어머니인 여성의 존재가 없기 때문이었을까. 아마 그렇기도 했겠지만, 그 닮은꼴 부자의 결핍은 생명으로 태어난 것들의 근원적인 결핍이어서, 본래부터 결핍 속에서 태어나서 거기에 익숙해진 사람은 그 결핍에 젖어서 살 수는 있지만 그것을 감지할 수는 없었고, 그들 부자의 결핍은 그 결핍을 인식하는 능력조차 결여된 결핍이었다. 그리고 한 개의 생명이 아니라, 거기서부터 유전적으로 파생되어나온 또 다른 생명이 그 결핍의 운명을 답습함으로써, 그 결핍은 완성되어 있었다. 그것이 그 아버지와 아들의 닮음이었다. 야생하는 짐승이 혼자서 감당해야 하는 우기와 건기, 얼어붙는 밤과 찌는 대낮의 시간들, 다른 개체나 다른 종족들과는 소통되지 않는 시간들이 그들 부자의 생명 속을 흘러가는 모습이, 닮은 두 개의 뒤통수 가마 둘레에 어른거려 보였다.

너 몇살이니? 너 학교 안 다녀? 너 오늘 뭐 할 거야? 라고 수목원의 젊은 여직원들이 말을 걸면, 신우는 뒤로 물러서며 대답하지 않았다.

대답하지 않고, 신우는 겁먹은 눈을 크게 뜨고 상대방을 천천히 들여다보았다. 그때 신우의 눈은 외계에 대해서 방어적이었지만 무방비하게 열려 있었다. 외계의 이물異物이 전혀 섞여 있지 않은 그 아이의 눈은, 창세기의 아담이 피조된 첫날 세상을 보듯이, 저것은 대체 무엇이고 저것은 지금 왜 내 눈앞에 있는 것인가, 하는 시선으로 상대방을 들여다보았다. 그 아이의 눈에 두려움이 점점 크게 자리잡으면서 아이는 몸을 뒤로 물렸고 그리고 돌아섰다. 그것이 신우의 응답이었다. 여직원들은 신우에게 더이상 말을 걸지 않았다.

지나고 나서 하는 말이지만, 그림 공부를 시켜서 신우의 자폐적 정서를 치유해보겠다는 생각은 무리한 일이었고, 될 일이 아니었다.

—선생님은 안 죽을 거지요? 무서워요.

라고, 그림지도를 시작한 첫날, 발전소 직원의 딸아이가 나에게 말했다. 미술지도의 앞날이 순탄치 못할 것임을 나는 예감했다.

'최선을 다하는 선생님이 되겠습니다' 던 해바라기미술학원장 이옥영의 자살로, 그림을 지도하는 여자 선생은 아이들의 공포의 대상이 되어 있었다. 웬 신원불상의 사내가 홀로 현장에 나타나 부검이 끝난 이옥영의 시신을 앰뷸런스에 싣고 남쪽으로 내려갔다고 한다. 이옥영의 죽음은 더이상 추적되지 않았고, 경찰도 자살의 동기를 밝히지는 못했다. 자살의 동기란 본래 밝혀질 수 없는 것일 수도 있었다. 민통선 마을에 와서 이옥영의 죽음과 관련된 이야기를 들었을 때, 자살은 그 여자의 최선이었으리라는 생각이 들었다. 미술학원 문에 붙어 있던 해바라기 그림의 작열감이 그런 생각이 들게 했을 것이다.

—그래, 안 죽을게. 걱정 마라.

라고 나는 아이들에게 대답해주었다. 자등령 숲이 가까운 마을에서는, 일면식도 없고 옷깃 한번 스친 적도 없는 것들이 내 생애의 먼 변방을 잠식해들어오고 있었다. 그렇게 해서 아이들에게 나는 자살한 이옥영의 후임으로 인식되고 있었다.

미술지도를 받는 날, 아이들은 저녁밥을 먹고 나서 내 아파트에 모였다. 저녁에 아파트로 돌아와서 밥에 물을 말아서 장조림과 오이지로 저녁을 먹을 때, 아파트 옆동에서 안요한 실장 부자도 저녁밥을 먹고 있을 것이었다. 저녁식탁에 마주 앉은 그들 부자의 모습이 눈앞에 떠올라서 나는 밥을 넘기기가 안쓰러웠다. 꼭 닮은 두 부자가 마주 앉아서 밥을 먹고 있을 모습에는 근원적인 결핍이 깔려 있을 듯했다. 나는 그들 부자의 저녁식탁에 초대되어서 마주 앉는 일이 없기를 바랐다. 신우는 저녁밥을 먹고 나서 내 아파트로 왔다.

—밥 먹었니? 아빠랑 같이 먹었어? 반찬은 뭐였지?

라고 내가 물으면 신우는 대답하지 않고 뒤로 물러섰다. 그때, 신우는 눈을 들어서 나를 쳐다보았는데, 신우의 시선은 내 질문을 열적게 만들었다.

발전소 직원의 자녀 두 명은 나에게 오기 전에 미군부대에 근무하는 군무원에게 가서 영어회화를 배웠다.

—하우 아 유, 마이 프렌드?

라고, 아이들이 영어로 수작을 걸어도 신우는 대답하지 않았다. 신우의 귀에 세상의 소리가 어떤 음향으로 들리는 것인지를 신우에게 물어볼 수는 없었다.

선을 그리고 원을 그리고, 크레파스를 문지르는 팔의 힘과 속도를 조절해서 색의 질감을 드러내는 연습을 하고 나서 아이들이 맞닥뜨리는 일상을 그림으로 그리는 실습을 했다. 아이들은 실제를 관찰하고 표현하기보다는 자기류의 완강한 도식과 관념에 갇혀 있었다. 개별적 사물들은 선에 의해서 외계와 구별된다는 도식을 아이들은 떨쳐내지 못했고, 그 선은 자신의 관념 속에서 존재하는 선이었다. 아이들은 도화지의 밑면을 땅으로, 도화지의 윗면을 하늘로 설정해놓고 그 사이에 사물과 생활을 배치했고, 도화지 전체를 그림이 아니라 자기류의 이야기로 채워넣었다. 그것이 예닐곱 살 무렵 유소년기의 특징적인 인식일 것이었다. 그래서 그 또래아이들에게 세상의 질감을 직접 인도해주려면 그리기가 아니라 진흙이나 밀가루 반죽을 손으로 주무르는 훈련을 시켜야 할 것이었고, 더구나 신우의 자폐적 증상을 치유하려면 사물을 주무르고 사람의 살을 주무르는 연습과 경험이 필요할 것 같았지만, 그림을 지도하는 내가 그리기를 버리고 주무르기로 넘어갈 수는 없었다.

아이들에게도, 그들 나이의 고유한 더러움은 있다. 어른에게서 옮겨온 더러움도 있을 테지만, 아이들에게 자생적인 더러움이 있는 것이다. 그 더러움은 원색적이고 본래적인 것이어서 어른들의 더러움보다 훨씬 더 가여웠다.

'우리 집 그리기'라는 주제를 놓고 그림을 그리던 날, 내 미술지도는 파탄이 났다.

발전소 직원의 두 자녀들도 모두 아파트에 살았다. 아이들은 납작하고 볼륨감 없는 솜씨로 아파트 거실의 소파며 어항을 그렸다. 남자아이가 여자아이의 그림을 넘겨다보면서 말했다.

—너네 집 몇평이니?

—우리 집 서른네 평이야.

—뭐? 우리 아빠가 너네 아빠보다 더 높은데, 왜 너네 집이 더 커?

—너네 아빠는 높아도 돈은 못 버니까 너네 집이 작은 거야.

—우리 아빠한테 일러서, 너네 아빠 혼내줄 거야. 너네 집도 뺏을 거야.

아이들의 싸움은 그렇게 시작되었다. 발전소는 지방 공기업의 방식으로 운영되고 있었다. 남자아이의 아버지는 공기업의 이사였고, 여자아이의 아버지는 부장이었다. 두 아이는 뒤엉켜서 치고받을 기세였다. 나는 남자아이를 붙잡았다. 남자아이는 힘이 세서 제압되지 않았다. 남자아이가 여자아이의 머리채를 잡아 흔들었고, 여자아이는 울면서 집으로 돌아갔다. 그날 이후로 발전소 직원의 두 자녀는 내 아파트에 오지 않았다.

신우 혼자만 그림지도하는 일은 난감했다. 신우와 마주 앉으면, 그 아버지 안요한 실장이 그 옆에 소리없이 앉아 있는 환영이 떠올랐다. 어떤 날은 신우는 없고 안요한 실장의 환영이 차가운 그림자의 모습으로 내 앞에 앉아 있었다. 신우 역시 관찰보다도 자기 나름의 도식과 몽상에 갇혀 있었다. 신우는 고요히 그 몽상에 집중했고 신우의 집중에는 타인의 지도나 간섭을 받아들일 여백이 없었다.

대상을 정해주지 않고 마음대로 그려보라고 하면 신우는 개미들의 나라를 그렸다. 아버지의 연구실, 곤충생태관에서 본 개미들이었다. 신우의 그림 속에서 개미들의 나라는 양쪽 진영으로 나뉘어 있었다. 양쪽의 개미들은 굴 속에서 줄줄이 기어나와서, 한복판에서 뒤엉켜 있었다. 개미들은 선 자세로 들러붙어 있었는데, 과장되게 긴 더듬이와 앞발로 서로를 부둥켜안고 있었다. 개미들의 나라에서 싸움을 하는지 춤을 추는지 알 수 없었다. 혀를 내밀어서 상대를 핥는 개미들도 있었다. 그림을 그릴 때, 신우의 증세는 자폐가 아니라, 자족自足처럼 보였다. 그래서, 그림으로 신우의 증세를 고쳐보자는 얘기는 성립될 수 없었다. 신우 혼자서 그림지도를 받게 되자 안요한 실장은 그만둔 두 아이의 수업료의 반액을 나에게 지급했다. 그의 월급으로는 감당하기 힘든 액수였지만, 나는 그의 사무적 태도에 안심했다. 신우의 그림 그리기는 치유의 효과가 없고 오히려 고립을 심화시키고 있다는 사실을 나는 안요한 실장에게 설명해주었다. 그의 이해는 빨랐고, 차분했다.

―그렇구만. 그렇겠어. 그럴 거야.

라면서 그는 고개를 끄덕였다. 그림지도는 두 달 만에 끝났다. 신우는 아침마다 아버지를 따라서 수목원에 왔다. 숲속에서, 혼자 노는 신우가 가끔씩 눈에 띄었다.

24

아버지의 병세는 악화되었다. 출소 후에 아버지는 어머니가 미리 마련해놓은 아파트에서 혼자서 기거했다. 아버지의 아파트는 어머니의 아파트와 멀었고, 어머니는 거의 내왕하지 않았다. 어머니는 아버지에게 간병인을 붙였다. 어머니는 아버지와 헤어지지는 못했지만, 함께 살지도 않았고, 이도 저도 아닌 상태에서도 아버지를 챙겼다. 아버지는 뇌혈관 파열로 한 차례 입원한 후 다시 아파트로 돌아왔다. 아버지는 왼쪽 팔다리가 마비되었고, 안면근육이 왼쪽으로 뒤틀렸다. 어머니가 한의사를 데려왔는데, 한의사는 아버지의 병을 풍風으로 진단했다. 풍은 그 자체가 난치병일 뿐 아니라, 또다른 병을 불러일으키는 만병의 근원인데, 여덟 가지 삿된 기운의 바람이 몸

안으로 들어와 몸 구석구석을 돌아다니면서 감추어졌던 병을 깨워 일으키므로 온갖 합병증이 따라오는 것이라고 한의사는 말했다. 한평생 몸안으로 흘러들어온 그 삿된 바람들이 나이 먹으면 핏줄로 모여들어서 뇌로 치솟아오르는데, 굳어버린 뇌혈관이 바람의 힘을 감당하지 못하고 터져서 그 고통의 여파가 전신에 미치는 것이라고 한의사는 설명했다. 풍의 고통은 이루 헤아리기 어렵고 그 증상은 수백 종이 넘는데, 아버지의 증상은 우선 왼쪽 팔다리를 바늘로 찌르는 것 같은 자풍刺風에, 눈앞이 캄캄해서 외부공간을 구별하지 못하는 암풍暗風에, 똥이 굳어서 잘 나오지 않는 폐풍閉風, 그렇게 세 가지라는 것이었다. 그 한의사는 약사여래가 환생했다는 소문을 끌고 다녔다. 어머니가 다니는 교회의 권사가 소개해준 사람이었다. 한의사는 씀바귀 이파리를 양파즙에 버무려서 먹으라고 처방을 해주었는데, 별 효험은 없었다. 어머니가 한의사의 진단과 처방의 내용을 심야전화로 나에게 말해주었다. 한의사의 처방은 효험이 없었다지만, 병의 원인과 증세를 분석한 진단 내용은 그럴싸하게 들렸다.

아버지는 일주일에 한 번씩 통원치료를 받았다. 아버지가 병원에 가는 날만 어머니는 아버지를 대면했다. 간병인이 아버지의 아랫도리를 씻겨서 휠체어에 태워서 밀었고, 어머니는 그 뒤를 따라갔다. 아버지가 여러 가지 검사를 받는 동안 어머니는 병원 로비에서 기다렸다가 검사가 끝나고 약이 나오면 아버지의 휠체어를 따라서 돌아왔다. 돌아와서, 어머니는 자신의 아파트로 갔다. 아버지의 간병인은 아침 아홉시에 와서 오후 두시에 돌아갔다. 간병뿐 아니라, 청소와 빨래도 했다. 간병인이 돌아가면, 아버지는 혼자서 지냈다. 아버지가 뇌일혈 발작을 일으킬 때는 간병인이 옆에 있었다. 간병인이 어머니에게 연락을 하고 119를 불러서 병원으로 옮겼다. 간병인이 없는 밤시간에 발작을 일으켰다면, 아버지는 혼자서 죽었을 수도 있었다. 어머니는 아버지의 방에 아파트 경비실과 통하는 비상벨을 설치했고, 경비원들에게 돈을 주고 야간순찰 때마다 아버지를 점검해달라고 부탁했다. 아버지가 중풍으로 쓰러진 후, 어머니의 심야전화는 더욱 심해졌다. 견디다 못해서, 핸드폰을 꺼놓은 밤도 있었다. 핸드폰을 꺼놓으니까, 어머니가 나한테로 보내는 넋두리가 자등령 너머 시화평고원의 어두운 허공을 울면서 떠돌아다니는 것 같은 환청이 들렸다. 핸드폰을 꺼놓으니까, 아무런 신호도 오지 않는 전화기에서 어머니의 신호는 닫힌 문을 두드리며 맹렬하게 울었다. 그래서, 핸드폰을 켜놓으나 꺼놓으나 아무런 차이가 없었다. 언젠가 핸드폰을 꺼놓고 잠든 다음날, 어머니는 수목원 사무실로 전화를 걸어왔다.

—얘, 제발, 밤에 전화 좀 끄지 마. 얘, 그것만은 제발 하지 마, 제발.

핸드폰을 꺼놓은 날 내 귀에 들렸던 어머니의 넋두리의 환청은 그러므로, 환청이 아니었다. 닿을 곳이 없는 어머니의 말은 기지국도 전파도 없는 어두운 허공 속을 헤매고 있었다. 나는 핸드폰을 끄지는 않을 테니까, 밤 열두시 이후에는 전화를 하지 말라고 어머니에게 당부했다. 어머니는 약속했고, 약속은 하나 마나 했다. 나는 핸드폰을 꺼버릴 수가 없었다. 떠도는 어머니의 넋두리를 전파에 실어서 내 방으로 받아들이지 않고서는 나는 잠들 수도 없었고 깨어 있을 수도 없었다.

—얘, 한의사가 폐풍이라고 그랬잖니. 똥이 굳어서 안 나오는 증세 말이야. 그 말이 맞았어. 너네 아버지, 변비가 왔어. 똥이 차돌멩이처럼 굳어져서 간병인이 꼬챙이로 파냈어. 팠더니 조가리로 떨어지더래. 새카맣고 딱딱했는데, 거기 밥알이 박혀 있었대. 똥에 물기가 전혀 없는데도 냄새는 칼로 찌르는 것 같대. 간병인이 참 용하다. 얘, 난 못 해. 난 못 봐. 못 만져.

어머니는 간병인에게서 들은 아버지의 증세를 극사실화로 바꾸어서 나에게 전했다. 직접 보지 않았기 때문에 말은 더욱 치열해지는 모양이었다. 나는 핸드폰을 열어놓은 채, 베개 너머로 밀쳤다. 어둠 속에서 어머니의 목소리가 앵앵거렸다.

—얘, 이게, 헤어진 거니? 이게 갈라선 거야? 아닌 것 같아. 아닐 거야. 도장을 찍는다고 갈라서지는 것도 아니고 아파트 따로 얻어서 산다고 갈라서지는 것이 아니란 말야. 이건 끊어지지가 않는 거야.

나는 전화기를 당겨서 말했다.

—어머니, 주무세요. 지금 한시예요.

—잠이 안 온다. 넌 잠이 오니? 넌 맨날 꽃만 들여다보니까 잠이 잘 오겠구나. 야, 너네 아버지 이젠 말도 잘 못한다. 말을 다 잊어버린 모양이야. 눈에 초점도 흐려졌어. 한의사가 암풍이라고 했잖아. 공간감각이 없어지는 증세 말야. 그 말이 맞아. 맞는 것 같아. 그래도 떠먹여주면 받아먹기는 한다. 나오는 게 문제지만. 얘, 넌 너네 아버지 보러 한번 안 오니? 하기야 널 기다리는 것 같지도 않더라.

가석방으로 풀려나던 날, 아버지는 교도소 문 앞에서 당신을 맞으러 온 딸과 아내를 난감해했다. 그 힘들어하던 모습을 떠올리면, 중풍으로 쓰러진 아버지가 나를 기다리지 않는 것 같다는 어머니의 말은 옳았다.

아버지의 자식이 아버지의 눈앞에 나타나지 않아서, 아버지가 자신의 모습을 자식에게 보이는 고통을 면해주고, 자식의 시선에서 아버지를 풀어주는 것이 아버지에 대한 효도일 것이었지만, 마음은 그렇게 순수하게 논리적일 수만은 없었다. 그것이 그렇다 하더라도, 아버지에게 나를 보여서, 아버지가 자신의 모습을 자식에게 보이는 고통을 아버지와 자식이 함께 받아들이는 쪽도 또한 효도가 아니라고 할 수는 없을 것이었다. 효도라고 말하고 나니까 쑥스럽기는 하지만, 그것이 효도도 불효도 아무것도 아니더라도 마음이 그렇게 작동하는 것은 피치 못할 일이었다. 그것이 중생이고 포유류이며 혈연이고 가족이라고 하는 끈일 것이었다. 어머니의 전화가 그런 생각들을 끌어당겨주었다.

서어나무의 기초 데생을 겨우 끝내놓고 일박이일 휴가를 내서 아버지를 보러 갔다. 아버지가 출소한 후 처음이었다. 아버지는 야채를 넣고 끓인 죽만을 먹었다. 아버지를 위해서 별도로 장만해야 할 물건은 없었다. 아버지를 보러 가는 길은 빈손일 수밖에 없었다. 어머니한테 전화를 걸어 휴가를 내서 아버지를 보러 가겠다고 알리자, 어머니는 말했다.

—얘, 몇시에 올래? 내가 간병인한테 미리 말해둘게. 밑을 잘 여미고 자리를 정리하고 있어야 너네 아버지가 덜 힘들 거다. 요강도 치우고 말야. 난 같이 못 간다. 교회에 볼일이 있

어. 부녀끼리 만나라.

전화를 끊자마자 어머니는 다시 전화를 걸어왔다.

―애, 너 간병인 있을 때 너네 아버지 만나라. 간병인이 없으면 네가 감당 못 해. 갑자기 일이 생길 수가 있거든.

어머니의 충고는 유용할 것이라고 생각했다.

아버지가 수감되어 있을 때 내가 넣어준 영치금을 쓰지 않고 모아서 다시 집으로 보내준 적이 있었다. 구십오만원을 소액환으로 보내왔었다. 내가 수목원에 취직되어 떠나던 날 어머니는 옷이라도 사입으라면서 증서를 나에게 내밀었고, 나는 그 소액환을 받아서 서랍에 도로 넣어두었다.

아버지의 아파트로 가기 전에 나는 어머니를 만나서 그 소액환을 받았다. 우체국에 들러서 그 소액환을 현금으로 바꾸었다. 그 돈을, 아버지를 위해서 써달라며 간병인에게 줄 작정이었다. 간병인이 아버지를 위해 돈을 써야 할 일이란 거의 없을 테지만, 그럼에도 불구하고 그 돈은 거기가 제자리일 듯싶었다.

간병인은 오십대 여자로, 임상훈련을 받은 자격증 소유자였다. 아버지 같은 중증환자를 전문적으로 다루는 기능인이었다. 내가 온다는 연락을 미리 받고 간병인은 아버지를 씻기고 방을 청소해놓고 있었다. 방에서 오래 절은 분뇨 냄새가 났다.

깊은 곳이 삭아들어가는 말기의 몸냄새였다. 무겁고 또 접착력이 강한 냄새였다.

며칠 전 밤중에 어머니가 또 전화를 걸어와서,

—얘, 어제 너네 아버지한테 갔더니, 말냄새가 나더라. 그 늙은 말 알지, 좇내논, 꼭 그 냄새야. 내 꿈이 역시 맞았어. 꿈에 너네 아버지가 그 말을 타고 교도소에서 집에까지 왔거든. 꿈에서도 그 말냄새가 났던 것 같아.

라고 말했었다. 아버지의 방에 들어서면서, 어머니가 말하던 냄새가 바로 이 냄새였구나, 라는 생각이 떠오르는 것은 패륜일 테지만, 냄새는 확실히 그랬다.

—아래도 봐드려야 하니까, 이런 일은 가족들이 못해요. 인연이 없는 사람이 하는 게 좋아요. 그래야 환자도 편하지요.

라고 말하면서, 간병인이 아버지의 상반신을 일으켰다. 아버지는 벽에 기대어 앉았다. 눈에 초점이 없어서 시선은 나를 향하고 있어도 나를 쳐다보는 것 같지 않았다.

—아버지, 저예요. 저 왔어요.

아버지의 입술이 흔들렸는데, 말은 나오지 않고, 침이 흘러나왔다. 간병인이 휴지로 침을 닦았다.

—힘드시면, 말하지 마세요, 아버지.

아버지는 공간을 지각하고 언어를 기억하는 인지능력을 잃어가고 있고, 그 증세가 한의사가 말했던 암풍이라는 것이었는데, 아버지의 마음속에서는 언어가 소멸한 것이 아니라, 오래전에 아버지를 떠나갔던 단어들이 모두 살아나서 들끓고 있는 것처럼 보였다. 말을 내보내지 못하고 다만 흔들릴 뿐인 아버지의 입술이 그 안쪽에서 날뛰는 말들의 아우성을 전하고 있는 듯했다. 아버지의 흔들리는 입술을 보면서, 나는 아버지의 암풍이 완벽해져서, 아버지의 마음속에서 말들이 적막해지기를 바랐는데, 그렇게 절박한 바람이 패륜일 리는 없었다.

—아버지, 좀 어떠세요?

라고, 나는 아버지의 병세를 물었다. 내 말은 내 귀에도 공허하게 들렸다. 어떠세요? 라니, 아버지가 그 물음에 어떤 답을 할 수가 있을 것인가에 생각이 미친 것은 이미 말을 하고 난 다음이었다. 아버지의 고통은 아버지의 몸안에서 발생해서, 거기서 서식하고 번식하는 또다른 삶이기 때문에 그 고통은 아버지의 몸안에서만 유효하고, 아버지의 몸안에서만 감지되는 것이어서, 타인을 위해서 언어화할 수 있는 것이 아니므로, 남에게 설명하거나 전달할 수 있는 것이 아니었다.

아버지의 정강이가 이불 밖으로 나왔다. 검버섯 위로 검은 핏줄이 드러났다. 간병인이 아버지의 다리를 주물렀다. 간병인이 말했다.

—다리며 허리가 찌르듯이 아프대요. 주물러드려야지요.

아버지가 눈을 감았다. 입술이 흔들렸다. 말을 누르고 있는 것일까. 나는 또 물었다.

—아버지, 좀 어떠세요?

아버지가 입술을 열어서 대답했다.

—괜찮다, 괜찮어.

아버지의 대답은 나의 물음보다 더 공허했지만, 그 공허함 안에 아버지의 마음속에서 들끓는 아우성은 있을 것이었다. 초점 없는 시선을 내 쪽으로 향하고서, 아버지는 또 말했다.

—미안허다.

교도소에서 나오던 때도 아버지는 미안하다, 고 말했었다.

아버지는 벽 쪽을 향하면서 몸을 눕혔다. 간병인이 포대기를 덮었다. 아버지의 어깨가 흔들렸다. 깊어서 끌어낼 수 없는 울음이 밴 흔들림이었다. 아버지의 어깨는 낮고 조용히 흔들렸다. 몸속의 먼 곳에서 발생한 진동이 어깨에 이르러 겨우 잦아드는 듯한 흔들림이었다. 그날 아버지가 나에게 한 말은, 괜찮다와 미안허다, 그 두 마디가 전부였다. 아버지의 마음속에서 모든 단어가 소멸해버리고 그 두 마디 말이 마지막으로 남았던가, 아니면 아버지의 마음속에서 아직은 들끓고 아우성치는 단어들 중에서 아버지가 건져올려서 입밖으로 내보낼 수 있는 단어는 그 두 마디뿐이었던가, 어느 쪽이었던가는 알 수 없지만, 괜찮다, 미안허다, 그 두 마디는 아버지가 나에게 전하려 했던 말들 중에서 말이 되어서 입밖으로 나올 수 있는 말의 전부였을 것이다. 전부는 아니더라도 말하여질 수 없는 말들의 핵심부에 닿아 있는 것이어서, 그래서 그 두 마디만으로도 한 생애를 요약하기에 부족함이 없어 보였다. 무엇이 미안하고 무엇이 괜찮다는 것인지 분명치 않았지만, 그 모호함이 오히려 더 분명해 보였다. 미안허다, 괜찮다, 는 오직 그 두 마디만으로도 아버지의 묘비명이 될 것이었다. 그래서 그 두 마디를 입밖으로 내보내기 위해서 아버지는 식은땀을 흘리며 모로 쓰러졌던 것일까.

아버지는 벽 쪽으로 누운 채 밭은기침을 토했다. 기침과 기침 사이에, 숨에서 쇳소리가 났다. 기침이 가라앉자 아버지는 또 말했다.

—미안허다.

나는 아버지의 말을 되돌려주었다.

—괜찮아요, 아버지.

미안허다, 괜찮다, 그 두 마디를 주고받기 위해서, 나는 수목원에서 서울까지 아버지를 보러 온 것이었다. 잎 진 겨울의 자등령 숲을 스치는 바람소리와도 같이, 스산하고 공허하고,

그래서 아무런 의미도 실려 있지 않은 그 두 마디에 아버지의 생애의 모든 무게가 실려 있어서, 그렇게도 입밖으로 꺼내서 발음하기가 어려웠나보다.

아버지의 기침이 멎고, 어깨의 흔들림이 숨결에 실렸다. 잠이 들었는지, 잠이 들지 않아도 혼곤한 것인지, 아버지는 숨소리를 갸르릉거렸다.

아버지의 머리맡에 꽃 핀 난초 화분이 놓여 있었다.

'쾌유를 기원합니다. 일신상조회. 최낙원 회장'이라고 쓴 리본이 화분에 걸려 있었다.

—어제 문병왔던 분이 가져온 화분이에요. 여기 명함이 있어요.

라고 간병인이 말했다. 일신상조회 최낙원 회장은 아버지와 함께 구속되었다가 먼저 출소한 아버지의 상급자였다. 아버지가 출소할 때 교도소 문 앞에 마중나온 아버지의 공범이었다. 그의 아들이 나와 혼담이 있어서, 혹시라도 내 시아버지가 될 수도 있었던 사람이었다. 아버지는 구속된 후에도 그를 '최국장님'이라고 불렀다. 아버지는 퇴근 후에도 최국장의 전화를 받고 불려나갔고, 어머니는 김장 때나 명절 때 최국장 집에 가서 일을 거들고 음식을 얻어왔었다.

난초 화분은 최국장이 들고 온 것이었다. 그가 놓고 간 명함에는 '일신상조회장' 이외에도 사업 내용을 알 수 없는 지방 공기업의 이사라는 직함도 찍혀 있었다.

일신상조회는 아버지가 공무원 생활을 하던 지역의 공직자들이나 그들과 업무상 연관이 있는 사람들의 계모임 같은 조직이었다. 행정공무원이나 경찰관, 검찰지청 수사관, 접객업소 업주, 소상공인 들이 회원으로 가입하고 있었다. 일신상조회는 회원들의 경조사를 챙길 뿐 아니라, 회원들 중 누군가가 비리나 독직, 직권남용에 의한 수뢰로 파면되거나 구속되었을 때 그 가족들의 생계비를 보조했다. 범죄의 뒤치다꺼리를 위해서 보험을 들어두는 셈이었다. 어머니와 아버지의 결혼기념일에 일신상조회는 떡을 보내왔고, 내가 대학에 입학했을 때도 장학금 명목으로 돈을 보내왔다. 내가 최국장의 아들과 혼사가 이루어졌다면 상조회는 더 많은 축의금을 보내왔을 것이었다. 아버지와 최국장이 구속된 후에도 상조회 총무라는 사람이 몇 번 집에 와서 어머니를 만나고 갔다. 어머니와 상조회 총무 사이에 어떤 거래가 있었는지 어머니는 나에게 말하지 않았다. 아버지가 구속된 후 일신상조회는 검찰의 수사를 받았다. 상조회의 기금은 회원들의 회비를 적립한 자금을 회원 중에서 신용금고를 경영하는 사람이 맡아서 돈을 키우고 있었다. 자금의 액수가 컸고, 그 자금이 공무원들의 비리나 직권남

용범죄로 긁어모은 돈이라는 혐의를 검찰은 수사했다. 혐의는 있었지만, 돈은 한번 섞이고 나면 이런 돈 저런 돈이 표가 나는 것이 아니어서 검찰은 그 자금과 범죄의 관계를 입증하지 못한 채 수사를 종결했고, 일신상조회는 그후에도 활동을 계속했다.

난초 화분은 아버지가 헤어나지 못할 생애의 덫으로, 아버지 머리맡에 놓여 있었다. 가석방은, 석방이 아니라 교도소 밖에서 형을 집행하는 것이라고 형사가 말했었는데, 난초가 그 형을 집행하고 있었다. 난초는 두어 개의 꽃대를 올려서, 새벽의 빛 같은 꽃을 피우고 있었다. 간병인이 말했다.

—어제 화분 가져오신 분이 약값에 보태라면서 돈봉투를 주고 가셨어요. 그래서 어머님께 전해드렸지요.

일신상조회의 일신日新이라는 이름은 논어인지 대학인지에 나오는 말인데, 인간의 삶은 날마다 새로워져야 하고 또다시 거듭거듭 새로워져야 한다는 뜻이었다. 그 이름의 출전이 상조회가 수사를 받을 때 지방신문에 실렸었다. 잠이 들었는지, 아버지는 등을 돌리고 조용히 어깨로 숨쉬었다. 선풍기 바람에 머리카락이 흔들렸다. 창밖으로, 날이 저물고 있었다. 힘든 하루였다. 내가 태어나서 지금까지의 시간이 하루 만에 반복되는 느낌이었다. 나는 등을 돌린 아버지에게 말했다.

—아버지, 저 가겠어요.

아버지는 잠들지 않고 있었다. 아버지가 등을 돌린 채 말했다.

—그래. 가니? 가거라, 가.

25

서어나무를 그리면서 가을을 보냈다. 서어나무는 날마다 헐거워져서 안쪽이 들여다보였다. 나무는 자신을 들여다보는 사람과 사소한 관련도 없는 타자로서 땅 위에 서 있는데, 사람이 한사코 나무를 들여다본다. 들여다보이는 안쪽은 헐렁하게 비어 있었다. 내가 제 눈에 비친 대로 나무를 겨우 그릴 수는 있지만 나무를 안다고 말할 수는 없고 나무와 어떤 관계를 맺고 있다고도 말할 수 없는 까닭은 내가 나무와 닮거나 비슷한 구석이 전혀 없기 때문일 것이다. 가을에 서어나무를 들여다보면서 그런 생각을 했다. 데생을 여러 점 완성했는데, 마음에 들지 않았다. 연필을 쥐고 종이에 문지를 때, 연필을 움직이는 내 팔목의 힘은 나무의 힘이 아니었다.

가을에는 숲의 힘이 물러선 자리를 빛들이 차지한다. 잎이 떨어져서 나무와 나무 사이가 멀어진 공간에 빛이 고이고 빛들은 시간에 실려서 흘러가는데, 빛에 시간이 묻지 않는 것처럼 시간에도 빛이 묻지 않았다. 봄에, 나무는 새잎을 내밀어서 스스로가 빛을 뿜어내는데, 가을에 나무는 잎을 떨군 자리에 빛을 불러들인다.

봄이 와서, 낮이 길어지고 빛이 강해지면 깨어서 움직이고, 가을에 밤이 길어지고 빛이 약해지면 휴면에 들어가는 것이 나무들의 기본적 생리라고, 수목원에 처음 왔을 때 안요한 실장이 가르쳐주었다. 그때 안실장의 목소리는 느리고 고요해서 밤이 오면 어두워지고 아침이 오면 밝아진다고, 너무나도 분명한 말을 하고 있는 것처럼 들렸는데, 텅 빈 말로 안실장은 나무의 운명을 부러워하고 있는 것 같았다. 탯줄이 아니라 씨앗으로 태어나서 비바람 속에서 빛과 더불어 자고 깨는 나무의 안쪽에 안요한 실장은 말을 걸고 있었다. 혈육이 없어서 인륜이 없고 탯줄이 없어서 젖을 빨지 않는 것이 나무의 복이라고 안실장은 말하고 있는 것 같았다. 가을에, 잎을 떨구는 서어나무를 들여다보니까, 안실장의 말은 맞는 말이었다. 나무의 씨앗과 풀들의 씨앗이 바람에 퍼져 온 산맥을 그 종족으로 뒤덮어도 그것이 혈연은 아닐 것이었다. 나무들은 각자 따로 따로 살아서 숲을 이룬다는 것을, 가을의 서어나무를 들여다보면 알 수 있다. 그래서 숲은 나무와 잎으로 가득 차서 서걱이지만 숲에는 피의 인연이 없다. 가을에, 나는 그걸 알았다. 가을에, 숲은 빛에게 자리를 내주고 물러서서 숲의 먼 안쪽이 환하다. 잎 지는 가을의 서어나무를 들여다보면서 때때로 아버지와 나의 인연의 끈을 생각했다. 가을에, 서어나무는 날마다 가벼워졌고 아버지는 수척한 몸으로 날마다 무너져갔다. 검불같이 말라서 가벼운 몸으로 아버지가 짊어져야 하는 하중은 날마다 무거워지는 것이 아닐까. 서어나무 안쪽에 고인 빛 속에서, 돌아누운, 아버지 어깨의 환영이 어른거렸다. 힘든 숨을 고요히 쉬면서 희미하게 살아 있던 그 야윈 어깨. 그리고 벽 쪽을 향해서 중얼거리던 말, '미안허다' 도 서어나무의 안쪽에서 들려오는 듯했다. 가을빛이 맑아서, 그 환영은 실제보다 더욱 또렷했다. 서어나무 안쪽의 가을빛은 많은 모호한 것들을 명료하게 드러내주었다. 그것은 헛것이 아니었다.

가을에는 숲의 가장자리가 바스락거린다. 그늘을 벗어나는 가장자리에서 나무들은 빛이 더 많은 바깥쪽을 향해 뻗어나가고, 참나무가 죽고 오리나무가 쓰러져서 넓어진 자리에 빛이 고이면 서어나무는 그 빛을 향해 나아간다. 그래서 죽어서 쓰러진 나무들의 빈자리는 다시 빛과 잎으로 채워진다. 그래서 가을에는 숲의 가장자리가 바쁘다. 가을에는 숲의 멀고 깊은 안쪽이 가까워 보이고, 여름내 가려져 있던 숲의 뼈대가 보이는데, 보이는 걸 다 그릴 수는 없다.

가을에 죽는 나무는 살아서 잎을 떨구는 나무들 옆에서, 푸른 잎을 달고 죽는다. 살아 있는 나무들이 초록을 떠나서 붉게 물들 때, 죽은 나무는 초록에 머물러 있다가, 초록이 썩어서 검게 변한 이파리를 떨구며 죽는다. 나무의 죽음은 느리게 진행되어서, 살아가는 일처럼 나무는 죽는다. 가을에 죽는 나무를 보면서, 안요한 실장이 죽어가는 나무를 그려오라고 요청하지 않은 것을 다행으로 여겼다.

관리부 직원들이 죽어서 쓰러진 나무의 뿌리를 캐고 밑동을 거두어서 연구실로 싣고 왔다. 안요한 실장과 연구원들이 그 재료를 저미고 깎아서 현미경을 들이대고 살필 것이었다.

여름 잎이 초록색인 까닭은 엽록소가 초록이기 때문이고 단풍이 붉거나 노란 까닭은 엽록소가 소멸하는 자리에서 붉은 색소가 생겨나기 때문이라고, 내가 수목원에 취직하기 위해 연수를 받을 때, 연구원이 나에게 말해준 적이 있었다.

살아 있는 것들이 왜 죽는가, 멀쩡히 살아 있던 것들이 무슨 연유로 죽는 것인가, 삶과 죽음은 반대현상이라고 하는데, 삶과 죽음 중에서 어느 쪽이 자연이고 어느 쪽이 자연이 아닌가,

양쪽 다 자연이라면 그것이 왜 반대현상이어야 하는가를 안요한 실장이나 그의 후배 연구원들에게 물어보려 하다가, 잎이 초록색인 까닭은 엽록소가 초록색이기 때문이라던 젊은 연구원의 말이 생각나서 묻기를 단념했다. 그들의 대답이 맹목일 것이고 나의 질문도 마찬가지일 터이므로 자신들의 생각과 말의 세상에 머무는 그들의 안존이나 방황을 방해해서는 안 될 것이라는 생각이 들었다.

죽은 나무들은 땅에 쓰러졌다. 죽은 것들은 다들 땅으로 추락한다. 새들도 죽어서 땅으로 떨어지고 한해살이나 하루살이 벌레, 한해살이나 두해살이 풀들도 죽어서 땅으로 떨어지고 쓰러진다. 죽음은 존재의 하중을 더이상 버티어낼 수 없는 생명현상이라는 것을 수목원에 와서 알게 되었다. 하중이 빠져나가면서, 하중을 버티던 껍데기가 땅 위로 떨어져내리니까, 죽음은 땅과 친화력을 갖는 것으로 보였다. 그래서 죽음은 가루가 되어 땅속으로 스미거나, 바람에 불려간다. 하중이 빠지는 현상이므로, 죽음은 가벼움도 무거움도 아니고 무거움의 절정과 가벼움의 절정이 합쳐지면서 그 양쪽을 오가는 시간의 흐름인 것처럼 느껴지기도 했다. 나무가 죽는 걸 들여다보면서 그런 생각을 했다.

아버지를 문병갔을 때, 벽에 기대앉아서 기침을 쿨럭이던 아버지가 벽 쪽으로 쓰러지듯 눕던 모습이 수목원 숲에서 죽어가던 나무와 겹쳐졌다. 그때, 아버지가 벽 쪽으로 쓰러지던 모습에도 무거움과 가벼움이 겹쳐 있었다.

아버지를 문병하고 수목원으로 돌아온 날 밤에, 어머니는 또 전화를 걸어왔다.

—얘, 너네 아버지한테는 잘 다녀왔니? 간병인한테 얘긴 들었다. 난 교회 일이 바빠서 못 갔다. 그래, 너네 아버지 보니까 어떻더냐?

—많이 힘들어하시데요. 숨쉬기가 어려우신 모양이에요.

—숨뿐이겠냐? 온갖 풍이 다 겹쳤다는데…… 그래도 먹기는 먹는다. 나오는 게 너무 굳어서 문제지.

—어머니, 그만 주무세요. 그 얘기 다 했잖아요.

—한마디만 더 하자. 얘, 그저께 최국장이 다녀갔다. 난초 화분 들고 왔어. 상조회에서 보내는 돈도 가져왔더라. 최국장이 그래도 무던한 사람이다. 의리도 있구. 난 전엔 그 사람이 징그러웠는데, 너네 아버지 저렇게 되고 나니까 그 사람이 달리 보이더라.

—어머니, 그 사람 얘기는 하지 마세요.

—얘, 가져온 돈이 액수가 많더라. 이천이 넘어. 전에 너네 아버지 처음 구속됐을 때도 상조회 돈이 나왔었어. 넌 모르

지? 잡혀가면 주는 곗돈 같은 거래. 그런데, 너네 아버지 위해서는 쓸데가 없구나.

—어머니가 쓰세요.

—내가 무슨 돈을 쓰겠냐! 그 돈은 너네 아버지가 벌어온 돈이나 마찬가지다. 너한테 보내줄까? 너 돈 쓸 일 있냐? 당장 쓸 일 없으면 네 앞으로 예금해둘게. 이천이면 적은 돈이 아니다.

아버지의 하중은 아직도 아버지의 어깨 위에 걸려 있었다. 아니면 하중이 다 빠져나간 자리에 업과 인연의 끈이 걸려 있었다. 어머니는 아직도 걸리적거리는 그 인연의 끈을 나한테 넘겨버리고 싶지만, 넘겨지지가 않아서 분풀이를 하고 있는 것이었다. 나는 그날 밤 어머니의 전화를 그렇게 이해했다.

—어머니, 주무세요. 한시예요.

—잠이 안 온다. 너네 아버지도 못 자고 있을 거야.

바람이 숲을 흔들고 지나가서 썰물이 빠질 때처럼 백색 소음이 일었고, 다시 먼 숲에서 다가오는 바람이 밀물의 소리를 몰아왔다. 아버지의 하중이 땅으로 내려앉고 있는 모습을 어머니의 전화가 내 눈앞으로 끌어당겨주었다.

바람이 부는 밤에는 죽어가던 나무들이 무더기로 쓰러졌다. 안요한 실장은 죽은 나무를 부위별로 자르고 말려서 현미경으로 들여다보았다. 안실장은 현미경 속의 무늬들을 도면으로 그렸고 거기서 나오는 정보들을 컴퓨터에 저장했고 학계에 제출했다. 그는 건널 수 없는 시간과 공간의 가장자리에서, 그 빈자리를 바라보고 있었다. 그가 현미경 구멍 속으로 보는 것은 그 빈자리일 것이었다.

내가 재료비 결재를 받으러 가면 그는 늘 전등 아래서 현미경을 들여다보고 있었고, 학교도 안 다니고 그림 배우기도 그만둔 신우가 그 방에서 유리상자 속의 개미, 유리연못 속의 물풀을 들여다보거나, 젖니 빠진 잇몸으로 침을 흘리면서 낮잠을 자고 있었다.

26

안요한 실장은 늘 신우를 데리고 구내식당에서 점심을 먹었다. 구내식당은 관리동 일층이었다. 점심때마다 안실장은 신우와 함께 연구동에서 나와서 단풍나무가 늘어선 좁은 길을 걸어서 식당에 왔다. 내가 먼저 와서 식당에 앉아 있으면, 유리창 너머로 아버지와 아들이 걸어오는 모습이 보였다. 안실장이 앞서고 신우가 뒤를 따라왔다. 신우는 땅바닥에 떨어진 나뭇잎이나 벌레를 밟지 않으려고 발을 이리저리 옮겨디뎠다. 신우는 세상을 처음 보는 듯한 시선으로 땅바닥을 살폈고, 발을 옮겨디딜 때마다, 겁에 질린 표정이 어깨에 나타났다. 신우는 발 디딜 곳 찾기를 어려워하면서 아버지를 따라서 식당으로 왔다. 신우의 걸음이 처져서, 안실장은 자주 뒤를 돌아보았다.

안실장은 늘 점심시간이 거의 끝날 무렵에 식당에 와서, 창 밖에 오리나무가 서 있는 자리에 아들과 마주 앉았다. 안실장 부자가 앉으면, 다른 직원들은 그 자리에 합석하지 않았다. 그것이 안실장 부자에 대한 직원들의 배려이기도 했다.

식당은 뷔페식이었다. 신우는 자리에 앉아 있고, 안실장이 음식을 날라서 신우의 그릇에 덜어주고 수저를 챙겨주었다. 가끔 소고기요리가 나오는 날에도 안실장이 신우에게 가져다 주는 음식은, 쌀밥과 김치, 나물, 버섯볶음, 두부조림 그리고 생선구이 같은 것들이었다. 안실장 부자의 식성은 채식 쪽인 것 같았다. 나는 그 아버지와 아들의 밥 먹는 모습을 보려고 일부러 안실장의 식사시간에 맞추어서 식당에 간 적도 있었다. 나는 안실장이 나를 마주 보지 않는 뒤쪽에 자리잡았다.

신우는 김치를 좋아해도 매운 것을 먹지는 못하는 모양이었다. 고랭지산 고춧가루를 쓰는 구내식당의 김치는 매웠고, 매운맛이 투명해서 머리를 찔렀다. 안실장이 배추김치를 물에 씻고 손가락으로 찢어서 신우의 밥그릇 둘레에 얹어주었다. 신우는 물에 만 밥 위에 씻은 김칫조각을 한 개씩 얹어서 먹었다. 김치를 먹고 나서는 나물을 먹었다. 밥숟가락 위에 서너 가지 나물을 한 가닥씩 얹어서 먹었다. 신우는 입을 조금만 벌려서 천천히 먹었고 반찬을 아끼듯이 조금씩 집어먹었다. 발로 땅을 디딜 때 발 디딜 자리를 고르느라고 머뭇거리듯이 신우는 음식을 삼키기가 두려운 듯이 조심스럽게 먹었는데, 어린아이의 채식은 안쓰러워 보였다.

수목원 구내식당에는 늘 나물과 버섯 반찬이 나왔다. 영농 출입허가를 가진 농민들이 자등령 남쪽 산지에서 캐오는 나물이었다. 봄부터 늦여름까지, 절기에 따라서 다른 나물이 나왔고 가을에는 말린 나물을 데치고 무쳐서 내놓았다. 수목원에 온 뒤로, 온갖 나물을 다 먹었다. 식당 메뉴판에는 사나흘에 한 번씩 다른 나물 이름이 올라왔지만, 나는 그 이름을 다 기억하지 못한다. 콩나물이나 녹두나물만이 나물이 아니고 사람이 먹을 수 있는 모든 풀과 나뭇잎이 나물이라는 것을 수목원에 와서 알았다. 나물은 쓴맛을 기초로 해서 그 위에 풀과 나무 들의 제가끔의 향기와 섬유질의 질감을 입안으로 펼쳐주었다. 나물에는 식물 종種의 운명이 각인되어 있었고, 그 운명이 맛의 관능으로 살아 있었다. 들여다보고 그림으로 그려서 대상을 파악하는 것보다 씹고 삼켜서 이해하는 것이 훨씬 더 본질적이라는 것을 수목원 구내식당의 나물을 먹으면서 알게 되었다. 그 본질의 맛과 질감을 나는 그리고 싶었다.

나물을 말리면, 그 맛과 향기의 풋기가 빠진다. 말린 나물은 맛과 향기의 뼈대만을 추려서 가지런해지고 맛의 뼈를 오래 갈무리해서 깊어진다. 데치거나 김을 올리면 말린 나물은 감추었던 맛과 냄새와 질감의 뼈대를 드러내는데, 그 맛은 오래 산 노인과 친화력이 있을 듯싶었다.

물에 만 밥에 말린 나물을 얹어서 먹는 신우와 그 맞은편에 앉아서 아이의 밥시중을 들고 있는 안요한 실장을 바라보면서, 나도 말린 나물을 먹었다. 신우가 물에 씻은 김칫조각을 먹을 때 나도 배추김치를 물에 씻어서 먹었다. 물에 씻은 배추김치는, 매운맛이 걷히고 절인 배추 속에 스며든 맛의 형태가 흔적으로 남아 있었다. 맛의 중량과 부피를 모두 제거해서 맛의 기억을 불러일으키는 맛이었다. 신우의 담 높은 마음 안에 웬 노인이 들어앉아 있어서 저렇게 맛의 뼈대 안으로 가지런한 음식을 먹고 있는 것일까. 구내식당에서 점심밥을 먹는 시간은 길고도 무거웠다. 안요한 실장 부자의 뒷자리에서 신우를 따라서 나물반찬과 물에 씻은 배추김치를 먹으면서 나는 내 입속의 맛과 저 아버지와 아들의 입속의 맛이 같을 것인지를 생각했고, 그 한줄기 가느다란 맛의 끈을 붙잡고, 저 아버지와 아들에게로 내가 건너갈 수 있을 것인지를 생각했다. 어려운 일인 듯싶었다. 안요한 실장은 신우와 말을 주고받는 일이 없이 조용히 고개를 숙이고 밥을 먹었다. 아버지와 아들의 밥 먹는 시간은 길고 고요했다. 구운 생선이 나오는 날 안실장은 생선을 가르고 뼈를 들어낸 토막을 신우의 접시에 담아주었고, 신우가 뱉어낸 생선가시를 휴지에 싸서 버렸다. 호박전이나 두부전이 나오는 날 안요한 실장은 구내식당 주방에서 배식하고 남은 부침개를 얻어서 종이도시락에 싸갔다. 안실장은 그 부침개를 연구실 냉장고에 넣었다가 저녁때 집으로 가져갔다. 퇴근버스 안에 신우와 나란히 앉은 안실장은 그 부침개 도시락을 무릎 위에 올려놓고 있었다. 저녁 식탁에 부침개를 올려놓고 아버지와 아들은 또 마주 앉을 것이고, 창밖으로 날이 저물 것이었다. 퇴근버스 안에서 부침개 도시락을 들고 있는 안실장과 신우의 모습에도 그 종種의 운명은 각인되어 있었는데, 안실장은 날마다 현미경으로 꽃과 나무를 들여다보았다. 그의 연구과제는 꽃들의 색깔의 내적 필연성을 규명하는 것이라고 했다. 늦가을 어느 날, 퇴근버스에서 내가 안실장에게,

—신우가 나물을 좋아하데요. 낮에 식당에서 봤어요.

라고 말을 걸었다. 안실장은 대답했다.

—아이가 별나. 나물 맛을 알다니. 좋은 식성은 아닐 거야.

내가 단풍나무길로 산책을 나오는 저녁에 안요한 실장의 아파트에는 노란 불이 켜져 있었다.

27

가을에는 산맥이 메말라서 자등령 숲은 작은 바람에도 버스럭거렸다. 산들의 부푼 기운이 물러서면서 능선의 골세骨勢가 뚜렷이 드러났다. 습기 걷힌 시화평고원은 더 넓어 보였고, 시선이 닿지 못하는 먼 지평선 쪽에서 빛들이 태어났다. 구름이 걷히고 햇빛이 깊은 날, 산맥과 고원은 하루 종일 수군거렸다. 나무와 풀이 말라서, 가을 숲을 스치는 바람소리는 여름의 소리보다 맑고 높았다. 귀 기울이면 수목들이 쓸리우고 낙엽이 몰리는 소리가 가늘고 또 굵게 들렸다. 귀 기울이면 가까운 숲의 소리와 먼 능선의 소리를 구별할 수도 있었다. 맑고 팽팽한 날에는 시화평고원 너머 군사분계선 북쪽 사람들의 인기척과 다듬잇방망이 소리가 들리는 것 같다는 김중위의 말이 생각났다. 귀 기울이면, 들릴 수 있고 들을 수 있을 것이었다. 그래서 시화평고원의 초병들은 그 광막한 들판의 어둠을 향해 귀를 기울이고 코를 벌름거린다. 가을의 시화평고원은, 그 너머에서 들려오는 소리로, 고원의 가장자리에 선 사람을 귀 기울이게 한다. 귀 기울여도 인기척은 없었다. 빛을 한 조각씩 물고 있는 나뭇잎들이 산맥과 고원에 날렸고, 나뭇잎 몰려가는 소리가 고원을 건너왔다. 가을에 김민수 중위는 유해발굴단의 소대병력을 인솔해서 다시 자등령 서부 능선으로 올라갔다. 현장에서 야영하면서 작업을 계속하다가 눈이 내리면 철수해서 사단 사령부로 돌아오게 된다고 김중위는 전화로 말했다.

—제가 내려오면 뼈 그림을 제출해주십시오. 그것만 끝나면 전 제대합니다. 내려와서 연락드리겠습니다.

라고 말하고, 그는 부하들과 함께 능선으로 올라갔다. 가파른 산악도로를 따라서 능선 쪽으로 이동하는 군용 트럭의 대열이 수목원 청사 마당에서 보였다.

가을에 아버지는 빠르게 야위어갔다. 아버지는 다시 한번 병원에 입원했다가 집으로 돌아왔다. 아버지의 뇌일혈 발작은 예측할 수 없고 더이상 치료할 수도 없기 때문에 집에서 요양할 수밖에 없다고 의사는 말했다. 어머니가 의사의 말을 한밤중에 전화로 나에게 전했다.

—애, 이제 갈라서고 말고 할 것도 없다. 저절로 끝나가는 거야. 당사자가 죽으면 형 집행은 끝난다고 담당형사가 그러더라. 죽으면, 집행할 수가 없대. 그야 그렇겠지.
라고 어머니는 말했다. 시화평고원 너머에서 추위가 다가오고 있었다.

가을에 신우는 수목원을 떠났다. 깊은 가을, 비가 갠 다음날이었다.

신우는 아버지를 떠나서 엄마한테로 갔다. 안실장 부부가 이혼하면서 신우를 왜 아버지가 맡기로 했는지를 안실장에게 물을 수는 없었다. 아마, 아버지와 아들의 모습이 너무나도 닮아서 부자를 분리할 수 없었던 것이 아닌가, 그런 몽매한 생각이 떠오른 적은 있었다. 신우가 떠나기 전날, 안실장에게서 들으니, 부부가 이혼할 때 신우에 대한 친권은 아버지가 갖고 양육의 의무는 반씩 부담하기로 합의했다고 한다. 신우는 우선 아버지와 살게 되었지만 신우 엄마 쪽에서 원하고 신우가 동의한다면 잠정적으로 엄마 쪽에 가서 살아도 좋다는 것이 부부간의 합의 내용이었다. 또 신우의 양육비와 교육비는 양쪽이 모두 경제력이 있는 동안은 반씩 부담하고 이혼한 부부의 어느 한쪽이나 쌍방 모두가 재혼을 하더라도 이 합의는 유효했다.

신우가 떠나기 전날, 안실장은 합의 내용을 나에게 얘기해 주었다. 안실장이 이혼에 이르게 된 사연을 물을 수는 없었지만, 그들 부부의 이혼의 뒤처리는 깔끔해 보였다. 그래서 이혼하는 과정은 신속하고 조용했으리라는 짐작이 들었다. 그들 부부는 재산이나 권리의 문제로 다투거나 대립하지는 않았을 것이었다. 죽은 나무의 세포를 들여다보듯이, 수만 가지 꽃들의 수만 가지 색의 필연성을 규명하듯이, 그런 방식으로 안실장은 자신의 생애를 들여다보면서 이혼의 과정을 처리해나갔을 것이었다. 신우의 문제를 정리하는 부부의 합의 내용으로 봐서, 나의 그런 생각이 과히 틀리지는 않을 것이었다.

서어나무의 이파리들이 가을의 날들을 살아가면서 푸른 기름기가 걷히고 감추어진 색들을 드러내면서 가벼워지는 과정의 표정을 나는 날마다 숲에서 들여다보고 있었다. 안실장이 숲으로 전화를 걸어와서 나를 연구실로 불렀다. 그 자리에서 안실장은 신우의 일을 이야기했다.

신우를 혼자 집에 떼어놓을 수도 없고 매일 직장으로 데리고 오기도 동료직원들의 눈치가 보여서 엄마에게 보내기로 했다는 말이었다. 신우 엄마 쪽에서도 동의했고 신우 자신은 아무런 의견이 없었다고 한다.

안실장은 나에게 신우를 그 아이의 엄마한테 인도하는 일을 도와달라고 부탁했다. 이혼에 따른 합의사항을 얘기한 것은 그 부탁을 하는 과정에서 배경설명으로 나온 말이었다.

신우의 어머니는 재혼한 남편이 운전하는 차를 타고 민통선 초소까지 오기로 되어 있었다. 신우의 어머니는 자동차 운전을 할 수 없었다. 재혼한 남편은 민통선 초소에서 기다리고, 내가 초소까지 마중을 나가서 신우 어머니를 자동차에 태우고 수목원까지 데려와주기를 안실장은 부탁했다. 그리고 신우가 어머니와 함께 돌아갈 때도 다시 민통선 초소까지 데려다주라는 것이 안실장의 부탁이었다.

—내가 신우를 차에 태우고 가서 민통선 초소에서 제 엄마한테 인계할 수도 있지만, 그건 모양이 안 좋겠지. 애를 내쫓는 것 같기도 하고…… 또 내가 초소에 나가면 그 사람 새남편을 대면해야 하니까 말이야……
라고 안실장은 말했다.

안실장은 신우 어머니의 이름과 주민등록번호가 적힌 쪽지를 나에게 건넸다.

—이걸 초소에 알려서……

신우 어머니가 민통선 초소를 통과할 수 있도록 미리 조치해달라는 부탁이었다.

김연녀, 신우 어머니의 이름이었다. 나이는 안요한 실장보다 두 살 아래니까, 나보다는 열다섯 살쯤 위인, 사십대 중반의 여자일 것이었다. 김연녀, 안실장이 건네준 쪽지에서 신우 어머니의 이름을 읽었다. 한바탕의 낯선 바다가 눈앞에 펼쳐지는 느낌이었다. 바위나 돌멩이 같은 객관적 사물이 아니라, 사람인 타인의 시공이 내 앞에 펼쳐졌다. 나는 그 낯선 시공의 가장자리에 있었다. 그래서 사람인 타인이 바위나 돌멩이보다 더 어렵고 더 낯설 것이었다. 아마도 김연녀가 안실장과의 사이에서 아이를 낳은 여자이고, 그리고 내가 여자라는 생물적 조건이 그 격절감을 심화시키기도 했을 것이다. 증명할 수는 없지만 그렇지 않다고는 말할 수 없었다.

나는 김연녀, 그 낯선 타인의 이름과 주민등록번호를 사단에 통고했다. 김민수 중위가 유해발굴 현장에 파견나가고 없어서 부사관에게 알렸고, 부사관이 김연녀, 그 이름과 도착 예정시간을 초소에 알렸다.

신우가 수목원을 떠나던 날은 새벽비가 아침에 그치고 날이 개어서 숲을 덮은 낙엽들이 빛의 조각으로 바람에 굴렀다. 깊은 가을이었다. 가을이 깊어서 비스듬한 햇살에 날이 서 있었고 벼랑 끝으로 내몰려가는 위태로운 시간들이 햇살에 바스라졌다.

오후 네시에 나는 차를 몰아서 민통선 초소로 갔다. 철조망 밖에 잿빛 아우디 승용차가 서 있었다. 차 안에 김연녀, 그 여자의 새남편이 앉아 있을 것이었지만, 멀어서 보이지 않았다. 김연녀, 그 여자는 초소 옆 면회대기실에서 기다리고 있었다. 초병이 나를 대기실로 안내해주었다. 내가 다가가자 신우 어머니 김연녀는 자리에서 일어섰다. 키가 컸고, 가슴이 빈약해 보였다. 몸 전체가 창백한 느낌이었다. 면바지에 베이지색 블라우스를 입었고, 굽이 낮은 구두를 신고 있었다. 먼 길을 온 차림이었다. 기름기가 빠진 화장품 냄새가 났다. 몸냄새와 구별하기 어려운 냄새였다. 나는 인사했다.

—안요한 실장님이 보낸 사람입니다. 실장님은 수목원 연구실에 계십니다. 제가 차로 모시겠습니다.

—고맙습니다.

라고 말하면서, 신우 어머니 김연녀가 고개를 들었다. 눈이 마주쳤고, 나는 깜짝 놀라서 뒤로 물러설 뻔했다.

김연녀의 얼굴에 신우의 얼굴이 그대로 박혀 있었다. 긴 목과 가는 코와 깊은 눈, 부드러운 뺨의 선이 닮기도 했지만, 어디라고 집어서 말할 수 없는 그 겁먹은 듯이 창백한 표정, 이 세상과 더불어 쉽게 섞일 수 없는 이질감의 표정이 신우의 어린 얼굴과 완전히 닮아 있었다. 신우의 생김새는 아버지를 너무나도 닮아서 그 종족의 운명을 절감케 했는데, 신우 어머니의 얼굴을 보니까 그 어머니의 얼굴 속에 신우의 얼굴이 살아 있었다. 나는 놀라서 신우 어머니에게 다가가지 못했다.

—다녀오는 데 얼마나 걸릴까요?

—왕복 이십 분이면 됩니다. 두 분이 만나는 시간은 별도구요. 다시 여기까지 제가 모시겠습니다.

신우 어머니가 어디론지 전화를 걸었다.

—여보, 한 시간 안에 돌아올 거예요. 차 안에서 기다리세요. 애가 오면 차에서 내려서 맞으세요. 안거나 쓰다듬지는 마시고, 그냥 악수만 하세요.

전화를 받은 사람은, 철조망 밖 아우디 승용차 안에 앉아 있는 새남편일 것이었다. 재혼의 금실이 나쁘지 않아 보였다. 그래서 김연녀, 그 여자는 더욱 낯선 타인으로 느껴졌다. 이름이 김연녀라서, 온몸으로 여성성을 풍기는 육질형으로 상상이 되기도 했는데, 만나보니까 오히려 건조한 여자였다. 아마도 나는 나의 여성성으로 신우 어머니의 건조함을 느꼈을 것이다. 신우 어머니가 신우 아버지와 이혼하고 또 새남편과 재혼하게 되는 과정은 그야말로 타인의 시공일 것이었지만, 나는 어이없게도 그 이혼의 배경이 그 여자의 건조성일 것이라고 상상하고 있었다. 신우 어머니를 만나서, 자동차에 태우기까지의 짧은 시간에 그렇게 많은 생각들이 마음속에 떠오르고 또 스러졌다.

내가 운전석에 앉고 신우 어머니가 뒷자리에 앉았다. 나는 수목원 청사를 향해 차를 몰아갔다. 앞유리창에 떨어지는 나뭇잎을 와이퍼로 밀어냈다. 룸미러에 비치는 신우 어머니의 얼굴 쪽으로 가려는 시선을 힘겹게 붙잡아 앞쪽을 보았다. 침묵이 힘들어서, 내가 물었다.

—멀리서 오시는 모양이지요?

—남쪽에서요. 세 시간쯤 걸렸어요.

더이상의 말을 끊어내는 대답이었다. 목소리에 물기가 없었다. 차는 오리나무숲을 지나서 내리막길로 접어들었다. 수목원 청사 주변의 숲이 내려다보였다. 날 선 햇살 속에서, 잎을 떨구는 나무들이 빛났고, 헐거워진 숲의 안쪽에서 저녁의 빛이 이울고 있었다.

—좋은 곳이로군요.

신우 어머니가 말했다. 나는, 복수라도 하듯이 재빨리 응수했다.

—아이가 살 만한 곳은 못 되지요.

신우 어머니가 말했다.

—그렇겠군요. 어른도 힘들겠네요.

나는 이기지 못했다. 차를 주차장에 대놓고서 나는 신우 어머니를 연구실로 안내했다. 연구실 안에는 안요한 실장과 신우가 기다리고 있을 것이었다.

신우 어머니가 연구실 안으로 들어갔다. 나는 부속실에서 신우 어머니가 신우를 데리고 나오기를 기다렸다. 연구실 안에서 이혼한 부부가 재회하는 장면은 떠오르지 않았다. 안요한 실장은, 내가 그를 처음 보았을 때처럼, 자기 자신의 윤곽선을 외계에 뚜렷이 새기면서 처음 만나는 사람을 대하듯이 이혼한 전처를 만나서 아들의 문제를 처리하고 있을 것이었다. 막연히 그런 생각을 했지만, 구체적인 그림은 떠오르지 않았다.

전남편과 전처의 만남은 오래 걸리지 않았다. 내가 부속실에서 녹차 한 잔을 다 마시기도 전에 신우 어머니가 신우를 데리고 안실장의 방에서 나왔다. 신우는 어머니의 손을 잡고 있었고, 안실장이 그 뒤를 따라 나왔다. 전처와 전남편과 그들의 어린 아들을 한꺼번에 보는 일은 감당하기 어려웠다. 신우는 아버지를 닮았고, 아버지가 차지하지 못한 자리에서 어머니를 닮아 있었다. 신우의 얼굴에는 두 가지 그림자가 겹쳐 있어서, 시선의 각도에 따라서 아버지가 나타나고 어머니가 비쳤다. 피의 인연은 저러하구나…… 세 사람을 동시에 보는 순간에 나는 또 놀라서 뒤로 물러설 뻔했다.

신우는 일용잡화를 챙겨서 배낭을 메었다. 배낭 안에 들어 있을 속옷이나 장난감, 크레파스나 스케치북, 게임기구 같은 것들이 떠올랐다. 간밤에 안요한 실장이 그 배낭을 꾸렸을 것이었다. 배낭 뒤에 봉제인형 코알라가 매달려 있었다. 신우 손에도 작은 가방이 들려 있었고, 안요한 실장은 더 큰 짐을 들고 있었다. 세 사람이 앞에 서서 백양나무 숲길을 따라서 주차장 쪽으로 걸었고 나는 그 뒤를 따라갔다. 낙엽이 쌓이고, 그 위에 또 낙엽이 내리는 숲에서, 신우는 하나의 점처럼 작아 보였다. 신우는 땅바닥을 들여다보면서, 벌레나 열매 같은 못 밟을 것들을 비켜가면서 걸음을 옮겼다. 안요한 실장은 보따리가 무거운지 이쪽저쪽으로 손을 바꾸어 들면서 걸었다. 연구실에서 주차장까지는 그들 전남편과 전처의 전 생애만큼이나 멀어 보였다. 세 사람의 머리와 어깨를 낙엽이 스쳤다.

내가 운전석에 오르자 신우 어머니와 신우가 뒷자리에 앉았다. 안요한 실장은 트렁크에 짐을 실었다.

—그럼 부탁해.

라고 안실장은 말했다. 나에게 한 말인지 전처에게 한 말인지 알 수 없었다. 차가 출발하자, 신우 어머니는 잠깐 뒤를 돌아보았다. 다시 연구실 쪽으로 걸어가는 안실장의 모습이 백미러 아래쪽에 장난감나라의 인형처럼 나타났다가 사라졌다.

나는 다시 민통선 초소 쪽으로 차를 몰았다. 뒷자리에서 신우 어머니는 손수건을 꺼내서 눈가를 찍어냈다. 동작이 고요해서 우는 것 같지는 않았다. 오르막길에서 신우 어머니가 말했다.

—애한테, 그림을 가르쳤다면서요?

—잠깐이요. 두 달 정도였습니다.

—따라가던가요?

—따라온다기보다는, 혼자서 하더군요. 그게 편안해 보였어요.

신우 어머니가 짧게 한숨을 쉬었다.

—자폐예요. 유전입니다. 쟤 아빠가 그랬지요. 그걸 편안해하니까 지금도 그럴 겁니다.

나는 신우가 어른들의 말을 다 알아들을 것만 같아서 불안했다. 그리고, 그들 부부가 헤어지게 된 배경을 먼 북소리처럼 모호하게나마 이해할 수 있었다. 자동차가 초소에 가까이 갔을 때 신우 어머니가 핸드백에서 봉투 한 개를 꺼내서 내밀었다.

—죄송하지만, 이걸 안실장에게 전해주세요. 아까 만났을 때 드렸어야 하는데, 만난 시간이 너무 짧아서 잊어버렸어요. 드리면 알 거예요.

봉투에는 '양육비 분담금', 그리고 날짜와 연도가 적혀 있었다.

—전해드리지요.

나는 봉투를 받아서 조수석 앞 콘솔에 넣었다.

날이 저물어서 산맥의 냉기가 마을로 밀려내려왔다. 신우도 신우 어머니도 추워 보였다. 초소 앞에서 신우 어머니와 신우는 아우디 승용차로 옮겨탔다.

—잘 가, 신우야, 잘 가……

나는 겨우 말했다. 또 와, 라고 말하려다가, 말을 급히 삼켰다. 신우가 차에 오를 때, 배낭 뒤에 매달린 봉제인형 코알라가 내 쪽으로 흔들렸다.

아우디 승용차는 후진하더니 방향을 잡아서 읍내 쪽으로 향했다. 남쪽에서 왔다니까, 남쪽으로 갈 것이었다. 산밑 마을의 저녁은 먼 곳부터 어두워왔다. 먼 산이 저물고 능선이 풀어지면 푸른 어둠이 읍내로 내려왔다. 아우디 승용차는 어둠 속으로 나아갔다. 멀어지는 자동차를 바라보면서, 나는 죽어서 남쪽으로 실려갔다는 해바라기미술학원 이옥영 원장을 떠올렸다. 민통선 마을에서는 인연 없는 것들이 나의 생애의 변방에 다가와서 얼씬거리다가 다시 인연 없는 곳으로 흘러갔다.

신우 어머니가 맡긴 봉투를 전하러 연구실로 돌아왔다. 부속실 직원은 먼저 퇴근했고 연구실 문이 반쯤 열려 있었다. 안쪽을 들여다보니까, 안요한 실장이 어두운 방안에 혼자 앉아 있었다. 안실장은 의자를 창 쪽으로 옮겨놓고 등을 돌려서 어깨를 보이고 있었다. 초저녁의 어스름 속에서, 신우의 머리통과 닮은 그의 머리통이 의자 위로 떠 있었다. 사실 나는 외롭다는 감정이나 상태를 잘 이해하거나 체득하지 못하는 편이다. '외롭다'는 상태는, 본래 그러한 것이어서 외롭다, 라고 말하는 것은 존재한다고 말하는 것과 같은 말로 나는 알고 있었다. '존재한다'는 뜻 이외에 '외롭다'라고 말하는 글이나 노랫가락이 어떠한 상태를 말하고 있으며, 무엇을 지향하고 있는 것인지를 사실 나는 정확히 체득하지 못하고 있었다.

그럼에도 불구하고, 그날 저녁 어두운 연구실 안에서 안요한 실장은 외로워 보였다. 그리고 그의 외로움은 본래 그러한 외로움이라고 하기에는 너무나도 힘들어 보였다. 그는 창밖으로 어두워지는 숲을 바라보고 있었다. 외로움은 감염되기도 하는 것인지, 그의 등 주변에 모여 있던 어둠이 내 쪽으로 흘러와서 나를 에워싸는 것 같았다. 그날 나는 안요한 실장에게 신우 어머니의 봉투를 전하지 못했다. 안요한 실장은 어두운 연구실에 혼자 남아 있었고, 나는 퇴근했다.

28

11월 초에 유해발굴단은 능선에서 철수했다. 눈이 오지는 않았으나 낮시간이 짧아지고 고지의 땅이 얼어서 작업이 불가능했다. 김민수 중위가 전화를 걸어와서 철수를 알렸다.

—지금 내려갑니다. 저는 다 끝났어요.

라고 말할 때, 김민수 중위의 목소리는 들떠 있었다. 수목원 북쪽 숲 너머로, 산악도로를 따라서 군용 트럭의 대열이 능선에서 내려오고 있었다. 트럭마다 깃발이 펄럭였고, 임무를 끝내고 돌아오는 병사들이 목청껏 군가를 불렀다.

군은 발굴단의 성과를 높이 평가했다. 발굴한 유해의 분량보다도 대국민 홍보에서 많은 성과가 있었다고 한다.

사단장은 발굴단을 포상했다. 발굴성과보고회 겸 시상식이 사단 사령부 안 야외 강당에서 열렸다. 나는 수목원 관리과장과 함께 수목원을 대표하는 하객으로 시상식에 참석했다.

사단장과 참모들이 단상에 앉았고 발굴단 장교와 부사관 들이 단 아래에 도열했다. 군인들은 모두 예복 차림에 넥타이를 매고 있었다. 김중위는 단장 옆자리에서 보고용 차트를 준비하고 있었다. 백병전의 교통호 속에서 수습된 유골의 대부분은 피아를 구분하기가 불가능해서 우선 사찰에 보관시켰는데 그 뒤처리가 문제로 남아 있다고 부사관이 보고했다. 또 아군 인식표 일곱 개가 발굴되어서 전사자의 인적사항을 확인했으나 뼈들이 뒤섞여서 인식표의 주인의 뼈가 어느 뼈인지는 확인하지 못했다고 한다. 아직 생존해 있는 유족들에게 인식표를 전해주려고 연락을 했으나 응답이 없어서 당분간 보존실에 보관했다고 부사관은 보고했다. 또 적군 인식표 다섯 개를 발굴해서 북측에 통고했는데, '혁명 열사의 유품에 더러운 손을 대지 말라'는 통지를 보내면서 인수를 거부했다고 부사관은 보고했다. 그밖에도 칫솔, 깨진 거울, 시계, 만년필, 지포 라이터가 수습되었으나 어느 쪽 물건인지는 식별할 수 없었고, 2차대전 때 쓰던 일본군의 소총, 철모, 지카다비, 각반이 다량으로 수습되었는데, 해방 후 일본군대가 한반도에 놓고 간 군수품이 양쪽 군대로 흘러들어온 것으로 본다고 부사관은 보고

했다.

발굴단의 최대 성과는 8부 능선 공용화기 진지에서 죽은 상등병 유골의 신원을 확인하고 DNA 검사로 유족을 확인해서 유골을 인계하고 사후 오십 년 만에 장례를 치르게 된 일이었다. 방송국 카메라와 기자 들이 식장에 몰려와 있었다.

상등병의 죽음의 자리에서도 쌍방의 유골은 대량으로 뒤엉켜 있었다. 싸움은 육탄으로 밀고 막는 고지 탈환전이었다. 고지의 화력진지를 지키던 부대가 거기까지 올라온 적의 공격을 받아 진지 안에서 백병전이 벌어졌고, 싸움이 끝나기 전에 진지가 전투기의 공습을 받아서 쌍방이 전멸한 것으로 부사관은 분석했다. 진지 안에서 미군 전투기가 발사한 포탄 껍질이 다량으로 발굴되었다.

상등병은 죽기 직전에 '우리는 지금 참호 속에서 거총하고 적을 기다리고 있습니다. 지금, 적들은 기척이 없습니다. 우리는 죽음을 기다리고 있습니다. 어머니, 저는 상추쌈이 먹고 싶습니다'라는 편지를 쓴 병사였다. 나는 사단의 유품보존실에서 그 편지를 본 적이 있었다. 편지는 종전 직후에 수습되어서 글자를 모두 판독할 수 있었지만, 발송되지 않은 편지였다. 편지 말미에 '아들 박창수'라고 발신자의 이름이 적혀 있었지만, 수취인의 이름과 주소가 적혀 있지 않았다. 박창수가 죽은 공용화기 진지를 맡고 있던 병력이 어느 부대 소속인지는 기록에 남아 있지 않았고, 죽은 박창수가 너무 많아서 박창수만으로는 신원을 밝힐 수 없었다.

박창수는 동부전선으로 입대했다. 전선은 초전부터 밀렸다. 부대는 생존자들을 끌어모아서 수시로 재편성되었다. 박창수의 소속은 추적되지 않았다. 입대할 때 신혼의 아내가 임신중이었다. 유골의 신원이 밝혀졌을 때, 박창수의 아내는 주민등록상의 전출입 조회로 추적되지 않았고, 호적은 멸실되어 있었다.

재작년 장마 때, 죽은 박창수보다 다섯 살 아래인 누이동생이 꿈에 물에 빠져 허우적거리는 오빠를 보았다. 죽어서도 나이를 먹는지, 꿈속의 오빠는 하얗게 늙어 있었다. 늙은 누이동생이 무당을 불러서 굿을 했다. 무당은 오빠가 물속이 아니라 산 위에 있다고 일러주었다. 누이동생은 면사무소 직원을 통해서 자신의 DNA를 유해발굴단에 등록했다. 발굴단은 수습된 뼈들을 컴퓨터로 조회해서 누이동생의 DNA와 일치된 DNA를 찾아냈다. 그것이 상추쌈이 먹고 싶다던 박창수였다. 박창수는 입대하기 전에 경북 내륙 산간지방의 초등학교 교사였다. 누이동생은 박창수가 남긴 필적을 보관하고 있었는데, 상추쌈이 먹고 싶은 박창수 편지의 필적과 일치했다. 그렇게 해서, 박창수와 편지와 누이동생의 관계가 밝혀졌다. 김민수 중위가 신원추적 과정과 DNA 검사결과를 설명했고, 기자들이 받아적었다. 상등병 박창수의 유골은 지표에서 수습되었다. 낙엽과 토사에 덮여 있었는데, 공기에 닿아서 백태가 끼어 있었다. 물길이 닿지 않는 평지여서 죽음의 자리는 겨우 온전했다. 쪼그리고 앉아서 죽었는지, 정강이뼈와 허벅지뼈가 포개져서 나왔다. 두개골과 갈비뼈는 찾지 못했다. 수습된 뼈는 정강이뼈 두 개와 허벅지뼈 두 개였다. 뼈들은 삭고 바래어 나무젓가락만했다. 상등병 박창수의 뼈는 나무상자에 담겨서 행사장 가운데의 테이블 위에 놓였고, 사단 의장대가 그 주위에 집총도열해 있었다. 오십여 년 전에 죽은 상등병 박창수는 그날 행사장에서 일계급 특진되었다. 사단장은 박창수의 유골함 앞에 병장 계급장을 헌정하고 거수경례했다. 의장대들이 대공좌 자세로 꿇어앉아 총구를 허공에 돌리고 예포를 쏘았다.

박창수 병장의 누이동생은 일흔 살이 넘은 노파였다. 등이 굽고 귀가 어두워서 말을 겨우 알아들었다. 전쟁이 끝난 뒤에도 지금까지 고향인 경북 내륙 산간마을에서 살고 있었다. 사단에서 그 마을까지 자동차를 보내서 노파를 행사장으로 데려왔다. 아들인 듯싶은 초로의 사내가 노파를 부축하고 있었다.

유골을 들여다보는 노파의 얼굴은 무표정했다. 오래 살아서, 살날이 며칠 남지 않은 사람들이 더욱 큰 슬픔과 회환으로 당면한 슬픔을 위로하는 방식의 그 무표정이었다. 슬픔의 물기와 중량을 모두 버리고, 슬픔의 형해만이 먼 흔적처럼 얼굴에 떠올라 있었는데, 죽은 박창수의 유골에 생명의 먼 흔적이 묻어 있는 모습과 노파의 표정은 닮아 있었다. 박창수는 젊어서 죽었으므로, 노파는 누이동생이 아니라 박창수의 어머니나 할머니로 보였다. 죽은 자는 자신이 죽은 것을 알지 못할 것이고 죽은 자가 남긴 한 토막의 백골조차도 살아남은 사람의 마음속으로 밀고 들어오는 것이므로 죽은 자의 슬픔이나 고통보다는 늘 살아남은 자의 슬픔이 더 클 것이고, 살아남은 자가 더 가엾을 것이었다. 노파를 보니까 그랬다.

김민수 중위가 브리핑 차트를 넘기면서 박창수의 DNA 영상자료를 설명했다. 컴퓨터로 촬영한 화면을 출력한 사진이었다. 긴 막대기 같은 그래픽들이 비틀어진 사다리 모양으로 쓰러져 있었다. 그것이 질소 염기의 구조물이라는데, 외계 나라의 만다라처럼 보였다. 동일한 생명체 안의 모든 세포는 동일한 유전자를 지니고 있고, 그것이 직계 혈연간에 유전되므로 신원 확인이 가능하다고 김중위는 설명했다. 박창수의 혼백이 또다시 죽어서 남긴 백골이 있다면 저러할 것이었다. 노파는 짓무른 눈을 끔벅이면서, 그 무표정한 얼굴로 차트를 바라보았다. 안면근육이 늘어져서 노파는 입술을 다물지 못했다. 벌어진 입술 사이로 이 빠진 잇몸이 보였고, 그 안쪽에서 악취가 풍겨나왔다.

식순에 따라서 사회를 맡은 장교가 죽은 박창수의 편지를 낭독했다. 사병이 노파의 귀에 대고 큰 소리로 낭독을 복창했다. '어머니, 상추쌈이 먹고 싶어요'라는 대목에서 노파는 울었다.

—그래, 맞다 맞아. 오래비가 상치럴 좋아했제. 아 대가리만큼 싸가 볼때기가 미지도록 묵었제. 밥떡거리 질질 흘리미…… 아이고 맞지럴, 맞제. 죽을 때도 그기 묵고 싶었던 기라. 상치, 상치야, 상치 아이가……

노파는 넋두리했다. 울음이 메말라서 목구멍을 넘어오지 못하고 끼룩거렸다. 박창수 병장의 유골을 국립묘지에 묻자는 군 당국의 제안을 노파는 사절했다. 노파는 나무젓가락만한 뼈 네 토막을 상자에 넣어서 보자기에 쌌다.

—뭐라꼬? 거 와가노? 거게 가문 삭신이 핀하나? 죽으마 고마 놓이야제. 집 뒤께 상치밭 여불때기 좋은 자리 안 있나. 하기사 젤 좋은 자리는 죽은 자리에 고마 놔두는 긴데……
라고 노파는 혼잣말처럼 중얼거렸다. 노파의 사투리는 완강해서, 더이상 다른 말을 건네볼 수가 없었다. 노파는 유골함을 안고 고향으로 돌아갔다. 사단에서 내준 지프가 노파와 유골을 고향에까지 호송했다. 지프가 민통선 초소를 지날 때 거기까지 따라간 의장대가 떠나는 유골에 예포를 쏘면서 군례를 바쳤다.

그날 행사장에서, 김민수 중위는 연대장이 주는 표창장과 은으로 만든 중위 계급장을 부상으로 받았다.

—축하합니다.

내가 다가가서 말하자, 그는 얼굴을 붉히면서 히죽 웃었다.

행사가 끝날 때, 그는 하객들이 남긴 떡과 과일을 거두어서 비닐봉지에 담았다. 연대장이 물었다.

—야, 김중위, 지금 뭐 하는 거야?

발굴단장이 대신 대답했다.

—저걸 가져다가 제 소대원들 야식으로 줍니다. 저 친구, 늘 저래요.

연대장이 낄낄 웃었다.

—중위가 이쁘구나. 저런 장교는 제대시키기가 아까워. 나도 중위 때 저랬을랑가. 아 근데, 애들이 정량 먹고는 안 된다는 말인가?

발굴단장이 말했다.

—고지에서 작업하는 애들은 운동량이 많아서 억시게 먹어

댑니다. 평지하곤 다르지요.

나는 김민수 중위가 음식을 걷는 일을 도와주었다. 봄에 수목원의 작은 행사에 왔을 때도 김중위는 행사 음식을 싸가지고 갔었다. 그때는 돼지 머릿고기에 시루떡과 김치겉절이였던 기억이 난다. 그때도 나는 김중위의 음식 챙기기를 도와주었다. 그때, 나는 새우젓 그릇에 뚜껑을 덮어서 비닐팩에 넣어주었고, 나무젓가락과 휴지까지 챙겨주었다.

이번 시상식장의 음식은 읍내에서 배달해온 떡과 과자였다. 떡은 굵은 콩을 박은 찰떡과 호박오가리를 박은 범벅떡에 절편도 있었다. 과자는 유과와 양갱이었다. 하객이 많지 않아서 음식은 반 이상 남았다. 의장대와 행사요원으로 나온 군인들은 먹고 싶어도 먹을 수가 없는 눈치였다.

김중위는 긴 자루처럼 생긴 더플백을 들고 있었다. 김중위는 시상식장으로 올 때부터 음식을 싸가지고 가려고 더플백을 준비한 것이었다. 김중위가 두 손으로 더플백을 벌렸고, 나는 떡과 과자를 비닐봉지에 싸서 김중위의 더플백에 넣어주었다. 떡은 들러붙지 않게 한 개씩 쌌고, 과자는 두 개씩 쌌다.

떡과 과자를 싸서 담는 동안, 하객들은 식장을 빠져나갔고, 행사요원들도 돌아갔다. 야외 강당에 초저녁 어스름이 내려앉았고, 저녁에 돌아오는 새들이 연대본부 뒤쪽 숲에 내려앉았다. 멀리서 사령부의 하기식을 알리는 나팔소리가 들렸다. 밤의 매복지로 올라가는 병사들의 대열이 고함을 지르며 야외 강당 앞을 지나갔다. 소총과 탄약, 기관총을 멘 병사들의 그림자가 길게 늘어져서 흘러갔다.

김중위와 나는 야외 강당의 객석 계단을 돌면서 떡과 과자를 걷었다. 내가 앞서고, 더플백을 든 김중위가 내 뒤를 따라왔다. 더플백의 안쪽에서 군인의 냄새, 사내들의 냄새가 올라왔다. 쇠붙이의 비린내와 먼지의 매캐한 냄새가 섞여 있었다. 땀냄새와 여러 분비물의 냄새, 그리고 그것들이 모두 절은 곰팡이 냄새 같기도 했다.

김중위가 말했다.

—유과보다 양갱이 더 많으면 좋은데…… 애들이 단걸 좋아하거든요.

내가 허리를 구부리고 떡을 챙길 때 키 큰 김중위의 가슴에 내 머리가 닿았다. 아침에, 소나무 향기 나는 샴푸로 머리를 감았는데, 김중위한테 내 머리 냄새가 어땠을지를 나는 생각했다. 힘들여 생각한 것이 아니고, 그런 생각이 저절로 내 마음속에 떠올랐다. 나는 그런 생각이 떠오르는 내 마음이 불안했고, 위태롭게 느껴졌는데, 어쩔 수가 없었다. 어쩔 수 없다고 생각하고 나니까, 마음이 그래도 좀 편안해졌다.

김민수 중위가 양갱 한 개를 뚝 잘라서 입안에 넣고 반토막을 나에게 내밀었다. 나는 그 양갱을 받아서 한입을 먹었다. 여리고 희미한 단맛이, 어렸을 때부터 먹었던 모든 단맛의 기억을 살려냈다.

나는 양갱을 천천히 녹여서 먹었다. 나를 쳐다보는 김민수 중위의 표정이 웃는 얼굴로 바뀌었다. 하얀 이가 두 줄로 드러나 보였는데, 앞니에 양갱이 묻어 있었다. 김중위가 말했다.

—맛있지요? 어때요?

—달군요, 병사들이 좋아하겠네요.

김중위가 또 웃었다. 흰 이빨의 대열이 다시 드러났다. 입이 커서, 먼 안쪽의 이빨까지 드러나 보였다. 이가 커 보였다.

이가 크군요, 라고는 말할 수 없었다.

달군요, 병사들이 좋아하겠네요, 라고 말하고 나니까, 자등령 8부 능선 공용화기 진지에서 죽은 박창수 상등병의 상추 맛이 생각났다. 박창수의 상추 맛과 양갱의 단맛은, 맛의 내용이 다르다 하더라도 살아 있는 동안만의 맛이라는 점에서는 아무런 차이가 없을 것이었다.

해가 자등령 능선 아래로 내려갔고 초겨울의 저녁 추위가 날카로워졌다.

그의 부대가 수습하지 못한 뼈들은 자등령 능선과 시화평고원에 널려서 겨울을 날 것이었고, 고향으로 돌아간 노파가 말했듯이, 그 뼈들은 거기서 오히려 더 편안할 듯싶었다.

그날 올려다보니까, 안요한 실장의 아파트에 노란 불이 켜져 있었다.

29

시화평고원의 눈은 바람에 밀려왔다. 북풍이 몰아오는 눈은 하늘에서 내리는 것이 아니라, 지평선 너머, 그리고 산맥 너머 저쪽에서 밀려내려왔다. 바람이 능선을 스칠 때 산들은 윙윙 울었다. 귀 기울이면, 바람에 쓸리는 고원의 소리는 다가왔다가 또 멀어졌다. 바람이 가파른 봉우리에 앞으로 부딪칠 때 산들은 둔중한 소리로 울면서 수직의 회오리를 일으켰고, 바람이 낮은 능선을 따라서 옆으로 스칠 때 산들은 높은 소리로 울었고 눈보라가 능선을 따라서 길게 흘렀다. 우는 소리가 다가오면서 눈보라의 틈새가 열리면 흐리고 먼 산들이 다가왔고, 바람에 날려서 눈보라가 멀어지면 멀어지는 소리를 따라서 산들이 멀어졌다. 눈이 쏟아지는 날에 고원의 가장자리에서는 흐려서 보이지 않던 것들이, 귀를 기울이면 보인다. 겨울 고원의 가장자리에서는, 시선이 닿지 못하는 곳을 귀를 기울여 더듬게 되는데, 귀로 더듬은 세상의 모습은 종이 위에 그려지지 않는다.

두루미들은 11월 중순에 왔다. 대륙을 건너다니는 새들의 집단은 특정한 장소의 추억을 핏속에 새기는데, 그 추억이 유전자 속에 각인되고 또 세습되어서 새들의 후예들은 해마다 같은 장소로 날아오는 것이라고 안요한 실장이 설명해주었는데, 그 추억의 내용이 무엇인지는 더 연구해봐야 한다고, 그때 안실장은 말했다. 그때, 그의 말은 꼭 초등학생의 숙제처럼 들렸다.

두루미들의 추억의 내용이 무엇인가는 안실장의 과제였는데, 두루미는 자신의 추억을 말로 해댈 필요가 없을 것이므로 안실장의 과제는 두루미의 문제가 아니라 안실장 자신의 문제였다. 빈터의 그루터기 사이를 서성거리던 두루미들은 구름이 가득 차고 바람에서 눈냄새가 나기 시작하면 날이 저물기 전에 서둘러 숙영지로 돌아갔다. 그것들의 숙영지는 소택지나 저수지의 가장자리였는데, 거기가 그것들의 지성소至聖所였다. 거기서 그것들은 편애하는 것들끼리 열댓 마리씩 무리를 지어서 잠들었다. 그것들은 긴 목을 틀어서 머리를 죽지 밑에 감추고 서서 잠들었다. 잠은 경건하고 신성한 행사여서, 그것들은 작은 소리에도 날아올라 잠자리를 옮겼다. 한 무리의 날개치는 소리에 다른 무리들이 날아올랐고, 개울 옆에서 자던 청둥오리들도 날아올라서, 귀 기울이면 겨울의 고원은 새들의 날개치는 소리로 수런거렸다.

눈보라가 고원을 휩쓰는 밤에는 두루미들의 날개치는 소리가 들리지 않았는데, 두루미들은 눈에 덮여가며 모처럼 숙면에 드는 모양이었다. 그런 저녁에도 고지의 매복진지로 들어가는 병사들은 소총에 탄약통을 짊어지고 수목원 뒤쪽 군사도로를 따라서 능선으로 올라갔다.

자등령의 남쪽 능선은 북서풍의 바람목이어서 저녁이면 노을 속으로 눈의 회오리가 일어섰는데, 거기가 유해발굴의 현장이었다. 발굴부대가 철수한 빈 능선에서 뼈들은 눈에 덮여 겨울을 날 것이었는데, 눈에 깊이 덮이면 바람에 흩어져서 홀씨로 날아가지 않고 죽은 그 자리의 그 모습대로, 고요한 일괄유골로 또 피아를 구분할 수 없는 파편의 무더기로, 뼈들은 묻혀 있을 것이었다.

두루미의 선발대가 오던 무렵에 나는 서어나무 그림을 완성했다. 완성이라기보다는 제출시한이 다가왔기 때문에 그리기를 끝냈다.

수목원 숲의 중간 높이쯤에 있는, 수령 십 년쯤 되는 한 그루를 봄부터 가을까지 들여다보고 데생해서 그 자료를 놓고 두 점을 그렸다. 같은 나무를 같은 각도와 높이에서 본 그림이었다. 한 점은 봄에 이파리가 나올 때의 그림이고 또 한 점은 늦가을에 이파리를 거의 떨구고 몇 개만 붙어 있을 때 가지를 그린 그림이었다.

동일한 나무를 봄 가을의 시차를 두고 그려내니까 변하는 것과 변하지 않는 것 중에서 어느 쪽이 서어나무인지 구별하기가 어려웠다. 여름나무의 이파리들이 다 떨어진 빈자리가 공백이 아니고 거기에 다시 겨울눈과 빛의 기운이 서리는 것인데, 나무가 살아가는 빈자리가 내 화폭에서는 다만 붓질이 닿지 않은 흰 종이로 드러나 있었다. 그래서 내가 그린 서어나무 그림 두 점은, 나무의 시간을 봄과 가을로 단절시키고, 그 단절된 시간을 고정시켜놓은 그림이었다. 그걸 알았지만, 그 단절과 단절의 사이를 메꾸어서 건너가려면 전혀 다른 그림을 그려야 했다. 애초부터 한 점을 그렸어야 했나, 하는 생각도 들었지만, 나뭇잎이 다 떨어지고 또 눈이 내려 쌓여서 처음부터 다시 시작할 수는 없었다.

11월 말일까지 뼈 그림 두 점을 제출해달라고 김중위가 전화로 독촉했다. 김중위는 전역명령을 받았다. 제대날짜는 12월 16일인데, 그때까지는 아무런 임무가 없는 말년 장교로 영내에서 한가하게 지내고 있으니까, 뼈 그림이 완성되면 읍내에서 한번 만나자고 김중위는 전화로 말했다.

서어나무 그림을 끝내고 나서 뼈 그림을 그렸다. 김중위가 요청한 대로, 두 점을 그렸다. 흙과 낙엽을 걷어내자 지표에서 삭은 일괄 유골이 가지런히 드러나는 장면 한 점과 뼈의 단면과 파편들을 그린 한 점이었다. 현장답사 때의 느낌과 스케치, 그리고 사찰 유골함 속의 뒤섞인 골편들, 상추가 먹고 싶은 박창수 병장의 흰 허벅지뼈와 DNA 사진의 느낌을 모두 합쳐서 멀어져간 현장감을 살려냈다.

누워서 죽은 뼈는, 두개골은 위쪽에 다리뼈는 아래쪽에 팔뼈는 좌우에, 대부분 제자리에 놓여 있었다. 뼈들은 무력해 보였고, 속수무책으로 헐거워서 다시는 부활하지 못할 것이 분명했다. 그 적막한 칼슘의 잔해들이 한때는 살아서 움직이는 것들의 생명의 기둥이며 허우대였던 것인데, 그 부활할 수 없는 뼈에 아직도 남아 있을 생명의 흔적을 그려낼 수는 없었지만, 내가 뼈의 실물을 보면서 그 흔적을 느꼈듯이 내 그림을 보는 사람들이 그 흔적을 느껴주기를 나는 바랐는데, 그리지 못한 것을 그린 것처럼 느껴달라는 소망은 염치없어 보였다.

일괄 유골을 처음 보았을 때, 뼈들은 땅속의 먼 곳으로부터 지표를 향해서 배어나온 것 같은 느낌이었다. 뼈들은 긴 여행 끝에 땅 위에 고요히 자리잡았는데, 그 둘레에 소총, 철모, 탄피 같은 짐들이 아직 덜 삭은 채 널려 있었다. 그 긴 여행의 느낌이 종이 위에 드러날 수 있도록, 뼈 주변의 흙들의 알맹이를 정밀히 묘사했다.

뼈토막의 단면을 그릴 때는 그 벌집 같은 무수한 구멍들을 낱낱이 묘사했다. 골즙이 빠져나간 자리의 그 허허로운 구멍은 빗물이 드나들고 또 말라서, 나무의 섬유질 같은 조직의 얼개만이 남아 있었다. 마르고 증발해서 소멸해버린 골즙을 그릴 수는 없지만, 그 구멍이 골즙이 들어 있던 자리라는 것은 드러낼 수 있지 않을까를 생각했으나 붓이 생각을 따라가주지는 않았다. 사라진 것들의 부재를 그려서 사라지기 전의 존재를 증명할 수는 없을 것이었다. 그 구멍들은 흰개미들의 공동주택단지였는데, 개미는 사단의 요청이 아니었으므로 그리지 않았다. 살아서 우글거리고 물고 뜯고 싸우는 개미를 그렸더라면 나의 작업은 덜 힘들었을 것이다.

뼈 그림을 마무리하던 밤에 어머니가 또 전화를 걸어왔다.

며칠 동안 전화가 오지 않아서 오히려 불안하던 참이었다. 밤중에 전화로 퍼부어대는 어머니의 넋두리는 어머니의 일상이 유지되고 있음을 알려주는 소식이었다.

나는 누워서 전화를 받았다.

—얘, 아직 안 자지? 난 요즘 통 잠이 안 와. 수면제를 먹어도 잠이 안 와. 약을 먹은 채 일어나서 돌아다니면 내가 무슨 짓을 하고 있는지 나도 모르겠어. 너 자니?

—자려고 그래요, 어머니.

—얘, 그런데, 너네 아버지 말야. 이젠 다 되어가나봐. 준비를 하고 있어야겠어. 그놈의 말이 또 내 꿈에 나타났어.

—어머니, 이제 주무세요. 약 먹고 가만히 누워 계세요.

—얘, 꿈 얘기만 하고 끊을게. 꿈에, 너네 아버지가 자리에서 일어나더니 비척거리면서 밖으로 나가더라. 문밖에 그 병든 말, 좆내논이 와 있었어. 너네 아버지가 좆내논 등에 올라탔어. 올라탄 게 아니라 말 등에 엎드렸어. 그랬더니 좆내논이 등에 너네 아버지를 거적처럼 걸치고 저만치 걸어가더니 하늘로 올라가더라. 날개도 없이 올라가는데, 네 다리가 지푸라기처럼 흔들렸어. 하늘에 노을이 깔렸는데, 좆내논이 너네 아버지를 싣고 노을 속으로 흘러들어갔어. 얘, 이게 무슨 꿈 같으니?

—수면제를 드시니까 꿈이 뒤숭숭한 거예요.

—아무래도, 끝나려는 모양이다. 너도 각오해라.

—알았어요. 어머니 꿈은 늘 맞으니까요.

—그래, 저번에 너네 아버지 가석방으로 나올 때도 내 꿈이 맞았잖니. 그때도 좆내논 타고 왔어. 그 빌어먹을 놈의 말은 왜 꼭 꿈에 나오는지 모르겠어. 너네 아버지하고 늘 붙어다니네.

—아버지 돌아가시고 나면 말도 꿈에 안 나올 거예요, 어머니. 아버지 태우고 멀리 갔을 테니까요.

—그럴까? 얘, 근데, 그게 꿈을 꾼 건지 아닌지 모르겠어. 수면제 먹고도 잠이 안 와서 일어나서 서성거리다가 그 말을 봤거든. 그게 꿈을 꾼 거니?

—꾼 거나 안 꾼 거나 마찬가지예요, 어머니. 제발 좀 주무세요.

아버지의 마지막 날들이 좆내논의 등에 실려서 어머니의 꿈속을 지나고 있었다.

뼈 그림을 넘겨주던 날, 나는 사단 정문 앞에 자동차를 세우고 김민수 중위를 기다렸다. 정문 옆 민원실에서 면회를 신청했다. 신청서에 그의 이름과 소속, 그리고 내 이름과 주민등록번호를 나란히 기입했다. 그렇게 쓰고 나니까, 나는 서류상으로는 육군중위 김민수를 면회온 여자가 되고 말았다.

근무병이 여기저기로 전화를 걸자, 김민수 중위가 면회대기실에 나타났다. 그는 무장하지 않은 작업복 차림에 겨울용 파카를 입고 있었다. 머리가 길었고 고지의 햇볕에 그을린 얼굴이 맑아져서, 군인 티가 빠져나가고 있었다. 나는 뼈 그림이 담긴 두루마리 통을 그에게 건네주었다. 그가 통을 열어서 그림을 펼쳐보았다. 그림을 들여다보는 그의 양미간에 주름이 잡혔고 입술이 벌어졌다. 그는 먼 것을 바라보듯이 실눈을 뜨고 그림을 들여다보았다. 그가 말했다.

—멀리서 다가오는 듯한 그림이군요. 다가와서 짓누르는 것 같아요.

—맘에 드세요?

그가 힘없이 웃었다.

—이게 어디 맘에 들고 안 들고 하는 그림입니까? 기록입니다. 보존용이지요. 백골이 주는 가벼움, 무서움 같은 걸 화가가 대리체험하고 또 표현해서 남기는 겁니다. 죽은 뼈들이 기록 속에서 아우성치게 하는 거지요.

그는 데리고 온 사병을 시켜서 그림을 사단본부로 들여보냈다. 사병이 거수경례를 하고 물러가자 그는 파카 주머니에서 봉투 하나를 꺼내서 나에게 내밀었다.

—사단에서 드리는 사례비입니다. 액수는 안요한 실장님과

의논해서 정했습니다.

그림 한 장에 백만원씩, 이백만원이 수표로 들어 있었다. 안요한 실장이 내 작업으로 평가한 금액은 모자라지도 넘치지도 않아 보였다. 나는 봉투 안에 들어 있던 영수증에 사인해서 김민수 중위에게 주었다.

—저의 마지막 임무가 끝났습니다.

제대가 얼마 안 남았다고 말하면서 그는 숨을 길게 내쉬었다. 지금은 잔무를 정리하면서 귀향 준비를 하고 있다고 그는 말했다.

—귀향 준비가 뭐지요?

—하하, 그게 군대에서 쓰는 말인데, 그냥 멍하니 앉아 있는 겁니다.

그날, 나는 그를 내 차에 태우고 수력발전소 아래쪽으로 흐르는 강가에 나갔다. 억새가 하얗게 사위는 물가에 카페가 두어 채 들어서 있었고, 강은 맞은편에 둥근 모래톱을 드러내면서 굽이치고 있었다.

카페 안에는 외출나온 장교와 그들을 면회온 여자들이 창가 자리를 따라 앉아 있었다. 김민수 중위와 똑같이, 중위 계급장을 단 장교도 있었다. 그를 따라서 카페에 들어설 때 쑥스러운 느낌이 들었는데, 자리를 잡고 그와 마주 앉으니까 쑥스러운 생각이 물러섰다.

날이 추워져서, 포근한 음식이 먹고 싶었다. 내가 메뉴판에서 크림파스타를 고르니까 그가 고개를 끄덕였다. 나는 크림파스타 두 개와 맥주를 주문했다. 그는 서너 번의 포크질로 파스타 한 그릇을 다 비웠다. 끼니가 아니라 군것질에 가까웠다.

—어린애들 음식 같군요. 이유식 같아요. 군인이 먹기에는 안쓰럽네요.

라고 말할 때, 그는 무척 어려 보였다.

—수목원엔 오래 계실 작정입니까? 너무 외지지 않나요? 지내시기가.

라고 물을 때 그는 무척 어른스러워 보였다.

—저는 계약직이에요. 연말에 재계약되지 않으면 떠나야 해요.

—잘하면, 후방에서 다시 만날 수 있겠군요.

라고 말할 때, 그는 내 눈을 정면으로 들여다보고 있었다.

—네?

—여긴 전방이니까요. 후방 도회지 같은 데서 만날 수 있겠네요.

라고 말할 때, 그는 유리창 밖으로 저무는 강물을 바라보고 있었다. 그렇게 말할 때, 그는 이제 며칠 후에 군대를 떠나서, 살아가야 할 한없는 날들 앞에 서 있는 청년으로 보였다.

그는 그날, 자신의 제대 후의 진로를 나에게 말해주었다.

그는 대학에서 토목공학을 전공하고 학군단 장교로 입대했다. 대학에서 이론보다 시공을 주로 공부했고, 임관 초 소위 시절에는 고지에 건설하는 벙커의 기초구조를 설계하기도 했다. 벙커의 기초는 지형에 맞고, 기후에 맞고, 적을 겨누는 사격각도에 맞게 들어앉혀야 한다고, 그는 토목공학의 전문용어를 써가면서 설명했다.

—노가다지요. 공부도 그쪽으로 했어요. 그래서 군대 와서도 벙커 짓고 참호 파고 또 땅 파서 뼈 찾는 걸 하게 된 모양이에요.

들어보니 그는 가난한 집안의 맏아들이었다. 그의 아버지는 내 아버지처럼 지방 관청의 하위직 공무원이었다. 그의 아버지는 6급이었다. 나의 아버지는 면사무소 9급에서 시작해서 군청 5급 때 구속되었다. 그의 아버지는 기술직이었다. 맨홀 뚜껑을 열고 땅속으로 들어가서 여러 가지 통신선로와 지하매설물을 보수 관리하는 일을 했다는데, 5급 승진이 안 돼서 6급으로 정년퇴직했다고 한다. 대학에 다니는 남동생과 고등학교에 다니는 여동생을 뒷바라지해야 하는 일이 장남인 그를 기다리고 있었다.

그는 제대하기 전에 이미 취업이 결정되어 있었다. 재벌그룹의 방계인 건설회사에 입사지원서를 냈고, 지난달에 이틀 휴가를 얻어서 면접을 보고 합격통지를 받았다고 했다. 출근 날짜와 근무지까지도 결정되어 있었다. 제대 후에 그가 쉴 수 있는 날은 보름이 채 못 될 것 같았다.

시화평고원을 건너오는 강은 자등령의 협곡단애를 굽이치면서 산악지대를 빠져나온다. 거기서부터 강은 여러 지류들을 아우르며 자유사행으로 남동진해서 동해에 닿는다. 강이 바다에 닿는 자리에 길이 일 킬로미터짜리 대형 교량과 해안도로를 건설하는 중인데, 김민수 중위는 제대 후에 그 건설공사 현장에서 근무하기로 되어 있었다.

그 강의 이름은 시화강始火江이었다. 강의 이름에 불 화火자가 들어 있으므로, 그 강은 수억 년 전의 화산폭발로 찢어진 지각의 균열을 따라서 흐르는 강이었고, 불과 물이 갈라지기 이전의 시원始原으로부터 억겁의 시간을 흐르는 강이었다. 시화강은 시화평고원의 지평선 너머에서 흘러내려와 내륙 산악과 평야를 지나 동해에까지 물길을 이끌어갔고, 유역이 아득히 넓어지는 그 하구가 김민수 중위의 일자리였다.

물밑의 지형과 지질을 파악해서 교각을 세울 자리를 정하고 거기에 맞는 교각을 설계하고 시공하는 일을 맡게 되었다고 김중위는 설명했다. 그는 토목에 대해서 아무것도 모르는 내 앞에서 전문용어를 써가면서 물밑 지질의 여러 유형들을 설명했다. 그는 내가 자신의 일에 간여해주기를 바라고 있었다. 나는 그렇게 느꼈다. 내 느낌이 틀리지 않은 것이라고 나는 느꼈다.

그는 학교 때의 실습 이외에는 현장경험이 없었지만, 본사보다는 현장이 수당이 더 많고 또 현지에서의 생활지원금을 따로 받을 수 있기 때문에 현장근무를 지원했다고 말했다. 시공기술을 배우고 시행착오의 경험을 쌓으려면 사무실보다 현장이 훨씬 좋은 기회이지만, 노무자들을 관리하는 일이 어려울 것이라고 그는 걱정했다. 은행의 내집마련기금에서 융자를 받아서 현장에 작은 아파트를 장만했는데, 자리가 잡히면 아버지를 모셔올 계획이라고 그는 말했다. 그가 아버지 이야기를 했으므로, 나는 내 아버지도 하위직 공무원이었고 지금은 몸이 많이 아프다고만 말했다. 아버지 얘기를 하고 나니까 어머니의 꿈 얘기가 떠올라서 마음이 옥죄어왔다. 나는 맥주를 넘겨서 조바심을 눌렀다. 그가 지갑에서 명함을 꺼내서 내 앞으로 내밀었다. 새 직장에서 만들어준 명함이었다.

—좀 이르지만, 받아두십시오.

명함에는 '시화강 하구둑 건설현장 제2공구 작업반 대리 김민수'라는 글자와 전화번호가 적혀 있었다. 그는 이미 건설

회사의 현장사원이 되어 있었다.

—저는 노가다니까 노가다 판으로 갑니다.

그는 맥주잔을 들어서 깊이 마셨다. 그가 아버지, 토목공사, 강바닥의 지질, 아파트, 월급, 은행융자에 대해서 말할 때 그의 얼굴은 문득문득 선해 보였다. 그가 살아가야 할 날들이 시화평고원처럼 아득해 보였고, 내가 조금씩 그의 생활 쪽으로 빨려들어가고 있는 게 아닌가 싶어서 내 마음이 섬뜩 놀랐다. 나는 그의 명함을 핸드백에 넣었다.

—군대에서는 시화강 상류에서 근무했는데, 제대하니까 시화강 하류에서 근무하게 됐네요.

—질긴 인연이군요. 그래도 하류 쪽이 좀더 따듯하지 않겠어요?

—거기까지, 뼛조각들이 따라오지 않았으면 좋겠네요. 아마 거기도 파보면 나올지 모르지요. 상륙작전 했던 자리거든요.

라고 말하면서 그는 저무는 강을 바라보았다. 노을이 강의 상류 쪽 물 위에 내려앉았고, 물이 노을빛을 실어서 흘렀다. 강물에 실린 노을의 흐름은 카페 앞에서 끊어지고 거기서부터 강물은 흐린 저녁 속으로 흘러들어가서 먼 하류 쪽은 보이지 않았다. 비스듬한 햇살 한줄기가 실내로 들어와서 내 앞에 앉아 있는 김민수 중위의 계급장에 비쳤다. 다이아몬드 두 개,

중위 계급장이 붉게 빛났고, 중위 계급장의 마름모꼴 속에서 두 개의 해가 저물고 있었다.

그는 시화강이 바다에 닿는 그 하구마을을 나에게 설명해주었다. 아침마다 바다에서 해가 떠오르고, 파도에 부딪히는 햇살이 난반사하면서 뭍으로 다가오는데, 광선이 부챗살로 퍼져서 아침 바닷가에는 나무나 바위에 그림자가 생기지 않고, 모래밭의 게구멍 속까지 환히 들여다보인다고 그는 말했다.

그는 대학에서 토목공학을 배울 때 토양지질을 현장답사하는 과정에서 그 바닷가 마을에서 실습을 한 적이 있었다고 했다. 빛이 좋고 바람이 시원하고 해안선이 거대한 만곡彎曲으로 휘어져서 온 바다의 파도와 바람이 그 마을로 다가온다고 그는 말했다. 온 천지에 바람이 가득 차서, 그 바닷가 마을에서는 사람들의 옷자락과 머리카락, 빨래와 덕장에 널어놓은 생선 들이 바람에 펄럭이고, 고기를 잡는 마을이지만 바다와 공기에서 비린내가 나지 않고 떠오르는 해의 풋내가 난다고 그는 말했다. 사철 싱싱한 생선이 잡히고 겨울에는 다리가 긴 게들이 나오는데, 김에 쪄서 먹으면 달고 향기롭다고 그는 말했다. 그는, 대학 시절에 며칠 다녀온 적이 있을 뿐인 그 낯선 마을의 바람과 물결을 소상히 말해주었다. 그의 말은 오래 살아서 친숙한 마을의 구석구석을 말하는 것 같기도 했고 한 번도

가보지 못한 마을을 더듬는 몽환 같기도 했다.

날이 완전히 저물어서 상류 쪽 강물 위에 노을이 걷히고 강 건너 물가 모래톱에 밤을 맞으려는 두루미들이 모여들었다. 두루미들은 발 디딘 자리가 불안한지 자주 날아올라서 자리를 옮겼다.

—제가 자리잡으면, 한번 놀러 오십시오. 거기도 그림 그릴 것 많습니다. 물고기, 배, 새, 바람, 파도……

자리에서 일어서기 전에 그에게 무슨 말을 해주고 싶었는데, 말하지 못했다. 그게 무슨 말인지 내 마음속에서 분명한 언어로 자리잡지 못한 말이었지만, 자리잡지 못하고 멀리서 흔적처럼 다가오는 말이었기 때문에 더욱 다급한 말이었던 것 같았다. 그, 말하여지지 않은 말은,

네, 한번 갈게요, 그 마을에서는 물고기를 그리면 좋겠네요. 물고기는 저마다 표정이 다르고 몸매가 다르니까 그릴 게 많겠군요. 작은 어선을 그려도 좋겠네요. 어선에는 온갖 삶의 도구들이 다 갖추어져 있으니까요. 어선은 물고기를 잡으러 다니니까 생김새도 물고기를 닮은 것 같아요. 그런데, 이걸 다 그리자면 한 생애가 흘러가겠네요.

이런 말이었을까. 아마, 그렇게 수다스럽고 화려한 말은 아니었을 것이다. 그, 말하여지지 않은 말은, 명함 주셔서 고마

워요. 명함에 전화번호와 주소가 적혀 있군요. 아, 현장사업소 약도도 그려져 있네요, 정도였을 것인데, 이 쉽고 간단한 말이 왜 그렇게 멀리서 머뭇거리면서 다가오지 못했던 것일까.

그는 21시까지 귀대해야 한다며 시계를 보았다. 군인들은 저녁 아홉시를 21시라고 말했다. 다른 군인들도 21시가 귀대 시간인 모양이었다. 여덟시가 넘자 카페 안 장교들이 자리에서 일어섰다.

나는 그를 내 자동차에 태워서 사단 정문 앞까지 데려다주었다. 차에서 내리면서 그가 말했다.

—제 명함 잘 넣으셨지요?

나는 핸드백을 들어 보였다.

—네, 이 안에……

어둠 속에서 그가 웃었다. 하얀 이빨이 두 줄로 들여다보였다. 그는 돌아서서 부대 안쪽으로 걸어갔다. 사령부 건물 너머에서, 그가 땅을 파고 낙엽을 헤쳐서 뼛조각을 찾던 자등령 남부 능선은 캄캄했고, 그 위로 별들이 떠 있었다.

30

숲에 내리는 눈은 나무 위에 쌓였다가 바람이 불거나 새들이 퍼덕거리면 가루로 흩날린다. 눈 덮인 숲에서는 눈이 그쳐도 눈이 내리고 하늘이 파래도 눈이 내린다.

나뭇잎이 모두 떨어지고 숲에 눈이 쌓이면 나무들의 이름을 구별하기 어려웠는데, 눈에 덮이는 익명성 속에서 나무들은 편안해 보였다. 그해 겨울에, 나의 계약기간은 끝났고, 나는 재계약되지 않았다. 수목원 예산이 줄어서 식물세밀화 작업을 시행할 수 없게 되었다고 안실장이 나에게 통고했다. 그동안 내가 제출한 그림은 종자보존실에 도판으로 보관되며, 저작권은 수목원에 귀속되었다.

수목원에서의 내 마지막 날들은 김민수 중위의 마지막 날과 겹쳐졌다. 그가 제대해서 자등령을 떠나고 나면 사흘 후에 내가 수목원을 떠나게 되어 있었는데, 그의 말처럼 잘하면 후방에서 만나게 되려는 것인지는 알 수 없었다.

내 마지막 작업은 나무의 겨울눈을 세밀화로 그려내는 일이었다. 이파리가 떨어진 자리에서 다시 돋아나는 겨울눈은 나무의 가장 약하고 여린 조직이었다. 약하고 여린 것을 밖으로 내밀어서 나무는 겨울을 나고 있었다. 눈 덮인 숲속에서 나무의 겨울눈을 들여다볼 때, 나무 위에 쌓인 눈이 날리면서 햇빛이 가루로 부서졌고 겨울숲은 눈의 비린내와 나무의 풋내를 풍겼다. 목련의 겨울눈은 잔털로 덮여 있었고 물푸레나무의 겨울눈은 가죽으로 덮여 있었다. 겨울눈에는 꽃으로 피어날 꽃눈과 이파리로 펼쳐지는 잎눈, 그리고 그 두 가지가 한 눈에 들어 있는 경우도 있다고 안요한 실장이 가르쳐주었다.

꽃눈을 잘라보니까, 그 안에 뱃속에 점지된 태아와도 같은 꽃잎이 숫자와 형태를 겨우, 그러나 모두 갖추고 재여져 있었다. 꽃이 피지 않아도, 꽃눈 속에서, 개화를 예비하는 꽃은 이미 피어 있었는데, 아직 햇빛에 닿지 않은 어린 꽃잎들은 물기에 젖어 있었다.

꽃으로 피어날 색은 아직 드러나지 않았는데, 색이 전혀 없는 것은 아니었고, 흐린 연두색의 먼 저쪽 끝에서 이름 부를 수 없고 만질 수 없는 색이 배어나와서 내가 있는 쪽 세상을 기웃거리고 있었다. 꽃눈 안에도 시화평고원 같은 광막한 공간이 열려 있었고, 색은 지금, 그 지평선 너머에서 풍문처럼 번져오고 있었다.

나무가 눈을 밀어내고 눈 속에 다시 지평선이 펼쳐지고 그 너머에서 어른거리면서 다가오는 색들의 운명에 대하여 말할 수 있게 되는 것이 안요한 실장이 다가가려는 세상이지만, 안 실장은 늘 그 세계의 가장자리에 주저앉아 있었다.

신우가 어머니를 따라서 남쪽으로 간 후에 안요한 실장은 혼자서 점심을 먹었다. 구내식당에서 늘 신우와 마주 앉아서 밥을 먹던 그 창가 자리에 안실장은 혼자 앉았고, 다른 직원들은 그 자리에 합석하지 않았다. 밥을 씹고 또 삼킬 때 안요한 실장의 동작과 표정은 신우와 똑같아서, 신우의 실루엣이 그 앞 빈자리에 앉아 있는 것 같은 착각이 들 정도였는데, 아버지를 꼭 닮은 신우도 남쪽 어디에선가 밥을 먹고 있을 것이었다. 그는 밥을 조금씩 떴고 반찬도 조금씩 집어서 천천히 먹었다. 밥을 먹는 그의 모습을 바라보면서 나는 부자의 폐쇄성이 '유전'이라던 신우 어머니의 말을 떠올렸다. 신우 어머니의 말이 맞지 싶어서, 나는 그에게서 등을 돌린 자리에 앉아 점심을 먹었다.

새벽에 또 눈이 와서 숲은 새 눈에 덮였다. 바람이 잠든 날 눈이 내리면 숲은 상록수가 많은 쪽은 나무 꼭대기가 먼저 하얘지고 낙엽수가 많은 쪽은 바닥이 먼저 하얘진다. 바람이 불면서 눈이 내리면, 먼 산이 먼저 하얘지고 가까운 숲에는 천천히 눈이 쌓인다. 숲에 내리는 눈은 바람에 따라서 풍경을 열었다가 닫고, 지웠다가 다시 돌려놓는다.

눈이 멎은 뒤에 나무들의 겨울눈을 데생하려고 작업도구를 챙겨서 숲으로 들어갔다. 개나리, 진달래, 갯버들의 겨울눈을 들여다보았다. 그 눈 안에 꽃들은 이미 발생해서 조직이 분화되고, 태아의 모습으로 개화되어 있었다. 겨울눈은 솜털에 덮인 껍질에 싸여 있지만 껍질과 속을 구분할 수가 없는 동일체이고, 나무의 뿌리가 닿는, 가장 깊은 땅속에서부터 밀어올려진 꽃과 이파리의 잠재태이지만, 밖에서는 그 안쪽을 볼 수 없었고, 그릴 수 없었다. 그래서 결국, 겨울눈을 들여다보는 사람은 겨울눈을 하나의 완성된 동일체로 그려낼 수가 없고 그 안쪽을 잘라내서 볼 수밖에 없다. 겨울눈 그림은 솜털이 덮여서 나뭇가지에 매달려 있는 그림 한 점과, 겨울눈을 열어서 확대경으로 들여다보는 해부도 한 점을 따로 그릴 수밖에 없었다.

은사시나무, 자작나무, 박달나무, 소나무 들의 겨울 수피樹皮를 그려보고 싶었지만, 나의 과제가 아니었고 수목원을 떠날 날이 임박해서 엄두가 나지 않았다.

추위가 깊어지면 박달나무 껍질은 헌옷을 벗듯이 너덜거리면서 떨어져내리고, 그 안쪽에 맑은 새 껍질이 드러난다. 소나무 밑동은, 추위 속에서 더 붉어져서 멀리서 보면 흰 눈 속에 붉은 기둥들이 우뚝우뚝 솟아 있고, 그 골을 따라서 눈이 매달려 있다. 은사시나무와 자작나무는 하얀 껍질로 뒤덮이는데, 눈이 내리지 않은 날도 자작나무는 숲속에서 흰 밑동을 드러내고 있다. 숲속의 겨울 추위는 한군데로 뭉쳐서 강추위가 되지 않고 추위가 숲에 고루 퍼져서 나무들을 덮고 나무들은 추위 속에서 풋풋해 보였다.

나무 밑동을 들여다보고 있을 때, 전화가 울렸다. 아침 열시였다. 핸드폰 액정화면에 어머니의 전화번호가 떴다. 어머니가 아침 열시에 전화를 걸어오는 일은 없었다. 어머니는 불면증이 심해서 아침 열시면 잠들어 있을 시간이었다. 나는 전화벨이 대여섯 번 울릴 때까지 액정화면을 들여다보았다.

아버지가 죽었구나, 좆내논이 와서 아버지를 실어갔구나…… 그런 예감이 번개처럼 내리꽂혔다. 나는 폴더를 열어서 전화를 받았다.

―얘, 너네 아버지 돌아가셨다. 끝났어. 좀 전에 간병인한테서 연락이 왔어. 지금, 그 아파트 방에 누워 있대. 난 무서워서 못 가, 못 가……

어머니는 말을 마치지 못하고 울음을 터뜨렸다.

―제가 곧 갈게요. 우선 병원차를 불러서 영안실로 옮기세요.

―얘, 니가 빨리 좀 와서 어떻게 해봐라. 난 못 해. 난 못 가. 그냥 그 자리에 누워 있대. 이걸 어떡하니……

―어머니, 교회분들한테 연락해서 우선 도와달라고 하세요.

―그래, 그 생각을 못 했다. 잠을 못 자서 아직 멍해. 얘, 빨리 와.

어머니의 목소리에는 수면제 약기운이 남아 있었다.

가석방으로 출소한 지 칠 개월여 만에 아버지는 세상을 떠났다. 생각보다 빨리 끝난 셈이었다. 아버지의 병은 교도소에서 시작되었다. 아버지의 최근 몇 년 동안의 삶은 교도소에서 복역하기 위한 것이 아니었을까 싶었다.

―자살까지도 포함해서, 죽음은 자연현상이야. 날이 저물면 어두워지고 추워지면 눈이 오는 거지. 난 이십대에 부모를 여의었어.

라고 말하면서 안요한 실장은 십만원짜리 수표가 든 조의금 봉투를 내밀었다.

초상을 치르고 돌아와서 내 마지막 과제인 겨울눈 그림을 제출하겠다고 안요한 실장에게 말했다.

나는 일주일 상가喪暇를 얻었다. 서울에 도착했을 때 교회 사람들이 아버지의 시신을 병원으로 옮기고 병원 장례식장에 빈소를 차려놓고 있었다. 어머니는 빈소에 딸린 작은 방에 들어가 누워서, 문상객들이 와도 내다보지 않았다. 나는 장례식장에서 빌려주는 검은 치마저고리를 입고 머리를 풀었다. 아버지의 시신은 화장하기로 했는데, 아버지의 유언은 없었고 어머니가 정한 것이었다. 나는 아버지의 영정 옆에 서서 문상객을 맞았다. 어머니는 내 위로 아들을 하나 낳았다는데, 아주 어려서 죽었다고 한다. 어머니는 그 아들의 죽음을 평생 입에 담지 않았다. 딸인 내가 혼자서 문상객을 맞자니, 그 어려서 죽었다는 오빠 생각이 났다. 그 어린 오빠는 내가 태어나기 전에 죽었으므로 아버지의 죽음 앞에서 오빠 생각이 나는 것은 난데없는 일이었지만, 그래도 생각이 났다. 생각이 났지만, 생각은 벽에 부딪혀서 아무것도 떠오르지 않았다.

아버지의 가석방 관찰담당 형사가 빈소를 찾아왔다. 형사는 내게 아버지의 사망진단서와 화장허가서 사본을 요청했다.

아버지가 언도받은 징역형은 신체의 자유를 박탈해서 교도소에 수감하는 자유형自由刑이며, 가석방은 그 자유형을 교도소 이외의 장소에서 집행하는 제도인데, 자유형은 범죄행위자의 일신一身에 전속되는 형이므로 행위자의 사망과 동시에 잔여 형기는 소멸하고 집행은 영구 폐기되는 것이라고 형사는 설명했다. 아버지는 죽어서 자유가 되었고, 죽어서 일신에 전속된 형을 면제받았는데, 죽었기 때문에 벌이 닿을 수 없는 자리에 죄는 남아 있었다.

영정사진은 아버지가 교도소에 가기 한참 전에 찍은 것이었다. 사진 속에서 아버지의 시선은 사진틀 밖을 바라보고 있었다. 그래서 아버지는 문상객들과 눈을 마주치지 않고 있었다.

나는 문상객들과 맞절은 하지 않았고 허리를 굽혀서 답례했다. 교회 성가대가 와서 찬송가를 부르고 돌아갔다. 아버지의 상관이었던 최국장이 일신상조회의 조기를 들고 빈소를 찾아왔다. 상조회 회원들도 이십여 명이 최국장을 따라서 문상을 했다.

—너네 아버지, 너 키우느라고 참 고생 많이 했다. 참 좋은 양반이었지.

최국장은 아버지 영정에 절하고 나서 나에게 돌아서면서 그렇게 말했다. 나는 아무 대답도 하지 못했다. 최국장은 또 말했다.

—너, 아직 시집 안 갔지? 니 불효가 큰 줄 알아라. 어머니한테 잘해드려.

최국장과 함께 온 일신상조회 사람들은 자신들의 당연한 도리이자 권리인 것처럼 아버지의 장례를 주도해나갔다. 가장 직급이 높았던 최국장을 호상護喪으로 세워서 장례의 모든 절차를 주관하게 했고, 화장장과 장례용품가게에도 사람을 보내서 일을 주선했다.

아버지의 범죄사건에 함께 엮여들어갔던 전직 공무원 동료들과 아버지의 상관들, 그리고 아버지에게 뇌물을 바치고 잡혀들어갔던 특수유흥업소 주인, 무도장 주인, 매춘업소 포주들도 일신상조회 회원 자격으로 문상을 왔다. 또 아버지의 범죄사건을 수사했던 검찰청 전직 직원과 경찰관 들도 문상을 왔다. 문상객들은 밤늦도록 돌아가지 않고 소주를 마시며 화투를 쳤다. 최국장이 장례식장 종업원들에게 팁을 주고 술상을 챙겨달라고 부탁했다. 일신상조회의 조기는 빈소 맨 앞에 걸렸고 유흥업소 주인들이 보낸 조화가 그 옆으로 진열되었다. 최국장은 일신상조회가 걷어 모은 조의금 봉투를 누워 있는 어머니에게 전했고, 어머니는 돈봉투를 받아서 나에게 내밀었다. 아버지는 죽어서도 출소하지 못했고, 죽어서도 형을 면제받지 못하고 있었다.

아버지의 시신은 시립화장장에서 화장되었다. 병원 냉동실에 안치되었던 시신을 버스에 싣고 화장장으로 옮겼다. 소각로는 완전연소시설을 갖추고 있어서 굴뚝에서 연기가 오르지 않았다. 관이 소각로로 들어갈 때 어머니는 고개를 옆으로 돌렸다. 어머니는 입을 막고 울었다. 소각로 문이 닫히고 관이 아래로 내려가자 어머니는 쓰러져서 울었다.

—아이구, 불쌍해라. 불쌍해서 어쩌나. 불쌍하다, 불쌍해…… 너무 불쌍해……

어머니는 뒹굴면서 울었다. 어머니의 몸속에 저토록 모진 울음이 감추어져 있으리라는 것을 나는 예감하고 있었다. 어머니의 울음은 한 번도 밖으로 새어나오지 않고 어머니의 마음속에서 발효되고 숙성된 울음이었다. 울음의 리듬 위에 넋두리가 저절로 실려서 나왔다.

—아이구 불쌍해라, 불쌍해.

를 어머니는 거듭했다. 화장장까지 따라온 최국장이 어머니의 어깨를 끌어안고 다독거렸다. 어머니는 최국장을 밀쳐내며 울었다. 어머니의 울음은 그치지 않았다. 나는 울지 않았다. 울음이 너무 멀어서, 가까이 다가오지 않았다.

화장장 직원이 아버지의 타고 남은 뼛조각을 분쇄기에 넣고 빻았다. 직원이 뼛가루를 빗자루로 쓸어서 백자항아리에 담았다. 나는 유골항아리를 받아서 보자기에 쌌다.

나는 아버지의 뼛가루를 수목원 숲이 자등령과 연결되는 6부능선쯤에 산골散骨하기로 했다. 나무를 관찰하러 들어갔을 때 보아둔 자리였다. 사방이 트여서 숲의 그림자가 맑았고 계곡을 내려오는 골바람이 와 닿는 바람목이었다. 거기서 산골되는 뼛가루들은 땅에 내려앉지 않고, 바람에 실려서 시화평고원 위를 날아갈 것이었다.

최국장은, 서울에서 최전방까지가 너무 멀다는 이유로 반대했지만 내가 그럼 가족끼리만 가겠다고 하자 하는 수 없이 내 말을 따랐고, 어머니는 아무 의견이 없었다.

버스에 아버지의 유골함을 싣고 고속도로를 달려서 민통선 마을의 읍내에 도착했을 때는 오후 세시가 지나 있었다. 버스에는 어머니와 나, 최국장과 또다른 만기출소자 한 명, 그리고 일신상조회 사람 두어 명이 타고 왔다.

읍내 사찰에서 간단한 제를 지내고 뼛가루를 뿌릴 준비를 했다. 지난봄 현장답사로 왔을 때, 피아를 식별할 수 없는 유골을 보관하고 있던 사찰이었다. 절 이름이 개안사였다. 최국장이 미리 교섭을 해놓아서 버스가 도착하자 주지가 일주문 앞에서 기다리고 있었다. 주지가 버스에 올라와서 합장으로 인사했다. 주지가 말했다.

—산골은 자연친화적으로 거행하겠습니다. 밥에 버무려서 새들을 먹이려고 준비해놓았습니다.

나는 유골단지를 든 어머니를 부축해서 절 마당으로 들어갔다. 절 마당 한켠에 가마솥을 걸고 밥을 짓고 있었다. 어머니와 나, 그리고 최국장과 일신상조회 일행이 가마솥 둘레에 모여 섰다. 최국장이 일신상조회의 조기를 가마솥 화덕 앞에 세웠다.

주지가 솥뚜껑을 열었다. 하얀 김이 퍼졌다. 밥은 쌀 한 말쯤 되어 보였다. 주지가 말했다.

—민통선 안 청정지역의 쌀입니다. 알이 굵고 찰지지요. 올가을에 거둔 햅쌀입니다.

공양주 보살이 주걱으로 뜨거운 밥을 저었다. 늦가을에, 벼가 익어가는 들판의 향기가 김에 실려서 퍼졌다. 비리고, 또 단 향기였다. 밥을 오래 씹으면 입안에서 맴도는 쌀의 향기였다. 아버지와 우리 식구가 늘 먹던 밥의 향기였다. 아버지와 마주 앉아서 밥을 먹던 수많은 아침과 저녁의 식탁이 내 마음에 떠올랐다.

김이 퍼져올라서 어머니와 최국장의 얼굴이 흐려졌다. 어머니는 김 속에서 눈물을 닦았다. 공양주 보살이 아버지의 유골 함을 열었다. 주지가 목탁을 두들기면서 반야심경을 읽었다.

> 관자재보살 행심반야바라밀다시觀自在菩薩 行深般若波羅密多時
> 조견오온개공 도일체고액照見五蘊皆空 度一切苦厄

> 관세음보살께서 깊은 지혜를 실천하실 적에
> 몸과 마음이 모두 텅 빈 것임을
> 환히 꿰뚫어보시고 드넓은 고해를 건너가시더라

몸과 마음이 모두 텅 빈 것이라는 말은 수긍하기 어려웠다. 몸과 마음이 시시각각 밀어닥치는 색色과 형상에 가득 차서 끄달리고, 인연의 슬픔이 한이 없는데, 그것이 모두 텅 빈 것이라는 말은 대체 무슨 소리인가. 아마 부처님이 남자라서, 그리고 제자들도 모두 남자라서, 도무지 전혀 몰랐던 소식들이 너무나 많았던 것 같았다. 고해를 건너간다는 말도 이해하기 어려웠다. 고해를 뒤덮은 파도에 하나씩 부딪치면서 헤치고 나간다는 것인지 파도에 발을 담그지 않고 그 위를 날아서 저 언덕으로 넘어간다는 것인지, 물가에서 다만 물결 높은 바다 너머의 저 언덕을 바라보기만 한다는 것인지, 아니면 건너가기를 단념하고 주저앉아 있자는 것인지, 이도 저도 아니고 죽어서 없어지자는 것인지 나는 알 수 없었고 주지한테 물어볼 수도 없었다.

주지의 독경이 끝나자 공양주 보살이 유골함을 열고 아버지의 뼛가루를 밥 위에 뿌렸다. 공양주 보살이 주걱으로 밥과 뼛가루를 저어서 버무렸다. 김이 퍼져올라서 어머니와 최국장이 어른거렸다. 공양주 보살은 뼛가루를 한 켜씩 뿌려가면서 밥을 고루 저었고 가마솥 밑을 깊이 긁었다.

공양주 보살이 김 속에서 말했다.

—뜨거울 때 버무려야 뼈가 밥에 고루 녹아듭니다. 가루가 고와서 잘 엉기네요.

아버지의 뼛가루가 더운밥에 버무려지고 있었다.

공양주 보살이 솥 밑바닥을 긁을 때, 누룽지 냄새가 퍼졌다. 밥의 향기보다 더 무거운 냄새였다. 밥의 향기에 불냄새가 섞여 있었다. 어머니는 김 속에서 숨죽여 울었다. 울음이 말라서 끽끽 소리가 났다.

공양주 보살이 솥 안으로 소금을 한줌 던지고 나서 다시 밥을 저었다.

—새들도 간을 맞춰줘야 잘 먹지요.

공양주 보살이 뼛가루에 버무려진 밥을 들통 두 개에 나누어 담았다.

버스에 들통을 실었다. 어머니와 나, 최국장과 상조회 일행들, 그리고 주지와 공양주 보살이 버스에 탔다. 나는 김민수 중위에게 민통선 초소를 통과시켜달라고 전화로 부탁했다. 김중위가 사단 민사참모부에 특청을 넣어서 버스는 초소를 통과했다.

버스는 수목원 청사 마당에서 돌아갔다. 거기서부터는 김중위가 몰고 온 군용 지프로 갈아타고 산악도로를 올라갔다. 자등령 6부 능선에 도착했을 때는 해가 기울어 있었다. 눈 덮인 산악에 저무는 햇살이 비꼈다. 햇살이 마주 닿는 능선의 눈은 자줏빛이었고 그 너머의 산들은 어둠 속으로 저물고 있었다.

공양주 보살이 들통 속의 밥을 주먹밥으로 뭉쳐서 눈 위로 던졌다. 흰 밥덩이들이 흰 눈 위에 떨어져서 밥과 눈을 구별할 수 없었는데, 눈 비린내 위로 밥냄새가 선명하게 피어올랐다.

덩치가 크고 새카만 새들이 밥냄새를 맡고 날아왔다. 처음에 두어 마리가 날아오더니, 새떼들이 먼 숲과 봉우리 너머에서 날아올라 밥으로 달려들었다. 크고, 날개가 넓은 새들이었다. 새들은 끼룩거리면서 눈을 파헤쳐서 밥뭉치를 찾았다. 밥뭉치를 움켜쥔 새들은 노을을 지나서 어두워지는 숲으로 돌아갔고 늦게 온 새들이 또 끼룩거리면서 눈을 파헤쳤다.

—얘, 저게 무슨 새니? 저런 새가 다 있니?

어머니는 신음처럼 중얼거렸다.

—얘, 여기가 어디냐. 여기가 어디야?

어머니는 지쳐서 울음소리를 내지 못했다. 어머니는 어깨로만 울었다. 거기까지 따라온 최국장이 일신상조회의 조기를 눈 위에 세웠다. '명복을 빕니다. 회원일동.' 새떼가 날아오를 때 주지가 또 반야심경을 읽었다. 최국장과 상조회 회원들이 독경에 따라서 합장했다.

아버지의 유골은 쌀밥에 버무려져서 새 먹이가 되어 저무는 하늘로 날아갔다. 어머니의 꿈에 아버지는 좆내논의 등에 엎드려서 하늘로 올라갔다고 했다. 그때 좆내논의 네 다리가 지푸라기처럼 허공에서 흔들렸다고 어머니는 한밤중의 전화로 말했었다. 어머니의 꿈은 틀리지 않았다. 밥덩이를 움켜쥔 새들이 노을을 건너서 자등령 숲으로 들어갈 때까지 김민수 중위는 새떼들을 향하여 거수경례를 보냈다.

31

아버지의 초상을 치르고 나서 수목원으로 돌아와 겨울눈 그림을 끝마쳤다. 솜털이 덮이고, 그 위에 또 눈이 쌓여 있는 백목련의 겨울눈은 추위 속에서 뜨거워 보였다. 그래서 그런지, 솜털 주변의 눈은 녹아 있었다. 겨울눈의 껍질은 온도계로 측정할 수 없는 온기로 덮여 있어서 눈을 밀쳐내는 것이 아닌가 싶었다. 눈 덮인 겨울눈의 추위는 그렸는데 그 뜨거움은 종이 위에 나타나지 않았다. 세밀은 세밀화로 드러나지 않는다.

겨울눈을 잘라서 확대경으로 속을 들여다보면서 해부도도 한 점 그렸다. 발생 초기의 색과 형태는 새벽에서 아침으로 이동하면서 내 쪽으로 다가오고 있었는데, 물감을 종이에 바르면 그 진행태는 사라지고 나의 색깔들만 종이 위에서 고정되었다. 겨울눈 속에서, 아직 열리지 못한 꽃들의 색은 지평선 너머에서 다가왔고, 내가 그릴 수 없었던 모든 색들의 이야기를 해독하는 일은 안요한 실장의 몫이었는데, 내가 떠난 후에도 그는 숲속에 머물러 있을 것이었다.

내가 수목원을 떠나기 며칠 전에 안요한 실장의 연구논문이 세계적인 권위를 갖는 미국의 학술잡지에 실렸다. 논문의 제목은 '꽃들의 색깔의 기원과 구조에 대한 연구'였다. 이 연구 결과는 식물 생명의 근원적 비밀과 이 세계를 이루는 수많은 꽃들의 발생과 전개의 원리를 규명하는 데 획기적 진전을 이룬 것이라고 국내 신문들도 안실장의 업적을 크게 소개했다. 장관이 안실장에게 공로패를 보내왔고 수목원장이 작은 축하연을 열었다. 나는 마지막 작업을 마무리하느라고 축하연에 가지 못했다. 안실장은 답사에서 '꽃들의 색은 저절로 비롯되는 것이며 연구자는 그 저절로의 과정을 들여다보고 있다. 저절로 되어지는 것을 말하는 일은 저절로 되어지지 않는다'는 취지의 발언을 했다고 한다. 그는 여전히 숲의 가장자리에 앉아 있었다.

축하연이 있던 날 저녁에 나는 아파트 방안에서 겨울눈 그림에 채색작업을 하고 있었다. 김민수 중위가 전화를 걸어왔다. 그는 제대수속을 마치고 사단 정문을 나와 있었다.

―전 이제 나왔습니다. 정문 앞이에요. 지금 예비군복 입고 있어요.

그의 목소리가 들떠 있었다.

―이제 어디로 가시나요?

―터미널에 가서 버스 타고 서울로 갑니다. 후방으로.

―가서, 좀 쉬세요.

―잠깐 쉬었다가 직장으로 갑니다. 시화강 하구 쪽 공사장 말입니다.

―제가 차로 버스터미널까지 태워다드릴까요?

―아뇨, 부대에서 차가 나옵니다.

아버지의 뼈를 새에게 주던 날, 노을 속으로 사라지는 새떼를 향해 거수경례를 보내던 그의 모습이 생각났다. 그의 중위 계급장 속에서 붉게 저물어가던 석양이 생각났다. 나는 떠나는 그에게 무슨 말을 해야 할지 몰라서 머뭇거렸다. 그가 말했다.

―후방으로 나오시면 연락 주세요. 제 명함 가지고 계시지요?

―네, 핸드백 속에 있어요.

―그럼 갑니다.

그가 전화를 끊었다. 나는 핸드백을 열어보았다. 그의 명함은 내 립스틱과 로션병 사이에 끼어 있었다.

김중위가 떠난 지 사흘 후에 나는 수목원을 떠났다. 내가 떠나는 날까지 안요한 실장은 구내식당에서 혼자서 점심을 먹었고, 나는 그와 등을 돌린 자리에서 먹었다. 수목원에서의 마지막 날들에도, 밤마다 그의 아파트에는 노란 불이 켜져 있었다.

떠나기 전날, 백목련 겨울눈 그림 두 점을 안요한 실장에게 제출했다. 안실장은 그림을 펴보더니 아무 말 없이 말아서 자료실로 보냈다.

나는 저녁때 떠났다. 안실장은 수목원 청사 현관에서 나를 전송했다. 안실장은 내가 제출한 그림에 감사하고 그보다도 짧은 기간이나마 신우를 보살펴주어 고맙다고 말했다. 신우 이야기를 할 때 그의 목소리는 울먹이는 듯했고, 그의 모습은 신우와 똑같아서 나는 뒤로 물러설 뻔했다. 나는 차에 시동을 걸어서 출발했다. 나는 계약직이었고, 일한 기간이 일 년이 채 안 되었으므로 당연히 퇴직금은 없었다. 수목원을 떠날 때, 내 핸드백에 든 것은 김민수 중위의 명함 한 장뿐이었다.

서울에서 고속도로를 달려와서 단 한 번의 우회전으로 이 전방 민통선 마을로 들어왔듯이, 나는 단 한 번의 좌회전으로 자등령을 등지고 다시 서울로 향했다. 아버지가 없는 세상은 넓고, 눈에 걸리는 것이 없는 무인지경으로 보였다. 제대한 김중위의 첫 직장이라는 시화강 하구 마을이 내 마음에 떠올랐다. 나는 그 마을을 가본 적이 없었다. 강이 바다와 합쳐지는 그 넓은 유역의 마을은 나에게 친숙한 고장처럼 구석구석이 떠올랐다. 아마, 김중위의 말을 들어서 그랬을 것이다. 어머니를 따라서 남쪽으로 간 신우가 너무 커서 나를 낯설어하기 전에, 너무 커서 안요한 실장만큼 커지기 전에 신우를 한번 안아주고 싶었다. 고속도로는 한산했다. 나는 서울을 향해 액셀을 밟았다. ■

작가의 말

2009년 가을부터 2010년 초여름에 이르는 동안, 나는 휴전선 이남의 여러 지방을 여행했다. 내 발걸음은 가로와 세로로 뻗은 산맥과 강들, 남해의 먼 섬에까지 닿았다. 망원경으로, 이쪽에서는 저쪽을 살폈고, 저쪽에서는 이쪽을 살폈다. 개마고원에서 내려오는 가을바람이 태백산맥의 나뭇잎을 쓸어갔고, 눈 덮인 평강고원과 철원평야에 두루미들이 당도했다.

나는 눈이 아프도록 세상을 들여다보았다. 나는 풍경의 안쪽에서 말들이 돋아나기를 바랐는데, 풍경은 아무런 기척이 없었다. 풍경은 태어나지 않은 말들을 모두 끌어안은 채 적막강산이었다.

그래서 나는 말을 거느리고 풍경과 사물 쪽으로 다가가려 했다. 가망없는 일이었으나 단념할 수도 없었다. 거기서 미수에 그친 한 줄씩의 문장을 얻을 수 있었다. 그걸 버리지 못했다. 이 책에 씌어진 글의 대부분은 그 여행의 소산이다.

부처가 생명의 기원을 말하지 않은 것은 과학적 허영심이 없어서라기보다는 말하여질 수 있는 것이 아니기 때문일 것이다. 산천과 농경지와 포구의 생선시장을 들여다보면서, 그런 생각을 했었다. 창조나 진화는 한가한 사람들의 가설일 터이다.

구름이 산맥을 덮으면 비가 오듯이, 날이 저물면 노을이 지듯이, 생명은 저절로 태어나서 비에 젖고 바람에 쓸려갔는데, 그처럼 덧없는 것들이 어떻게 사랑을 할 수 있고 사랑을 말할 수 있는 것인지, 나는 눈물겨웠다.

돌이켜보니, 나는 단 한 번도 '사랑' 이나 '희망' 같은 단어들을 써본 적이 없다.

중생의 말로 '사랑' 이라고 쓸 때, 그 두 글자는 사랑이 아니라 사랑의 부재와 결핍을 드러내는 꼴이 될 것 같아서 겁 많은 나는 저어했던 모양이다.

그러하되, 다시 돌이켜보면, 그토록 덧없는 것들이 이 무인지경의 적막강산에 한 뼘의 근거지를 만들고 은신처를 파기 위해서는 사랑을 거듭 말할 수밖에 없을 터이니, 사랑이야말로 이 덧없는 것들의 중대사업이 아닐 것인가.

산천을 떠돌면서, 그런 생각을 했는데, 산천은 나의 질문을 나에게 되돌려주었다. 그래서 나의 글들은 세상으로부터 되돌아온 내 질문의 기록이다.

여생의 시간들이, 사랑과 희망이 말하여지는 날들이기를 나는 갈구한다.

2010년 가을에

김훈 쓰다

김훈
1948년 서울 출생. 자전거 레이서. 장편소설 『빗살무늬토기의 추억』 『칼의 노래』 『현의 노래』 『개』 『남한산성』 『공무도하』, 소설집 『강산무진』, 산문집 『풍경과 상처』 『자전거 여행』 『내가 읽은 책과 세상』 『바다의 기별』 등이 있다.

문학동네 장편소설
내 젊은 날의 숲

초판 인쇄 | 2010년 11월 2일
초판 발행 | 2010년 11월 10일

지은이 김훈
펴낸이 강병선
책임편집 조연주 | 편집 최유미 염현숙 | 디자인 송윤형 유현아
마케팅 신정민 서유경 정소영 강병주 | 온라인 마케팅 이상혁 한민아 정진아
제작 안정숙 서동관 정구현 김애진 | 제작처 한영문화사(인쇄) 우진제책(제본)

펴낸곳 (주)문학동네
출판등록 1993년 10월 22일 제406-2003-000045호
주소 413-756 경기도 파주시 교하읍 문발리 파주출판도시 513-8
전자우편 editor@munhak.com | 대표전화 031)955-8888 | 팩스 031)955-8855
문의전화 031) 955-8890(마케팅) 031) 955-8864(편집)
문학동네카페 http://cafe.naver.com/mhdn

ISBN 978-89-546-1339-2 03810

* 이 도서의 국립중앙도서관 출판시도서목록(CIP)은 e-CIP 홈페이지(http://www.nl.go.kr/ecip)에서 이용하실 수 있습니다.(CIP제어번호: CIP2010003853)

www.munhak.com